www.ingramcontent.com/pod-product-compliance
Lightning Source LLC
LaVergne TN
LVHW041712070526
838199LV00045B/1312
9789360493974

العازب

Translated to Arabic from the English version of
The Celibate

Varghese V Devasia

Ukiyoto Publishing

جميع حقوق النشر العالمية مملوكة من قبل

أوكيو توتو للنشر

Published in 2023

حقوق الطبع والنشر للمحتوى © فارغيز في ديفاسيا

9789360493974 ISBN

جميع الحقوق محفوظة.

لا يجوز إعادة إنتاج أي جزء من هذا المنشور أو نقله أو تخزينه في نظام استرجاع، بأي شكل من الأشكال بأي وسيلة، إلكترونية أو ميكانيكية أو تصوير أو تسجيل أو غير ذلك، دون إذن مسبق من الناشر.

تم التأكيد على الحقوق المعنوية للمؤلف.

هذا عمل خيالي. الأسماء والشخصيات والأعمال والأماكن والأحداث والأماكن والحوادث هي إما نتاج خيال المؤلف أو تستخدم بطريقة وهمية. أي تشابه مع الأشخاص الفعليين، الأحياء أو الأموات، أو الأحداث الفعلية هو من قبيل الصدفة البحتة.

يباع هذا الكتاب بشرط ألا يتم إقراضه أو إعادة بيعه أو تأجيره أو تداوله بطريقة أخرى عن طريق التجارة أو غير ذلك، دون موافقة مسبقة من الناشر، بأي شكل من أشكال التجليد أو التغطية بخلاف ما تم نشره به.

www.ukiyoto.com

اعتقدت هذه المرة أنها ستكون قصة حب كاملة، لكنها انتهت بقصائد.

إلى

والدي، ماري وفارغيز جوزيف فيالامانيل،
فتنني إلى ما لا نهاية بحبهم لبعضهم البعض،
الذي تعلمت منه أن أحب الآخرين وأحترمهم.

شكر وتقدير

ألهمني اليسوعيون لرؤية الحياة من وجهة نظر مختلفة، والتفاعل معهم، إلى حد ما، ألهمني لكتابة هذا الخيال. أتيحت لي الفرص لمراقبة أغوري سادهوس ؛ دفعتني سلوكياتهم السحرية والغامضة إلى البحث في معنى الوجود البشري. تعلمت أن اليسوعيين والأغوريين الساديين كانوا في جوهرهم متشابهين، مع قناعات ميتافيزيقية وأنطولوجية متشابهة، على الرغم من أنها تبدو مختلفة من الخارج ؛ أحدهما مهووس بالملابس، والآخر يعبد العري. أنا ممتن لهم.

أنا ممتن لفيوليت دي مونتي وجيروم دريتان وبوب جريب، معلمي اللغة الإنجليزية، لخلق حب دائم للأدب. في العديد من الحالات في هذه الرواية، قمت بتضمين تعليقات توضيحية للتفاعلات الاجتماعية والنفسية المعقدة لطلابي وزملائي لتحليل السلوك البشري من موقع مراقب مشارك.

قرأ جيلسي فارغيز وجراسي جوني جون وماري جوزيف وجيلز فارغيز وجوبي كليمنت المخطوطة، وأنا ملتزم بهم.

المحتويات

1	رجل من مالابار
12	النعمة
33	بيت في غوا
50	عبر ماندوفي
63	أغاني الانفصال
77	الحبيب
89	بين العازبين
101	ملحدو الله
117	إيما
132	إلهة كاماخيا
149	بريدج أوفر ذا هوغلي
162	راهب الصلاة العاري
175	نبذة عن المؤلف

1

رجل من مالابار

كانت النعمة هي السبب في بقاء آبي عازبًا، ولم يلمس امرأة أبدًا لأنه أحب غريس كثيرًا، لكن غريس لم تصر مرة واحدة على امتناعه عن ممارسة الجنس. ربما تخيلت آبي ذلك أو فشلت في التمييز بين ما هو حقيقي وغير واقعي في كلماتها أو حقيقة أو أسطورة. ربما كان غير قادر على قراءة عقل حبيبته، التي كان لها صوت خاص بها.

امرأة تتمتع بحريتها، فوّارة دائمًا، لم تنس غريس في أي وقت الاحتفال بمساواتها. كانت حساسة وذكية ولطيفة ومهتمة، ولم تكن رزينة في أي مناسبة، لأن حماستها كانت معدية. كانت إيماءاتها ومظهرها ومشاعرها المعبر عنها وكلماتها وحضورها تجربة تثلج الصدر. لكن آبي تحطم عندما سمع من راهب آغوري سادهو، وهو راهب عاري، يقول: "الجنس هو الحقيقة الوحيدة". حرم آبي نفسه من تجربة أفراح الحياة، وحلم عدة مرات، حتى في ساعات يقظته، بإقامة علاقة حميمة مع حبيبته ولكن لم يكن لديه الشجاعة لقبولها. كان فيه شخصان، أحدهما يدفعه إلى الأمام، متباهياً بعزوبته وسط مليون إغراء، والآخر يستمتع سراً بالعلاقة التي لا يمكن إخمادها. أدى الصراع المستمر بين الاثنين إلى تمزيقه. وبدأ آبي يرتدي أقنعة متعددة.

وبتقديم مبررات للتخلي عن الرغبات والحوافز العميقة، نسج آبي بشكل متقن مع الخيال العديد من الافتراضات. وجود اتحاد مع امرأة، أحبته، جعلها تخشى الحد من حريتها وتشويه كرامتها. لكن الآغوري سادهو حطم معتقداته. الجنس، في الواقع، هو تجربة التانترا، ويجعلك إلهًا ؛ يساعدك على اكتساب كل القوى السحرية الخارقة للطبيعة. إنه تعويذة، الإكسير، إلى الأبد. كانت جميع الآلهة والإلهات متورطة بعمق في علاقة ثابتة. الشخص الذي لم يعش أبدًا مع امرأة، يشبه جثة مرفوضة ومطروحة، لا يتم حرقها على محرقة، على ضفة نهر جانجا المقدس في فاراناسي، لتأكلها الكلاب والنسور.

جلس السادهو أمام آبي بينما كان يرسم شخصية الراهب العارية. بدا المتسول، المكسو بالرماد، وشعره الملفوف غير اللامع مثل الكوبرا حديثي الولادة التي تختلس النظر من البيض المفقس. كان السادهو في معبد كاماخيا لعبادة مهبل الإلهة شاكتي، الموضوعة في الحرم القدسي. كان آبي متأكدًا من أن الراهب لم يكن يشوهه بتصريحات دولسيه. بدا الراهب العاري وكأنه شخصية تحمل اسمًا من مهابهاراتا، وكانت كلماته بمثابة عيد الغطاس لآبي.

مع العلم من السدو أن الجنس كان تجربة باطنية حولت شخصين إلى اندماج، كان لدى آبي رغبة مفاجئة في إخبار غريس، التي كان يعبدها بعمق، أنه يحبها وكان يبحث عنها لسنوات عديدة.

كان العازب في إنكار ازدهار القوى الحيوية من خلال إنكار ملء وجوده. مثل هذا الشخص لن يختبر أبداً سايوجيا، التحرر بالرضا. كانت روحه تتجول إلى الأبد، بحثًا عن إلهة، ولكن عبثًا، كانت كلمات *سادهو* ترعد في أعماق آبي.

كان العازب خجولًا وضعيفًا ومتغطرسًا. رفض قبول جوهره من خلال تقديم نفسه كشخص عاجز أمام المرأة. أقنعته الذرائع بالتخلي عن احتياجاته الوجودية على الدوام. إلى جانب ذلك، كان العازب منافقًا لأنه سمح لنفسه بالتطور إلى حطام عاطفي. تحدث الراهب العاري في معبد كاماخيا إلى آبي أثناء تظاهره برسم لوحة. أزعجت كلمات المتجول المرتدي الرماد آبي بشكل رهيب لعدة أشهر معًا، حتى بعد الانتهاء من الصورة.

ومع ذلك، فقد رسم المرأة التي أحبها أكثر من غيرها بأمزجة وألوان وموضوعات وأساليب متنوعة ليعشقها كما يعبد سادهو إلهة كاماخيا.

ولكن، بعد عشرين عامًا، خاف اللقاء المفاجئ لآبي الحبيب.

قال: "نعمة". كان واثقًا ؛ لم تسمعه، لأنه لم يكن يريدها أن تستمع إلى دعوته. كان ذلك فقط لإرضاء الرغبة العميقة وإخماد الإثارة المفاجئة التي اشتعلت في ذهنه لأنه اعتقد أنها هي. كانت القوة فيه للبحث عن معنى الحياة، والهدف في وجهته، وسبب بقائه عازبًا، وشخصًا طلب منه عدم لمس امرأة ذات نية شريرة. بسببها، استمر في كونه رجلًا لم يمارس الجنس أبدًا.

أنكر آبي وجود علاقة حميمة مع امرأة، والوحدة مع الحبيب. ولكن من المفارقات، أنها أصبحت محبوبته لأنه عرف نفسه معها على مدى السنوات العشرين الماضية. وكان هناك توق شديد للقاء ورؤية ومراقبة كيف ظهرت. أجبرته الرغبة العميقة على النظر إلى عينيها الضعيفتين الداكنتين لساعات معًا، للاستماع إلى محادثاتها الساحرة والمثيرة. وتحول إلى سائرا نائما.

لم يكرهها أبدًا لإغرائه بالامتناع عن العلاقة الحميمة الجسدية مع امرأة ؛ لقد أحبها واحترمها لإقناعه بأن يكون عازبًا. أدرك آبي أن الزهد له سحر، وجمال أثيري، وأصالة، وشدة، وقوة على الجسم، والتحكم في العواطف، وإتقان الأفكار. كانت حياته في غوا معها ميتانويا بالمعنى الحقيقي، وكان يعلم ذلك. كانت شخصية غريس والحضور العميق الذي عاشه في السنوات العشرين الماضية لا يسبر غوره.

عندما تكون عازبًا، تتلألأ عيناك، وهناك خفة في كل خطوة، يكون لنبضات قلبك إيقاع مختلف، وتتحول إلى العافية المستمرة في وجودك. أنت تختبر كرامة كل شخص تقابله ؛ أنت

تحترمه وتحبه، حب يتجاوز الجسدي، وليس الميتافيزيقي. يقودك الشغف إلى آفاق لا نهاية لها دون الرغبة في امتلاك امرأة. أنت لا تريد أن تلمسها ولكنك تحب احتضان شخصيتها وجمالها وسحرها وكرامتها.

العازب هو البطل الذي تغلب على حزنه لعدم وجود قرب من امرأة، وتجاهل مخاوف عدم تجربة العلاقة الحميمة، وعدم تطوير مخاوف بشأن الحفاظ على علاقة جسدية. يجعلك تتحرر من عبودية الوجود مع الآخر. تسود الفرح في مظهرك والامتلاء في رؤيتك، وهي تجربة الرضا عن الذات ومعاملة كل شخص تقابله دون إغراء أو رغبة. تحتاج إلى سنوات من التدريب والتأمل وضبط النفس للوصول إلى تلك المرحلة لتحقيق مجد الامتناع عن ممارسة الجنس في الحياة. أخيرًا، أصبحت بوذا، مسيحًا.

بالنسبة لآبي، كانت العزوبية احتفالًا بالحياة.

كانت النعمة معجزة، ساحرة، جذابة، مغرية تمامًا، ولكنها ليست مغرية. كانت لديها قوة الأفكار الجديدة والهوس بنقاء جسدها لأنها ربما اعتقدت أن الجنس يقلل من الجمال الداخلي للشخص وهدوئه. علاوة على ذلك، يجب أن يكون الحب دائمًا وأبديًا وشاملًا. لا يمكن أن يكون الجنس من أجل المتعة اللحظية ؛ لا ينبغي أن يكون علاقة لمدة دقيقتين، لقاء وثيق بين الأعضاء التناسلية. الشخص الذي يمتنع عن ممارسة الجنس من أجل المتعة اللحظية يمكن أن يحقق القوة العقلية. كانت هناك قوة وحيوية ديناميكية في مثل هذا الشخص. يمكن أن يساعده الامتناع عن ممارسة الجنس على رفع جسده والتحكم في أفكاره ومشاعره بحماس وهدف الحياة الذي يتخيله آبي في كثير من الأحيان.

لقد كان نظامًا قيميًا ؛ لم تتظاهر أبدًا بالصمم في مواجهة صحة الحجج التي أثيرت ضد اللمسة غير المرغوب فيها. كانت غريس مستعدة لتحطيم فراغ حجج الآخر حول أوهام قيادة الحياة دون لمس شخص حتى يلتقي أحدهما بتوأم الروح. هل كانت هناك نساء أخريات يكرهن الجنس المتلاشي، والحميمية الجسدية، والأفراح سريعة الزوال، غالبًا ما تساءل آبي عندما فكر في غريس. ألم تكن آلية دفاعية، تأييد لحماية النفس من الضواحي الخطرة حيث يتصرف الرجال بفظاظة ووحشية ؟ لم يكن لأفكارها ذرة من التعصب الأعمى. كانت جهودها خالية من أي محاولة لفصلها عن الرجال وتكون في جيب حصري، حيث كانت تستمتع بالاختلاط مع الرجال دون أي انقطاع أو إزعاج. ومع ذلك، دافعت بشدة عن خصوصيتها وقاتلت بلا هوادة لحماية معاييرها، على الرغم من امتلاكها لوجه مخدوع لأنها كانت أكثر امرأة رشيقة قابلها آبي على الإطلاق. كان لحياتها عطر فريد من نوعه، يلفه الاستمتاع بالمعتقدات الجميلة بعناية فائقة، دون خلق حتى أصغر التموجات. أصبحت غريس، وأحبّت حياتها ؛ وبالتالي، كانت مثالًا لآبي.

اعتقدت المرأة، آبي، أن غريس كانت تقف بعيدًا عنه قليلاً، محاطة بحشد صغير من النخبة، لا يقل عن عدد من الرجال، يرتدون ملابس أنيقة. بدا أنها كانت الشائنة، الشخص الأكثر أهمية

وتأثيرًا. ظهرت أكثر من اثنتي عشرة سيارة بي إم دبليو يقودها سائق فجأة على شرفة ذلك الفندق ذي السبع نجوم، واستطاع آبي رؤيتها تدخل سيارة ليموزين سوداء. ومع ذلك، كيف يمكن أن تكون غريس، على الرغم من أنها تشبهها ؟ كما أنه لم يكن متأكدًا مما إذا كانت هي، فتاة من أحد الأحياء الفقيرة، شخص يقوم بأعمال غريبة من أجل خبزها اليومي وبقائها على قيد الحياة، يتيمة، تمشي بسرعة على شاطئ البحر تحمل سلالًا مليئة بالأسماك. ساعدت المزارعين في فرز الملفوف والجزر والقرنبيط والخس والفاصوليا والبرينجالات والبامية والبصل في سوق الخضروات. كان من الممكن أن يغير عقدان من الزمن شخصًا ما بشكل كبير جسديًا وعقليًا وعاطفيًا وحتى من حيث الوضع، بما في ذلك القيم والتوقعات وفلسفة الحياة، وقبل كل شيء الوضع المالي، في مجتمع يركز على المال. لا يمكن أن تكون غريس هي، لأن الشخص غير المتعلم لا يستطيع الصعود إلى أعلى السلم، على الرغم من أنها ذكية، ذكية في الشارع، ويمكنها التحدث ببلاغة. ومع ذلك، كانت غريس تحظى دائمًا بالاحترام ؛ وبصفتها فتاة مزهرة، لم تكن عادية، ومع ذلك شاركت في العمل اليدوي. لكن مُثُلها العطرة الأبدية بقيت في قلب آبي مثل البريق. وشيد آبي سيراجليو على ضفاف النهر داخله، مريحًا قدر الإمكان، لوضعها وعبادتها.

جاء آبي إلى الفندق في مومباي لعرض لوحته القبلة في المعرض الفني الملحق بها، وهو الأكثر شهرة في البلاد، بعد تقديمه في متحف متروبوليتان للفنون في نيويورك. كشف النقاب عن العناق في بادرو في مدريد، ومعرض أوفيزي في فلورنسا، ومتحف ريكس في أمستردام. أصبحت لوحته معروفة دوليًا بالفعل، وكانت هناك مراجعات حماسية في وسائل الإعلام الإسبانية والإيطالية والهولندية، قارنت عمله بالصراخ لإدوارد مونش. بعد أن تعهد بالعزوبة في مجتمع يسوع، وقعت جميع لوحاته على عزوبية. عرض العناق في واشنطن العاصمة، وقام ملياردير تكنوقراطي من روسيا بشرائه بثروة. تمت مقارنة العمل بموسيقيي بيكاسو الثلاثة في الولايات المتحدة، على الرغم من أن الفنان حاول دمج أسلوبين متباينين، الانطباعية والتكعيبية، الحواف الحادة لجسم أنثى ضد ضربات شخصية ذكورية ناعمة.

عانقت المرأة رجلاً: كانت عينيها اليمنى وجزء من وجهها وثديها الأيمن البارز واليدان اللتان كانتا تتشبثان مرئية. لم يكن الرجل ملحوظًا باستثناء سرجه. عزز المزاج المثير المشاعر مع التركيز على الفضاء وهيكل الاستكشاف. سلطت اللوحة الضوء على ما كان يحدث وكيف كان يتم تقديمه، والذي كان يشبه الحلم تقريبًا. شعر الجمهور أنهم يقفون خلف الرجل في الصورة، يشاهدون حب المرأة الشديد. كان المكان هادئًا وغير عادي، وكان هناك جو من الاسترخاء والسلام. خلقت انطباعًا بأن المرأة في اللوحة كانت في حالة حب عميق مع الرجل في وضع لا يزال بشكل لا يصدق وديناميكي لدمج مرحلتين مختلفتين من الطبيعة والحياة.

بغض النظر، كانت القبلة مختلفة. كان هناك قلق في وجه المرأة مصور على القماش، ناتج عن تنافر بيئتها. استخدمت الرسامة ألوانًا نابضة بالحياة للتعبير عن ألمها الداخلي، وكان

الشعور بالخسارة واضحًا. قد يكون نقدًا اجتماعيًا للعلاقات الإنسانية وما ينتج عنها من اغتراب تعاني منه المرأة. كانت هناك علاقة حميمة ضمنية أيضًا على شفتيها المتجعدتين. خلقت المشاعر الرائعة في عينيها والألوان الخفية على خديها صمتًا عميقًا في عالم مليء بالضوضاء، ولفت الرسام انتباه المشاهد نحو مشاعرها. خلق تعبيراتها وهويتها غير المعروفة إحساسًا بالفضول، ومع ذلك فإن الضوء الناعم على الخلفية ووجه المرأة يشير إلى أنها كانت واقعة في الحب. لقد كانت تجربة مصادفة للجمهور.

في اليوم الثالث، جاءت تلك المرأة لرؤية اللوحة، وعندما زارت، لم يكن آبي في المعرض ؛ كان يأخذ قيلولة في جناحه في الطابق السابع من نفس الفندق، وعندما عاد، كانت تغادر. كانت الصورة على اللوحة تشبهها، وبالنسبة للفنان، كانت صورة غريس. بدت صورة امرأة على القماش، تقبل شخصًا غير مرئي، طبيعية ونابضة بالحياة وحسية. جذبت اللوحة تدفقًا مستمرًا من الناس من التاسعة صباحًا إلى الثامنة مساءً. لقد كانت إثارة غير مسبوقة لتجربة الجمال والمعاناة التي لا يمكن تفسيرها والتي انعكست في اللوحة. أشادت المراجعات على الصحف والقنوات التلفزيونية بالفن الرائع وقارنته بأفضل اللوحات. كانت هناك افتراضات، وحدس للصورة غير المرئية على اللوحة، والشخصية المجهولة كانت ليسوع بالنسبة لبعض المراجعين. في العشاء الأخير لليوناردو دا فينشي، كانت الشخصية الخفية هي مريم المجدلية، جالسة بجانب يسوع. في القبلة، كانت الصورة غير المرئية هي يسوع. اعتقد بعض المراجعين أن اللوحة تصور يسوع وهو يقبل مريم المجدلية بعد قيامته على صورة ظلية للقبر الفارغ.

هل سافر يسوع القائم من الموت مع مريم المجدلية إلى الشرق ؟ نشر أحد المراجعين استعلامًا في إحدى الصحف. ومن ناحية أخرى، قال يسوع القائم من بين الأموات لمريم المجدلية إنه لا يستطيع الزواج منها وممارسة الجنس معها لأنه كان عازبًا. "كيف كان شعور مريم ؟" طرح المراجع سؤالاً. ربما تكون قد عانت من ألم لا يمكن تصوره، وربما يكون قلبها قد تحطم إلى أشلاء. على الرغم من أن جميع التلاميذ، باستثناء يوحنا، هربوا من يسوع، إلا أن مريم المجدلية وقفت مثل الصخرة أثناء محاكمته وصلبه ؛ كانت بجانبه لعدة أيام معًا. كانت محبتها ليسوع لا حصر لها، وقضت ثلاثة أيام وثلاث ليال عند فم القبر، معتقدة أن يسوع سيقوم من الموت. ثم قام، وكانت مريم المجدلية أول شخص التقى به يسوع، وقبلها على شفتيها. "القبلة هي قصة حب مريم المجدلية ويسوع الناصري"، أوضحت مذيعة في استوديو تلفزيوني.

"سيدي، كان أناسويا جاين هنا لرؤية لوحتك. قالت مديرة الممرات الفنية: " لقد استفسرت عنك".

"أناسويا جاين!" صرخ آبي.

"نعم يا سيدي. إنها مالكة الفندق والمعرض الفني ".

كان آبي يعلم أن أنسويا جاين كانت صناعية ثرية في المدينة ؛ كانت تمتلك العديد من الفنادق والمطاعم والمستشفيات وشركات تكنولوجيا المعلومات. لكنها بدت مثل غريس، تلك الفتاة اليتيمة على شاطئ سينغويريم بالقرب من حصن أغوادا في غوا.

"آبي، أنت تؤمن دون شك. كل شيء له بعد مختلف. عندما أشتري السمك في الصباح على الشاطئ، وإذا كان السعر منخفضًا جدًا، فلا أشتريه لأنني أعرف أنني لن أبيعه، حيث يوجد ما يكفي من السمك في السوق. تحتاج إلى تقييم الإيجابيات والسلبيات قبل اتخاذ القرار "، أخبرت غريس آبي في أحد الأيام الأولى عندما بقيا معًا في كوخ صغير في حي فقير مجاور لحصن أغوادا في سينغويريم.

"أنت تخبرني أنه يجب أن أنظر إلى ما وراء القيمة الاسمية. هل هذا صحيح عنك أيضًا ؟" سأل آبي.

"بالتأكيد، ما أقوله قد يكون له معنى مختلف. أوضحت جريس أن معنى شيء ما سياقي ".

كان يعلم أن غريس كانت تتحدث عن تجربتها، التي اكتسبتها من القتال ضد حقائق الحياة القاسية، والعمل مع رجال ونساء من لحم ودم خام كانوا يفكرون دائمًا في المنافع الشخصية والبقاء على قيد الحياة. تعلم آبي أشياء كثيرة من غريس، أكثر بكثير مما تعلمه في المعهد الهندي للتكنولوجيا لمدة أربع سنوات وسنتين بعد التخرج في جامعة نانيانغ التكنولوجية في سنغافورة. كان مظهر نعمة فخمًا ؛ كانت حركاتها الرشيقة مليئة بالجمال، وتعبيراتها الصيفية مثل مزيج من الألوان الفخمة، لكن معرفتها العملية نابضة بالحياة. أحبها آبي من النظرة الأولى.

"عدني أنك لن تقلل من احترام المرأة ؛ لا تلمسها أبدًا دون موافقتها ولا تجبرها أبدًا على فعل أي شيء. قالت جريس في اليوم الأول: "سأكون صديقتك إلى الأبد".

"غريس، بسببك، أنا ما أنا عليه. أستطيع أن أشعر بك في داخلي. لقد ساعدتني على تطوير شخصيتي "، غمغم آبي. كانت غريس صديقة وفاعلة خير. كانت أكثر محبة ومراعاة، وفي بعض الأحيان تصرفت كمعلمة، على الرغم من أنها ربما كانت أصغر منه بعام واحد. في ذلك المساء، لفترة طويلة، فكر آبي في غريس. التقى بها لأول مرة في شاطئ كالانجوت.

"أيها السادة، مرحبًا بكم في مصرفنا بصفتكم رئيس قسم الذكاء الاصطناعي. في اليوم الذي تنضم فيه إلى الواجب، تصبح واحدًا بيننا، وستشكل مستقبل البنك معنا. دعونا نجعلها مؤسسة كبيرة لتقرير التنمية المالية والأوضاع الاجتماعية للبلد الذي نعمل فيه. تم تعيينك في مكتبنا الرئيسي في جنوب آسيا، في مومباي، ويمكنك الانضمام إلى الخدمة في غضون واحد وعشرين يومًا "، قال رئيس لجنة اختيار الحرم الجامعي في نهاية المقابلة في جامعة نانيانغ.

كان بنكًا دوليًا مرموقًا يقدم أجورًا مغرية وتسهيلات رائعة. كان آبي سعيدًا بعمله، حيث انتهت سنوات عديدة من دراسته الرسمية، وبدأت مرحلة أخرى من الحياة. كان المكتب الرئيسي

للبنك في ناريمان بوينت، مومباي، بالقرب منه، شقة خالية من الإيجار من ثلاث غرف نوم مخصصة له.

أطلق عليه والداه اسم آبي. في سجلات المدرسة، كان أبراهام ليلي توماس بوثن. اعتبارًا من التقاليد المسيحية السورية في ولاية كيرالا، كان اسم جده هو اسمه. كانت ليلي اسم والدته، وكان توماس اسم والده، وكان بوثن اسم عائلته. أطلق عليه أصدقاؤه المقربون اسم آبي ؛ بينما كان في المدرسة والجامعة، كان إبراهيم بوثين.

قبل أن يأخذ رحلة من سنغافورة إلى كاليكوت، أبلغ والديه بالأخبار السارة، وهي عرض عمل مغري من أحد البنوك ذات السمعة الطيبة. شعر والداه بسعادة غامرة لمقابلته، ولمدة عشرة أيام، ساروا معه على الشواطئ الجميلة، بالقرب من مدرسة القديس يوسف، مدرسة آبي الأم، في ساعات المساء. سافر إلى ويناد، منزل أجداد والده وبيت والدته أيانكونو. احتفلت العديد من المطاعم في بلدات مالابار التي قدمت أفضل الطعام بتكاتفها. قال والده في كثير من الأحيان، الذي كان أستاذاً زائراً لسنوات عديدة في جامعتين في إيطاليا وإسبانيا وفرنسا: "الطعام في كاليكوت وتالاسيري وكانور جيد أو حتى أفضل من المأكولات التي تحصل عليها في أفضل المطاعم في إيطاليا أو إسبانيا أو فرنسا". استمتعت ليلي أيضًا بتناول الطعام في الخارج مع آبي وزوجها، وكانت شرائح لحم الضأن المحضرة بشكل رائع - مالابار برياني هي المفضلة لديها. كان توماس وليلي صديقين حميمين، وعاملوا آبي كأفضل صديق لهم ؛ وغالبًا ما كان يلعب الشطرنج مع والديه، الذين كانوا معلمين جامعيين واستمتعوا بقضاء ساعات طويلة معهم.

قام توماس أبراهام بوثن بتدريس الفلسفة الوجودية، بشكل أساسي لسورين كيركغور وفريدريش نيتشه ومارتن هايدغر وفرانز كافكا. بحث عن الأصولية والظواهر في كتابات مارتن هايدغر وإدموند هوسرل للحصول على الدكتوراه في أكسفورد. ليلي متخصصة في مفهوم الحرية في الأدب الوجودي. كانت درجة الدكتوراه الخاصة بها دراسة مقارنة لغريب ألبير كامو والغثيان من قبل جان بول سارتر في جامعة السوربون. تحدث توماس وليلي دائمًا عن تأثير الوجودية والظواهر والإنسانية وتأثيرها على الأدب في المنزل. وهكذا، كان آبي يبجل الإنسانية بعمق ورسم عشرات اللوحات للوجود الإنساني. عندما أراد الالتحاق بكلية الفنون لتعلم الرسم، شجعه والداه على دراسة التكنولوجيا المتخصصة في علوم الكمبيوتر. أخبروه أنه يمكنه إجراء دراسات وبحوث عليا حول الذكاء الاصطناعي، مما سيساعده على رسم لوحات مجردة ولكن سريالية. بحث آبي في الذكاء الاصطناعي على مستوى الدراسات العليا في سنغافورة ورسم صور ما بعد الحداثة بالفرشاة والألوان، بدعم من الذكاء الاصطناعي على تصاميم مذهلة طورها جهاز الكمبيوتر الخاص به.

نشأ آبي في جو علماني غير متدين، حيث كان والداه ملحدين. لم يتحدثوا أبدًا عن الله أو الشيطان في المنزل وأعطوا آبي الحرية المطلقة في اتخاذ قرار بشأن حياته الشخصية. عندما

ولد آبي، أخبر جده، إبراهيم جوزيف بوثن، زوجته أن حفيده يشبه الطفل العاري يسوع. أراد أن يعمد الطفل في كنيسة كاثوليكية سورية مالابار، وسيكون اسم المعمودية يسوع. أصر الجد على أن يكون حفيده كاثوليكيًا في الكنيسة التي أسسها القديس توما، الرسول، وأخذ الطفل إلى كنيسة الرعية المحلية للتعميد.

ومع ذلك، أبلغه كاهن الرعية أنه لا يوجد تقليد لإعطاء اسم الرب للأطفال بين الكاثوليك السوريين في كيرالا. سمح إبراهيم جوزيف بوثن على مضض لكاهن الرعية بمناداة الطفل إبراهيم. لكنه استمر في دعوة حفيده "يسوع". تلقى آبي المناولة والتأكيد المقدس الأول في تسع سنوات، وكان أجداده على كلا الجانبين عندما رسم الأسقف علامة الصليب بزيت مقدس على جبهته. أحب آبي أجداده وسافر معهم في جميع أنحاء كيرالا. أراد جده أن يريه الكنائس السبع التي أنشأها القديس توما على ساحل مالابار عندما جاء من إسرائيل للتبشير بإنجيل يسوع. من الناحية القانونية، كانت كنائس الخراطيم تُعرف تدريجيًا باسم Syro - Malabar وكانت تحت بطريرك أنطاكية. كانت اللغة الرسمية المستخدمة في القداس هي الآرامية. أعرب الجد عن رغبته في أن يلتحق حفيده بمدرسة دينية ويصبح كاهنًا وأسقفًا. ولكن بعد وفاته، نشأ آبي دون أي ارتباط بالمسيحية. شعرت والدته، ليلى ووالده، توماس أبراهام، أن آبي يمكن أن يتمتع بمزيد من الحرية ويعيش حياة قائمة على الأسباب والعلم كشخص غير متدين.

تلقى آبي تعليمه الابتدائي في مدرسة يديرها اليسوعيون. أصبح تدريبهم مفيدًا من خلال تشجيع التلاميذ على تطوير مواهبهم وقدراتهم الكامنة في مجالات الحياة المتنوعة. أدرك آبي أن التعليم اليسوعي القائم على نسبة الطلاب ساعده وحسّنه ؛ طور حب الرياضيات والفيزياء والرسم. ركز اليسوعيون على تعليم آبي الموجه نحو الشخص، مثل التعليم المتكامل والقائم على القيم والسعي لتحقيق التميز والتكيف مع الأهمية والمشاركة وخلق مجتمع عادل. أطلق عليها اليسوعيون اسم عملية علم أصول التدريس الإغناطي، واستوعب آبي كل هذه القيم وغالبًا ما أعرب عن سعادته كطالب في المدرسة اليسوعية. لقد تعلم منهم، وشكل شخصيته وفقًا لذلك، وكان دائمًا يعتز بتبجيل صامت وضمني لليسوعيين، بشكل أساسي لرؤيتهم ورسالتهم في التعليم.

في المدرسة الثانوية، بدأ آبي في عرض لوحاته في معرض الفنون بالمدينة بسبب الدعم والتشجيع من معلمه في الفصل، وهو كاهن يسوعي، ساعده في تعلم الدروس الأساسية في الرسم. يمكن لآبي أن يرسم لوحات تجريدية حديثة في غضون عامين، وهو ما يقدره عشاق الفن كثيرًا، وساعده اليسوعيون في عرضها في بنغالورو وتشيناي. كان أحد المعروضات بعنوان "يسوع العاري"، مما خلق العديد من المناقشات والخلافات بين عشاق الفن وعامة الناس. أراد آبي أن يسميها "الرب القائم من الموت"، لكن معلمه، الكاهن اليسوعي، اقترح اسم "يسوع العاري".

في المعهد الهندي للتكنولوجيا، لم يتمكن آبي من تطوير افتتانه بالرسم. ولكن في سنغافورة، سجل في دورة الرسم لمدة فصلين دراسيين في مدرسة اللوحات، مما ساعده على تعلم الأساليب التي يستخدمها الأساتذة العظماء في الرسم، إلى جانب أساسيات الانطباعية والتكعيبية والسريالية. أكثر من معالج كمبيوتر مشغول بتطوير خوارزمية للذكاء الاصطناعي، فكر آبي في نفسه كرسام للصراعات والعواطف البشرية من رعاياه، ورسام كامن في وعيه.

بعد عطلته في غوا، في لوحاته الأساسية، لم تظهر سوى صورة واحدة: غريس، ورسمها بطرق متنوعة معبرًا عن عواطفها ومزاجها ومشاعرها. ومع ذلك، فإن وجه أناسويا جاين أزعجه مثل *القبلة* والعناق ولاعبة *الشطرنج النسائية* ؛ الموضوعات تشبهها. لم يرغب أبدًا في رسم أي امرأة أخرى باستثناء غريس، وفي وقت لاحق، إيما، ولكن أنسويا جاين، التي كان وجهها نسخة طبق الأصل من الموضوع الذي رسمه. في "لاعبة الشطرنج النسائية"، شوهدت امرأة رائعة تلعب الشطرنج. ركزت اللوحة على امرأة أمام رقعة الشطرنج على الشاطئ، خلفها البحر الأزرق الهادئ، تشبه رقعة الشطرنج الهائلة. ومع ذلك، كان كل شيء لا يزال حولها، ولكن ديناميكية وقوة متأصلة. ومن المفارقات أن لاعبة شطرنج واحدة فقط اقترحت أن غريس كانت تلعب ضد العالم، وكانت تحركاتها محسوبة ودقيقة. يمكنها هزيمة العالم لأنها تمتلك الحكمة والحصافة وقوة الإرادة والقدرة على التحمل للتغلب على كل الصعاب. عرض آبي اللوحة في المتحف الوطني في واشنطن العاصمة لمدة ثلاثة أيام، وكانت هناك مراجعات رائعة لأسلوبها وتأثيرها. في اليوم الأول، اشتراها ملياردير روسي غير معروف بمبلغ لم يكشف عنه.

أزعجت أنسويا جاين آبي، وظل وجهها في ذهنه طوال النهار والليل. في صباح اليوم التالي، بعد الإفطار، كان هناك مكالمة من مدير الفندق:

"سيدي، رسالة من السيدة أناسويا جاين، رئيسة مجلس إدارتنا. هل آتي إلى جناحك لتسليمه ؟" سأل.

أجاب آبي: "نعم، من فضلك".

وصل المدير إلى الجناح في غضون خمس دقائق وسلم مظروفًا أنيقًا موجهًا إلى سيليبات. فتحت آبي الظرف وبدأت في قراءة الرسالة على أوراقها الرسمية، وليس على رئيس صناعات جاين. دون أي زخرفة، كانت الكلمات دقيقة، حيث خاطبته باسم "السيد سيليبات"، وهو ما أدخله في سجل الفندق. كانت قد كتبت أنها تحب اللوحة، التي خلقت "اهتزازات لا يمكن تفسيرها في قلبها، لأنها بدت فريدة ورائعة، وقادتها إلى ماضيها". كما أخبرته أنه إذا لم يكن شخص ما قد حصل على اللوحة بالفعل، فستحب شرائها باعتبارها "كنزها الشخصي، لأنها جوهرة لا تقدر بثمن بين اللوحات الحديثة". كتبت أنها تريد مقابلته، وطلبت منه أن يمنحها

موعدًا بعد ظهر اليوم التالي في جناحه لمناقشة إجراءات الشراء. طلبت منه إبلاغها بالاجتماع عن طريق الهاتف أو رسالة عن طريق مدير الفندق. الرسالة موقعة من "أناسويا جاين".

أناسويا جاين، هل أنت غريس ؟ تساءل آبي في ذهنه. خلاف ذلك، لماذا يجب أن تقودك اللوحة إلى ماضيك، ناقش آبي. أبلغ مدير الفندق أن أنسويا جاين مرحب به لمقابلته في اليوم التالي في الساعة الرابعة مساءً على فنجان شاي في جناحه.

أراد آبي معرفة المزيد عن صناعات جاين وأنسويا جاين. وطلب من مدير الفندق أن يرسل له نسخة من دليل صناعات جاين من مكتبة الفندق. كانت هناك عشرات الصفحات المخصصة لأصل وتطور صناعات جاين. كان مؤسسها آتمان جاين، وهو يتيم من أودايبور في راجستان هاجر إلى بومباي. بدأ العمل في متجر للمجوهرات وافتتح متجر المجوهرات الخاص به مقابل محطة فيكتوريا في غضون خمس سنوات. في غضون عشر سنوات، أنشأ ثلاثة متاجر مجوهرات أخرى في جميع أنحاء المدينة. عندما كان عمره ثمانية وعشرين عامًا على الأرجح، ولد ابنه الوحيد عدينة في عام تسعة وأربعين وتسعة عشر. تولى العمل من والده عند وفاته في عام ألف وتسعمائة وخمسة وستين. كانت عدينة ديناميكية وجريئة للغاية. وسع تجارته لتشمل صناعة الضيافة، وأنشأ ثلاثة فنادق من فئة سبع نجوم في غضون عشر سنوات في بومباي، وافتتح تدريجياً مطاعم ومستشفيات ناجحة للغاية. في عام ألف وتسعمائة وثلاثة وسبعين، ولد ابنه آجي.

في عام ألف وتسعمائة وخمسة وسبعين، ولد أناسويا. حصلت على تعليمها الابتدائي والثانوي في مدرسة تديرها الراهبات الكاثوليكيات في المدينة وتخرجت من كلية سانت كزافييه. التحقت بكلية لندن للاقتصاد للحصول على درجة الماجستير وحصلت على ماجستير إدارة الأعمال من وارتون في غضون عامين. عند عودتها إلى الهند، عاشت وعملت في حي فقير في غوا متخفية لمدة عام، تقوم بأعمال يدوية. كانت عملية تعلم حول تكتيكات البقاء على قيد الحياة. توقف آبي عن القراءة فجأة.

غرايس، لقد تغيرت كثيراً. لكنك لست جلالتي، التي التقيت بها في كالانجوت وبقيت معك في سينغويريم بالقرب من حصن أغوادا لمدة تسعة أشهر تقريبًا. لم أعتقد أبداً أنك شخص مختلف. كنت ذكيًا وبارعًا وشجاعًا، لكنك لم تكشف أبدًا أنك متعلم تعليماً عالياً. لم تتحدث عن عائلتك وخلفيتك المالية والتعليمية، وافترضت أنك فتاة دون الكثير من التعليم، يتيمة. كم كان الأمر خادعًا. على الرغم من أنك لم تفعل أي شيء ضدي، لم تضعني أبدًا في صعوبات، ولم تمنع مسيرتي المهنية أو تدمر مستقبلي. كانت جميع القرارات التي اتخذتها قراراتي الخاصة لأنني لم أقل أي شيء عن خلفيتي، لأننا لم نكن مهتمين بماضينا أو مستقبلنا، فقط عن الحاضر. أشعر بالسوء لأنك فشلت في الكشف عن هويتك الحقيقية، على الرغم من أنني لم أتمكن من إظهار هويتي. بدأنا من حيث التقينا وانتهينا حيث انفصلنا. وأنا أعلم أنني لا ينبغي أن ألومك أو أجد

خطأ معك. لقد كنت دائمًا محترمًا ومراعيًا ولطيفًا معي ؛ لقد أحببتني، واستطعت أن أشعر بذلك في مناسبات عديدة. لقد استمتعت بصحبتي لأنني أحببت وجودك وقربك.

بقيت أنسويا جاين في حي فقير في غوان لتجربة حقائق الحياة الصارخة وتعلم كيفية مواجهة الحياة في المواقف القصوى. لم تأخذ أي أموال معها ولم تدير أي حساب مصرفي ؛ لم تكشف عن مكانها لأي شخص، حتى والديها. لم ترسل بريدًا إلكترونيًا إلى أي شخص وتواصلت على أي من وسائل التواصل الاجتماعي. لقد كان تطويرًا لمهارات التعلم، وقد علمتها تلك التجربة لمدة عام واحد التعامل مع الناس وساعدتها في الكفاح من أجل تحقيق النجاح دون قبول الهزيمة. لقد كان تدخيلًا لقيم المجتمع ومعاييره، ولكنه كان يحمي قيمها ومعاييرها. بالنسبة لأنسويا جاين، كانت التجربة الأكثر قيمة في حياتها. بعد قراءة المزيد، توقف آبي لدقيقة.

غرايس، كنت خنزير غينيا الخاص بك ؛ لقد استغليتني للتعلم وتنمية المهارات، ولم أفكر أبدًا في فرديتي وشخصيتي وكرامتي. لقد استفدت مني.

لا يا غرايس، لم تعامليني أبداً كبيدق. لقد أظهرت لي الاحترام والرعاية. لقد قبلت دعوتك للبقاء معك ؛ لقد كان قرار رجل نبيل، ولا ينبغي أن ألومك على العواقب.

عندما توفي والدها في عام ألفين وعشرة، أصبحت أنسويا جاين رئيسة صناعات جاين. رفض شقيقها آجي العالم باعتباره ديغامبار سانياسي، متسول جاين عاريًا متجولًا. اتبعت أنسويا جاين خطى والدها واستحوذت على فندقين آخرين، وأنشأت مستشفى فائق التخصص، وسلسلة من محلات السوبر ماركت، وشركتين لتكنولوجيا المعلومات في الأجزاء الغربية من الهند.

كانت غرايس عبقرية. في التاسع والتسعون من يونيو، قابلها آبي ؛ لم يستطع أبدًا أن ينسى ذلك اليوم أو وجهها. قضى آبي حوالي أسبوعين مع والديه في كاليكوت، وذهب إلى غوا لمدة خمسة أيام، وفكر في الذهاب إلى مومباي بعد قضاء عطلة قصيرة هناك. استقل رحلة إلى مطار دابوليم في غوا من كاليكوت، وبعد الهبوط، ذهب لرؤية الشاطئ الذهبي في كالانجوت لقضاء ليلة هناك. استقل آبي حافلة من المطار إلى كالانجوت، واحتفظ بحقيبة الظهر تحت المقعد. كانت فيها محفظة تحتوي على نقود وبطاقة ائتمان وبطاقة خصم وهاتف محمول ورخصة قيادة وزوجين من الملابس والاحتياجات اليومية. عند وصوله إلى كالانجوت، أدرك آبي أن حقيبته كانت مفقودة وفقدت كل شيء. كان قائد الحافلة عاجزًا وأخبر آبي أنه من مسؤوليته الاعتناء بممتلكاته ؛ لم تكن شركة الحافلات مسؤولة عن السرقة، حيث كان آبي لحقيبة ظهره.

12

النعمة

لم يذهب آبي إلى مركز الشرطة لتقديم شكوى لأنه لم يكن لديه المال لرشوة مفتش الشرطة ورجال الشرطة. كان من غير المجدي المطالبة لأنه كان من المستحيل استعادة أمواله وبطاقات الائتمان والخصم ورخصة القيادة. في وقت لاحق، علم من غريس أن مجموعات المافيا المحلية والدولية العاملة في غوا كانت تسرق ممتلكات السياح وتسيء استخدام بطاقات الائتمان والخصم ورخص القيادة الخاصة بهم.

من الظهر، تجول آبي على الشاطئ، يفكر في الوصول إلى مومباي للانضمام إلى البنك. حوالي الساعة الثالثة، ذهب إلى منطقة وقوف الشاحنات لتحديد ما إذا كان بإمكانه الحصول على رحلة مجانية إلى مومباي، لإقناع سائق، لكن لم يكن أحد على استعداد لأخذه، خوفًا من أن يكون عضوًا في عصابة إجرامية. بعد ذلك، ذهب آبي إلى محطة الحافلات حوالي الساعة السادسة مساءً. لم يكن أي سائق على استعداد لنقله إلى مومباي دون دفع ثمن التذكرة، على الرغم من أنه تحدث إلى نصف دزينة. لاحظ آبي أن امرأة شابة كانت تراقبه.

سألت: "هل أنت ذاهب إلى مومباي".

قال: "نعم".

"لماذا لا تسافر خلال النهار ؟ إنها أكثر أمانًا ".

"هل الأمر كذلك ؟"

"نعم، بالتأكيد. إنها حوالي خمسمائة وتسعين كم ؛ إذا استقليت حافلة، فقد تصل إلى مومباي في غضون أكثر من اثنتي عشرة ساعة بقليل ".

"لكنني طلبت من بعض الشركاء السائقين أن يعطوني رحلة مجانية."

"لماذا ؟" استفسرت.

"أمتعتي مسروقة. لقد فقدت نقودي وبطاقات الائتمان والخصم ورخصة القيادة والملابس".

"هذا مؤسف للغاية. لذلك، ليس لديك المال لشراء تذكرة "، أدلت المرأة ببيان.

"نعم".

قالت رداً على سؤال: "لذلك، إذا لم تذهب اليوم، فأنت قلق من أنه ليس لديك مكان للنوم".

أجاب: "لقد فهمت مشكلتي".

"لا تقلق. يمكنك البقاء معي ليلة واحدة، وسأعطيك أجرة الحافلة ؛ يمكنك إعادتها إلي لاحقًا ".

"البقاء معك ؟ أين ؟"

"هل أنت خائف ؟" سألت سؤالاً مضاداً.

"لا، أنا لست خائفة من أحد. أواجه الحقائق والمواقف كما هي وأحاول إيجاد حلول لها ".

"هذا رائع. أنا أقدر الناس مثلك، الذين يواجهون المشاكل كما هي، وإيجاد الحلول دون إظهار أي خوف، وعدم قبول الهزيمة، وعدم الهروب من الصعوبات،" كانت دقيقة.

"يبدو أنك عملي. قال آبي: "لديك موهبة في حل المشكلات".

"بالتأكيد. [NEUTRAL]: أتعلم مواجهة المواقف الصعبة. يجب أن أنسى أشياء كثيرة ؛ أحتاج إلى رؤية الظروف من منظور جديد، وتقييمها، وإيجاد حلول "، انبثقت كلمات الشابة من الثقة.

نظر إليها آبي لفهم معنى وسياق تفسيرها. شعر بالفضول والحذر في الوقت نفسه. كان بإمكانها فهم الوضع الذي تعيش فيه ووصفه بوضوح. لم تكن فتاة عادية، تتحدث بذكاء دون موانع.

"هل أنت كذلك ؟ أين تقيم ؟" سأل.

"أقيم بالقرب من حصن أغوادا. قالت بثقة: "تعال، سأريك الحصن من مسكني وصباح الغد، يمكنك الذهاب إلى مومباي، وبحلول المساء ستكون في المدينة التي لا تنام أبدًا".

قال: "أنا أثق بك".

"لا يوجد شيء يمكن الوثوق به. لن آكلك. يمكنك تناول العشاء معي والنوم جيدًا،"حاولت غريس إقناع آبي.

كانت طويلة إلى حد ما، ترتدي جينزًا خشنًا وقميصًا. كان لديها قبعة بنية، ولم يُرى شعرها في الخارج، مما أعطاها مظهرًا نشطًا جسديًا وثقة نفسية. قد يكون عمرها حوالي أربعة وعشرين عامًا ؛ قد تكون أصغر منه بسنة واحدة.

قال: "سأذهب معك".

"جيد، دعنا نستقل حافلة محلية، والتي تستغرق من خمسة عشر إلى عشرين دقيقة فقط للوصول إلى مكاني."

ركضت نحو حافلة، وتبعها. كانت حافلة خاصة، وحصلوا على المقعدين الأخيرين. بدا أن السائق كان في عجلة من أمره لأنه أراد جمع المزيد من الركاب وعمولة أعلى من شركته. في غضون خمس دقائق، امتلأت الحافلة بالركاب، وكان العديد منهم واقفين. نظرًا لأنها كانت

مكتظة للغاية، وجدوا التحدث صعبًا أثناء وجودهم في الحافلة. في غضون عشرين دقيقة، وصلوا إلى قلعة أغوادا.

"لننزل. قالت في أذنه: "لقد وصلنا إلى شاطئ سينغويريم". بصعوبة كبيرة، ضغطوا على أنفسهم للخروج من الحافلة. أرته حصن أغوادا العملاق مقابل السماء المظلمة عندما نزلوا.

"أبقى على الجانب الآخر من الحصن. نحن بحاجة إلى المشي لمدة عشر دقائق. قالت: "امشي بجانبي".

كانت رشيقة وكانت تمشي بسرعة كبيرة. لاحظ آبي أن هناك الكثير من التصميم في كل خطوة،

"كل صباح ومساء، أمشي في هذا الطريق. ترى، لم يتم تقطير الطريق بشكل صحيح، ونتيجة لذلك، يمكنك رؤية الحفر في كل مكان. لكن هذه ليست مشكلة. علينا أن نمشي ونغطي المسافة ؛ هذا هو هدفنا،" كانت تتحدث إليه، واستمع إليها في صمت.

لم يكن هناك إضاءة كافية على الطريق. لكن الكثير من الناس كانوا يذهبون من وإلى، معظمهم من العمال.

فجأة وصلوا إلى حي فقير مليء بالأكواخ الصغيرة ولكن نظيفة إلى حد ما.

"هنا أبقى، وهذا هو بيتي. هناك حوالي مائة منزل هنا "، أشارت إليه، كوخ صغير مغطى بأغطية البوليثين.

قالت بابتسامة: "مرحبًا بك في منزلي"، أثناء فتح القفل.

صُدم آبي. لم يعتقد أبدًا أنها كانت تقيم في كوخ من هذا القبيل، ولم يكن ليذهب معها لو كان يعرف ذلك. لكنه لم يقل أي شيء لأن الأوان قد فات للعودة.

كانت غرفة صغيرة. كان هناك سرير كبير ثابت مصنوع من أعمدة الخيزران. كان المطبخ بجانبه، مع صفيحة من الجرانيت موضوعة على أرجل خشبية وموقد غاز. كان بإمكانه رؤية صنبور مياه جارية بجوار طاولة المطبخ وثلاجة صغيرة تلامس طاولة المطبخ. لم يكن في الغرفة أثاث، باستثناء كرسيين بلاستيكيين.

"ما اسمك ؟" أثناء إزالة قبعتها، استفسرت.

"أنا آبي".

قالت: "أنا غريس".

لاحظ أن شعرها داكن قصير، يصل إلى شحمة أذنها، وكان وجهها مثل تمثال رخامي محفور لإلهة يونانية. لم يسبق له أن رأى مثل هذه المرأة الجميلة ذات الشكل الجيد.

"أنا دائما أرتدي هذا القبعة كلما خرجت. قالت غريس وهي تراقب عيون آبي المحدقة: "إنها تحميني".

علق آبي: " بعض الأشياء التي نستخدمها عن قصد تعطينا نظرة مختلفة".

"أنت على حق. من الصعب إدراك الواقع للوهلة الأولى، وهو أمر مثير للاهتمام. إلى جانب ذلك، يصنع الجميع حقيقة مختلفة لأن كل واحد يخلق ما يراه المرء ".

نظر آبي إلى غريس في مفاجأة. كان لكلماتها معنى عميق. تحدثت من التجربة، التي احتوت على الكثير من الحكمة، لكنها كانت دقيقة.

قالت وهي تسخن الماء على موقد الغاز: "يوجد مرحاض في تلك الزاوية ؛ يمكنك الاستحمام، ويمكنني صنع بعض الماء الساخن لك".

"شكرا لك، غريس".

نظرت إليه عندما سمعته يناديها باسمها.

"هذا يبدو جيدًا. عدد قليل جدا من الناس يعرفون اسمي. يدعوني آخرون "فتاة ذات قبعة بنية"، ابتسمت غريس أثناء سرد القصة.

"لديك اسم جميل وقبعة رجولية".

نظرت إليه وابتسمت مرة أخرى.

قالت وهي تصب الماء الدافئ في دلو: "لا يوجد صنبور مياه داخل الحمام ؛ تحتاج إلى أخذ سطل من الماء من هذا الصنبور".

أجاب: "بالتأكيد".

"يمكنك ارتداء هذا القميص الرئوي والقميص بعد الاستحمام. كلاهما لي، مغسول ومجفف "، قالت أثناء تسليم الملابس له.

وعلق قائلاً: "شكراً لك يا غريس ؛ أنت مراعية للغاية".

ضحكت غريس وهي ترد: "لا تبدي رأيًا عني بهذه السرعة".

"إنها حقيقة".

"يمكنك غسل ملابسك ووضعها على الشماعة لتجف. قالت جريس: "يمكنني كيها في الصباح قبل أن تذهب".

كان آبي يستحم بالماء الدافئ. على الرغم من أن الحمام كان صغيرًا جدًا، إلا أنه شعر بالراحة والراحة. ضحكت غريس ضحكة قلبية عندما خرج بعد الاستحمام، مرتديًا الرئة والقميص.

"تبدين مختلفة، نعم، فجأة تغيرت. وعلقت قائلة: "مدى سرعة تغير الناس وتكيفهم مع المواقف الجديدة".

"هذا صحيح، لكنني أشعر بالراحة في رئتيك وقميصك، على الرغم من أن القميص ضيق وقصير بالنسبة لي. لكنها حقيقة ؛ هذه هي المرة الأولى التي أرتدي فيها ملابس امرأة ".

"أنت أطول مني. إلى جانب ذلك، لم أعتقد أبدًا أن الملابس التي اشتريتها لي سترتديها يومًا ما. لكنك الآن ترى العالم من خلال ملابسي،" أثناء أخذ دلو من الماء الدافئ إلى الحمام، أدلت غريس بملاحظة.

جلس آبي على الكرسي البلاستيكي. من المضحك أن أكون هناك. لم يتخيل آبي أبدًا مثل هذا المكان ومثل هذا الموقف. لم يكن التواجد مع امرأة شابة في كوخ صغير في وسط حي فقير، وارتداء ملابسها والتفكير فيها مضحكًا فحسب، بل كان سخيفًا أيضًا. فكر آبي في ركوب حافلة صباحية إلى مومباي، والتي ستصل إلى هناك بعد حوالي اثنتي عشرة ساعة. كانت الشقة المخصصة له بالقرب من البنك، وكانت مدبرة المنزل موجودة وفتح المنزل له. تناول العشاء في مطعم قريب، والنوم حتى الساعة الثامنة صباحًا في اليوم التالي، وتقديم التقارير إلى البنك بحلول الساعة التاسعة، على الرغم من أنه سيصل إلى البنك قبل ثلاثة أيام، كان على ما يرام.

"مرحباً، كيف تشعر"، سألت غرايس أثناء خروجها من الحمام.

أجاب: "رائع".

لاحظ آبي أن غريس كانت ترتدي رئة ملونة مع قميص بوش. بدت ساحرة، وجميلة بالفعل، في هذا الفستان البسيط.

قالت وهي تلتقط بعض الطعام من ثلاجتها الصغيرة: "دعنا نتناول عشاءنا".

قامت بتدفئة الطعام واحدًا تلو الآخر على موقد الغاز. كانت هناك قطع دجاج، سمك مقلي، سلطة خضروات وشباتي.

قالت وهي تسلم له طبقًا: "كل بما فيه الكفاية ؛ قد تكون جائعًا".

أخذت غريس وآبي اللحم والأسماك من مقالي القلي. كان الجباتي في طبق خزفي وسلطة على طبق السلطة.

أمسكوا أطباقهم بالطعام في أيديهم، وجلسوا وجهاً لوجه على الكرسي. كان آبي مفتونًا بالسرعة التي كانت تقوم بها غريس بعملها. كما لاحظ أن منزلها كان مرتبًا ؛ وأن المطبخ الذي استخدمته كان جيدًا ونظيفًا.

"كيف حال الطعام ؟" أثناء تناول الطعام، سألت غريس.

أجاب: "فخم ولذيذ".

"عادة، أتناول عشاءً جيدًا لأن إفطاري يكون في الصباح الباكر قبل الذهاب إلى العمل، وهو ليس بهذا الحشو. دائمًا ما يكون الغداء مقتصدًا لأنني آكل أي شيء متاح على الرصيف لأنني لا أستطيع شراء الطعام من مطعم كل يوم. لكنني محدد للغاية بشأن الحصول على الأكل الصحيح والنظيف ".

استمع إليها آبي باهتمام كبير.

تناول المزيد من الدجاج والأسماك "، قالت وهي تضع أرجل الدجاج المقلي والأسماك على طبقه.

أجاب: "شكراً لك يا غريس".

"كنت أتضور جوعاً، والآن، أنا ممتلئ. العشاء الذي طبخته ممتاز، أفضل ما تناولته في الآونة الأخيرة ".

أجابت غريس: "أنت تثني كثيرًا، وهي علامة على البراءة والود".

علق قائلاً: "كلماتك لطيفة".

قالت غريس: "يبدو أنك متساهلة في أحكامك".

"أنت لا تعرفني. وقال: "في بعض الأحيان يمكن أن أكون متهورًا جدًا وعنيدًا وغير عقلاني".

"من الجيد أن يكون لديك رأي موضوعي حول نفسك. لكن معظم الناس غير عقلانيين في حياتهم اليومية ".

بعد العشاء، انضم آبي إلى غريس في غسل الأطباق والملاعق والشوك والأطباق. ثم نظفت طاولة المطبخ ونظفت الغرفة، بما في ذلك الحمام.

عادة، في أي وقت تذهب إلى النوم "، سألت وهي تمسح الأرض.

أجاب: "أنام حوالي العاشرة والنصف".

وأضافت جريس: "أذهب إلى النوم في الساعة العاشرة وأستيقظ في حوالي الساعة الرابعة صباحًا، حتى أتمكن من الطهي وغسل ملابسي والذهاب إلى العمل في حوالي الساعة السابعة".

قال وهو ينظر إلى غريس: "أنا أيضًا أستيقظ حوالي الساعة الرابعة صباحًا وأكمل كل عملي".

لكنها لم تسأله عن العمل الذي قام به. لم تكن فضولية بشأنه.

"آبي، قد تتساءل أين تنام. لكن لا تقلق، أنت تنام معي "، قالت أثناء غسل الممسحة بعد تنظيف الأرض.

"معك ؟" فوجئ.

"لا توجد مساحة أخرى غير هذا المهد. ولكن بشرط واحد: لا تلمسني عن قصد. أقصد أن أقول إنه لا يتم قبول أي سلوك غير متوقع من رجل نبيل أثناء نومك، كما أنك مستيقظ "، قالت غريس وهي تجلس على الكرسي وتنظر إلى عينيه.

شعر آيب أنها جادة، جادة بشكل مميت.

أجاب: "ثق بي ؛ لن ألمسك أبداً بشكل خبيث".

"أتوقع ذلك. دعونا نحترم كرامة بعضنا البعض،"كانت كلمات غريس لا لبس فيها وحادة.

"منذ الطفولة فصاعدًا، تعلمت احترام حرية الآخرين ولم أتدخل أبدًا في أعمال الآخرين. لا داعي للخوف مني،"كان آيب قاطعًا.

قالت أثناء إزالة غطاء السرير ووضع وسادة أخرى مخصصة لآبي: "هذا قرار جيد، قرار جريء".

"غطي جسمك حتى لا تشعر بالبرد، ونامي على السرير بالقرب من الحائط حتى أتمكن من النهوض دون إزعاجك"، نصحته أثناء تسليم ملاءة قطنية وبطانية من الصوف الخفيف.

أجاب: "بالتأكيد".

أغلقت جريس الباب من الداخل، وأطفأت الضوء ووضعت لمبة الصفر. ثم استلقوا جنبًا إلى جنب.

"طابت ليلتك يا آبي"، تمنت له نومًا هادئًا.

"شكرا لك، غريس، على العشاء وترتيب النوم. طابت ليلتك".

كان آيب ينام نومًا لطيفًا. عندما استيقظ حوالي الساعة الرابعة والنصف، رأى غريس تكوي ملابسه، وتنتشر على السرير، الذي كان قد غسله في الليلة السابقة ووضعه على الشماعة ليجف.

قالت وهي تطوي سرواله: "انتهيت".

"صباح الخير، غريس، وشكرا لك على كي ملابسي. لكن كان بإمكاني فعل ذلك. عادة لا أتوقع أن يقوم أي شخص آخر بعملي ".

"صباح الخير، آبي. لقد قمت بالكي وأنت تغادر في الصباح. لو بقيت معي، لما كررت ذلك أبدًا ".

نظر إليها لكنه لم يقل أي شيء.

سألت: "ما الذي تفضل تناوله، الشاي أو القهوة".

أجاب: "أي شيء سيفعل ؛ أنا أحب كليهما".

قالت: "إذن، دعونا نشرب القهوة".

أعدت غريس قهوة تبخير على السرير وسكبتها في كوبين كبيرين.

قالت: "آبي، تناول قهوتك".

علق وهو يحتسي القهوة الساخنة: "إنها لذيذة".

"شكرًا لك، آبي، على التقدير".

وأضاف: "أنا أحب القهوة الساخنة مثل هذا".

"أنا أيضًا أحب القهوة الساخنة. أجهز كوبًا كل صباح بمجرد أن أنهض وأستمتع به تمامًا، وأخطط لجدول عملي أثناء احتساء هذا المشروب الرائع ".

أحبّت آبي الطريقة التي كانت تبتسم بها. كان لها جمال وجاذبية نادرة، وكان يحب أن يراها تبتسم مرة أخرى، حيث كان لها سحر ساحر. أمسك كوب القهوة في يده اليسرى ورشف القهوة ببطء.

ثم فتحت محفظتها، وأخذت خمسمائة روبية من العملات الورقية، ووضعتها في يد آبي اليمنى، وقالت: "هذا هو المال لتذكرة الحافلة الخاصة بك"، وابتسمت مرة أخرى.

"غريس"، نادى فجأة.

"نعم، آبي"، أجابت وهي تنظر إليه.

"لدي أربعة أيام في يدي قبل الوصول إلى مومباي. لذلك، سأعمل معك لمدة ثلاثة أيام وأكسب ما يكفي من المال لأجرة الحافلة. اسمح لي بالبقاء معك لمدة ثلاثة أيام أخرى. سأدفع ثمن الطعام والنفقات الأخرى "، بينما أعيد المال، أوضح.

نظرت إليه غريس في دهشة. هل تريد البقاء معي ؟ في هذا الكوخ، في هذا الحي الفقير ؟"

"نعم، غريس. اسمحوا لي أن كسب المال لنفقاتي. لا ينبغي أن أكون عبئًا عليك. بما أنني بصحة جيدة، يمكنني القيام بأي عمل والاستمتاع بالعمل. كان بإمكاني كسب حوالي مائتي روبية في اليوم ".

"أنت على حق. أنا أجني حوالي مائتين وخمسين روبية في اليوم، وهو ما يكفي لي لحياة سعيدة ".

قال: "إذن، اسمح لي بالبقاء معك لمدة ثلاثة أيام أخرى".

قالت: "كما تشاء".

بعد تخزين المياه في حاويات، أعدت غريس وآبي وجبة الإفطار وشطائر الخضروات والعجة. ثم تناولوا طعامهم الصباحي، وغسلوا الأطباق، ونظفوا طاولة المطبخ والحمام، وذهبوا للعمل

حوالي الساعة السادسة والنصف. أغلقت غريس المنزل من الخارج، واحتفظت بالمفتاح في جيبها الداخلي، وعدلت قبعتها حتى تتمكن من تحريك رأسها بشكل مريح. أعطت مفتاح منزل احتياطي لأبي وطلبت منه الاحتفاظ به في مكان آمن.

سار غريس بسرعة مثل الرياضي، وكان أبي إلى جانبها وهو يتذكر أن غريس طلبت منه أن يخطو على جانبها الأيمن بدلاً من المشي خلفها. لقد فهم أنه يساعدهم على التحدث بشكل أفضل أثناء المشي، والنظر إلى وجوه بعضهم البعض كلما لزم الأمر.

"المشي في الصباح والمساء تمرين جيد. يساعد العضلات على أن تكون قوية وصحية. كما أنه يساعدنا على التنفس بشكل صحيح، والحفاظ على الجسم لمقاومة المرض الشائع،"قالت غريس،

قال آبي: "غريس، أنت تمشين مثل الجندي".

أوضحت: "أنا أفعل ذلك عن قصد، وقبعتي تساعدني في أن أبدو واحدة".

كانوا بالفعل في محطة الحافلات، وكانت هناك حافلة تنتظر الانطلاق.

وقالت: "سنكون على شاطئ كالانجوت في غضون خمسة عشر إلى عشرين دقيقة"، أثناء دخول الحافلة.

"ماذا سنفعل اليوم ؟" سأل وهو جالس بجانبها.

"على الأرجح، سنعمل في مخزن الأسماك الباردة. علينا أن ندفع العربة المملوءة بالأسماك الطازجة إلى التخزين البارد. في أيام معينة، يحصل الصيادون على صيد أفضل ولا يمكنهم بيع كل شيء في السوق. إذا تم بيع كل شيء في نفس اليوم، فإن السعر سينهار، وسيعاني الصيادون والوسطاء ورجال الأعمال وتجار التجزئة من خسارة فادحة، وبالتالي، التخزين البارد. يمكن تخزين الأسماك الطازجة هناك لعدة أيام معًا ".

"هل يعجبك هذا العمل ؟" سأل آبي.

"بالتأكيد. لقد اخترته. إنه يعطيني مصدر رزق، وأعيش حياة كريمة بسبب هذا العمل. إلى جانب ذلك، كل عمل رائع ويجعلنا بشرًا، لأننا نغير أنفسنا بسبب عملنا. انظر حولك، وما تراه هو نتيجة الجهود البشرية ؛ نضع أدمغتنا وأيدينا معًا لبناء عالم صالح للعيش للجميع، وبالتالي تشكيل محيطنا. العمل هو نتيجة حبنا وثقتنا وإيماننا. أتطلع إلى عمل اليوم التالي عندما أصل إلى المنزل كل مساء. ألا تشعرين بذلك ؟" طرحت سؤالاً على آبي.

"بالتأكيد، أنا أستمتع بأداء عملي، لكنني أختار العمل. لكن الآن قد أستمتع بالعمل معك "، قال وهو ينظر إلى غريس.

"بالطبع، أنا أتفق معك. نحتاج تدريجيًا إلى اختيار عملنا. لكننا بحاجة إلى خبرة في جميع أنواع العمل، مما يمنحنا الشجاعة والثقة والثقة لمواجهة المستقبل. ثم يمكنك اختيار عملك وفقًا لقدراتك وإمكانياتك ".

قال: "أنت على حق".

قالت جريس أثناء استيقاظها: "تعال، لقد وصلنا بالفعل إلى كالانجوت".

سرعان ما وصلوا إلى الشاطئ.

اليوم، الصيد ممتاز. انظر، هناك الكثير من الأسماك، وأنواع مختلفة من الأسماك ".

قال: "إذن، لدينا ما يكفي من العمل".

"نعم، يمكننا كسب المزيد من المال اليوم، على الأقل ثلاثمائة روبية لكل منهما"، كانت مندفعة.

كان مدير التخزين البارد على الشاطئ، وكان ستة عمال حوله.

"صباح الخير يا سيد دي سوزا"، رحبت به غريس.

"صباح الخير، الفتاة ذات القبعة البنية. نحن بحاجة إلى المزيد من العمال لتحويل المصيد إلى التخزين البارد ؛ خمسة آخرون على الأقل "، قائلاً إن دي سوزا نظرت إلى آبي.

قالت غريس: "إنه آبي، صديقي، وسيعمل معنا لمدة ثلاثة أيام".

قال دي سوزا وهو يصافح آبي: "مرحبًا يا سيد آبي".

طلبت جريس: "سيد دي سوزا، نحن بحاجة إلى أجر أعلى اليوم، حيث سنقوم بمزيد من العمل".

سألت ديسوزا: "كم تتوقع".

قالت غريس: "ما لا يقل عن ثلاثمائة وخمسين روبية".

قالت ديسوزا: "إنه مرتفع للغاية".

"هناك المزيد من العمل، وأجور أعلى"، كانت مصرة.

قالت دي سوزا: "ثلاثمائة أنا أدفع، لكن يجب أن تساعدني في التخزين البارد بعد نقل الأسماك".

قالت غريس: "موافق".

ثم تحدثت جريس إلى جميع العمال الآخرين. كان هناك ستة منهم. كانت ودية ومهذبة للجميع، وأظهروا احترامًا صريحًا لها أثناء التحدث.

قالت لهم: "جميعكم تحصلون على راتب أعلى اليوم".

قالوا: "هذا بسببك".

على الفور بدأوا العمل. عينت غريس عاملين لملء السمك في سلال صغيرة حسب تنوعها، وحمل عاملين السلال وملأوا عربات الدفع المحفوظة على الطريق الأسمنتي، على بعد حوالي خمسين مترًا من الشاطئ. دفع عاملان مع آبي وغريس العربة إلى المخزن البارد، على بعد حوالي مائتي متر. وجد آبي صعوبة كبيرة في دفع العربة المليئة بالأسماك، بينما حركتها غريس بسهولة. عندما رأت غريس آبي يكافح مع عربة الدفع، أظهرت كيفية التعامل مع السيارة دون الكثير من الضغط.

"أنت بحاجة إلى تعلم مهارة دفع العربة، لكنك ستحصل عليها ببعض الممارسة، وفي غضون ساعة، ستكون سيد دفع عربة الدفع"، أخبرته غريس أثناء إظهار الحيل لتحويلها بسهولة.

قال آبي: "إذا استخدمت الطريقة الصحيحة لدفعها، فسأطور المهارات للقيام بذلك بسهولة".

وقالت جريس: "الكل شيء، نحتاج إلى الخضوع لتنمية المهارات والممارسة المناسبة، وجميع المناصب في الحياة تتطلب ذلك".

قال آبي بثقة: "الآن يمكنني القيام بذلك".

"هذه هي الروح. لديك الإرادة لتعلمها والقدرة على إتقانها. عندما تجتمع القدرة والمهارة معًا، فإنك تحقق أشياء عظيمة "، أوضح آبي غريس.

دفعوا حوالي مائة عربة دفع مليئة بأنواع مختلفة من الأسماك إلى التخزين البارد بواحدة في فترة ما بعد الظهر، ولم تترك أي سمكة على الشاطئ في مزاد علني من قبل دي سوزا.

"عملنا لمدة ست ساعات دون أي استراحة. لقد قمتم جميعًا بعمل رائع. بعد الغداء، سنعمل داخل التخزين البارد لمدة ثلاث ساعات. تعال، دعنا نذهب لتناول الغداء "، قالت غريس لشركائها في العمل.

اشترت غريس وآبي شاباتي دافئة معبأة مع البطاطا المهروسة والأسماك المقلية. جلسوا على مجرى مائي وأكلوه ببطء. كان هناك أربع جباتات مع الخضار وقطعتين من السمك معبأة في أوراق فضية. فتحت غريس حقيبة ظهرها، وأخذت زجاجتين من الماء كانت قد لفتهما قبل مغادرة المنزل، وأعطت زجاجة واحدة لآبي.

"آيب، كيف تشعر ؟ كيف هو العمل ؟" سألت غريس.

"إنه ثقيل، شيء غير مألوف بالنسبة لي. لكن يمكنني الرد "، أجاب آبي.

وعلقت قائلة: "هذه عملية تعلم".

نظر إليها آبي كما لو كان يشكك في كلمتها "التعلم".

"التعلم من أجل ماذا ؟" طرح سؤالاً.

"التعلم مدى الحياة. يساعدك كل إجراء على أن تصبح شخصًا أفضل وتتغلب على العقبات التي قد تواجهها في الحياة. العمل الذي نقوم به الآن هو إعداد مصغر للموقف أو الوضع أو البيئة الأكبر التي قد نواجهها في وقت لاحق من الحياة. لذلك، كل فعل، كل كلمة هي أداة لتطوير المهارات،" بالنظر إلى آبي، قالت.

كان لديها توجه نحو الهدف. كانت كلماتها وأفعالها هادفة دائمًا، مما أدى إلى شيء آخر تتويجًا لنتيجة جديدة وهي تستعد لمواجهة مجال أوسع من الحياة.

"دي سوزا رجل عملي. يدير هذا المخزن البارد لكسب المال. تقوم دوزا بمزادات الصيد بكميات كبيرة عندما يكون هناك صيد أفضل وتدفع سعرًا أعلى قليلاً على الرغم من أن الكثير والصيادين سعداء. يدفع أجورًا أفضل بشكل هامشي لعماله، الذين يسعدهم العمل معه. إنه تفضيلهم الأول. اليوم، قام بتوظيفنا، وأعطانا رسومًا أعلى، وطلب منا مساعدته في التخزين البارد في فترة ما بعد الظهر. كان بإمكاننا الرفض، لكننا فعلنا ذلك لأنه دفع لنا أجرًا أعلى. الآن نحن سعداء، وهو سعيد. هذا هو سر العمل المربح، وتحقيق الربح لجميع الأطراف. هذا شعور حقيقي، مصلحة طبيعية للجميع. هناك عامل بشري في العمل ؛ رفاهية كل شخص تدير عملًا تجاريًا، ويعمل العمال لدى المالك ويتوقعون أرباحًا أعلى. هذا هو معنى تحقيق الربح، وهو جسر ذو اتجاهين "، أوضحت جريس سر العمل الناجح.

فوجئ آبي بالاستماع إلى حكمتها. كانت النعمة أبعد بكثير من المعرفة والجوانب العملية للحياة مما كان يعتقدها. كانت حكيمة في نفس الوقت. إلى جانب الوقوف على القيم الثابتة، كانت تحليلية في تجربتها ومخاوفها الإنسانية.

"في الحياة الواقعية، نحتاج إلى أن نكون يقظين وموضوعيين. المساومة على الفوائد هي جزء من هذا اليقظة، هذه الموضوعية. لن تحدث الأشياء كما هي، حيث يتعين على المرء أن يبدأها. لن تنمو الأشياء تلقائيًا ؛ يجب على المرء أن يسقيها. لقد راهنّا على أجر أفضل اليوم لأنه كان علينا القيام بالمزيد من العمل. كان دوزا مستعدًا لدفع مبالغ أعلى لأنه أدرك أنه يتعين عليه إكمال العمل ونقل الأسماك إلى مخزنه البارد في أقرب وقت ممكن. لذلك، كان على استعداد لدفع ثلاثمائة دولار لكل منا. لو لم نتفاوض، لكانت دي سوزا قد دفعت لنا مائتين وخمسين فقط. حتى في هذه الحالة، كنا سنشعر بالسعادة لأننا ربما اعتقدنا أننا حصلنا على أجر مقابل يوم عمل. دفع أقل لم يكن غشًا، لأن الطرف الآخر لم يطالب بأجر أعلى. لذلك، نحتاج إلى المطالبة بنصيبنا في أي موقف. إنه حقنا الأصيل. الأجر الجيد هو حاجة جوهرية للعامل، وهذه المطالب تتغير وفقًا للمواقف والمكان والناس حيث لا يوجد شيء ثابت. نحن نخلق المعنى والأهداف والغرض، وكل واحد منهم هو لرفاهية البشر ولمنفعتنا نحن الناس "، وقالت غريس، وكلماتها خلقت ردود فعل خفية في ذهن آبي.

بدأوا العمل داخل المخزن البارد من خلال مساعدة الفنيين على تخزين الأسماك حسب تنوعها وحجمها من اثنين في فترة ما بعد الظهر. استمر العمل حتى الساعة الرابعة مساءً. بعد ذلك،

قاموا بتنظيف أرضية التخزين البارد لمدة ساعة واحدة، وغسلها بالمنظفات، وكنس النفايات وإزالتها، وتطهيرها، وأخيراً مسحها. أوقفت غريس العمل في الساعة الخامسة وطلبت من العمال تحصيل أجورهم من المدير. وتحققت مما إذا كان كل عامل يحصل على ثلاثمائة روبية، وفي النهاية، طلبت من آبي تحصيل أمواله. كان سعيدًا بالحصول على ثلاثمائة روبية كما لو كان يعتقد أنه كنز ولم يقارنه أبدًا بالأجر الإجمالي لسبعة أرقام سيحصل عليها من البنك. أخيرًا، أخذت غريس أجورها.

قالت دي سوزا: "شكرًا لك، المرأة ذات القبعة البنية، على العمل الجيد".

أجابت غريس: "شكرًا لك، سيد دي سوزا، على منحنا العمل".

"أراك غدًا"، ذكرها بعمل اليوم التالي.

قالت "إلى اللقاء يا غرايس"

قالت لآبي: "تعال، دعنا نتحرك".

ساروا بسرعة. وصل عبور العديد من الطرق إلى رجل يبيع ملابس جديدة مرفوضة جودة التصدير بسعر منخفض على الرصيف.

قالت جريس: "تعال، دعنا نشتري لك بعض ملابس العمل، حيث لا يمكنك ارتداء سروالك وقميص بأكمام طويلة في سوق السمك".

بحثت غريس عن الحجم المناسب لآبي وفصلت أربعة أزواج من المخزون الكبير من الجينز والقمصان.

سألته: "اختر أفضل ما في الأمر لك".

اختار آبي زوجًا واحدًا منه.

ثم التقطت غريس مجموعة من البيجامات وقميص نوم لآبي.

"بكم ؟" سألت جريس صاحب المتجر

أجاب: "تسعمائة وثمانون".

قالت غريس: "نحن ندفع خمسمائة وخمسين".

قال صاحب المتجر: "ادفع ستمائة ؛ هذا نهائي".

قالت غريس: "انتهيت".

راقب آبي عملية المساومة بين غريس وصاحب المتجر بتسلية.

أخرجت غريس ستمائة روبية من محفظتها وأعطتها لصاحب المتجر.

أصر آبي: "غريس، سأدفع من راتبي".

أجابت غريس: "هذه هدية مني".

قال آبي: "لكن ليس لدي ما أعطيك إياه في المقابل".

قالت غريس: "لقد أعطيته بالفعل".

فجأة نظر آبي إلى وجهها، واستطاع أن يراها تبتسم، أكثر ابتساماتها سحراً، مثل ابتسامة الموناليزا.

سألته: "هل نذهب إلى السوق لشراء بعض المؤن".

قال: "بالتأكيد".

ذهبوا إلى المتجر واشتروا كيلوغرامين من الدجاج والأسماك المصنعة.

قال آبي وهو يأخذ ورقتين من العملة: "سأدفع".

"أنت ضيفي لمدة أربعة أيام. لذلك، اسمحوا لي أن أدفع ثمن ذلك،"أصرت غريس.

من سوق الخضروات، اختارت بعض البامية والملفوف والقرنبيط. ثم ساروا إلى محطة الحافلات واستقلوا حافلة إلى شاطئ سينغويريم، ودفعت غريس ثمن التذاكر وجلست بجانب آبي.

"هل تشعر أنك بخير يا آبي ؟" استفسرت غرايس.

"أنا بخير، غريس. لا أشعر بالتعب ؛ أشعر بالانتعاش. لقد كانت تجربة رائعة. كسب المال بعد الأشغال الشاقة تجربة رائعة، وقيمة تلك الأموال مرتفعة، ولا يمكنك حسابها بالأرقام. إنها تجربة نوعية ".

"أنت على حق، آبي. أموال الرجل الفقير لها قيمة أكبر بكثير من أموال الرجل الغني. يعادل دخل العامل اليومي، الذي يبلغ مائتي روبية، دخل الملياردير البالغ مائتي ألف روبية. لذلك، ليس للمال قيمة مقياس نسبية، لأن دخل الرجل الفقير أغلى بكثير من دخل الرجل الغني ".

لقد كان كشفًا جديدًا لآبي، حيث قام بحساب المال بالقيمة المطلقة، والآن، أدرك أن واحد زائد واحد للرجل الفقير هو عشرة وأن واحد زائد واحد للرجل الغني هو دائمًا اثنين.

عندما وصلوا إلى محطتهم، لاحظوا أن قلعة أغوادا كانت مشرقة لأنها كانت مضاءة ومضيئة بشكل جيد.

"بعض الاحتفالات ؟" أدلى آبي ببيان مثل سؤال.

"لقاء بين أعضاء الحزب السياسي الحاكم. غالبًا ما يقيمون احتفالات هناك "، بينما كانوا يسيرون نحو الحي الفقير، ردت غريس.

تابعت جريس: "انظر، اليوم هناك ما يكفي من الضوء على هذا الطريق بسبب الضوء المنعكس من الحصن".

قال آبي: "يمكننا أن نرى الأخاديد بوضوح".

استطاعوا رؤية الكثير من الناس خارج أكواخهم عندما وصلوا إلى منزلهم.

"إنهم، أيضًا، يحتفلون لأن هناك ما يكفي من الضوء الآن. عادة ما يكون الحي الفقير في الظلام بعد السادسة مساءً. قالت جريس: "بما أنه أحلك مكان، لا أحد يهتم بالناس الذين يعيشون هنا".

مرحبًا، لاكسمي، سوشيلا، عائشة،"رحبت غريس بجيرانها خارج أكواخهم.

أجابوا: "مرحبًا".

"مرحباً، فتاة بقبعة بنية"، ناداها بعض الأطفال.

مرحبا كريشنا، مرحبا بالافي،" تمنت لهم جميعا.

قالت السيدة فيفيان مونتيرو: "كيف حالك يا غريس".

"أنا بخير، سيدة مونتيرو، كيف حالك ؟" قالت غريس.

غسل آبي ملابسه بالماء الساخن، ووضع بعض المنظفات، ثم أخذ حمامًا منعشًا بالماء الدافئ.

قالت غريس عندما خرج من الحمام: "البيجاما وقميص النوم مناسبان لك".

أجاب: "إنها هديتك".

ابتسمت غرايس. استطاع آبي رؤيتها تبتسم أثناء وقوفه أمام الموقد. انعكس اللهب على خديها ورقص في جميع أنحاء وجهها، وبدت مجيدة. كانت جريس واحدة في الملايين.

"آبي، دعنا نأكل الأرز والدجاج والكاري والدال مع البامية لتناول العشاء. ما رأيك ؟" النعمة المقترحة.

أجاب آبي: "بالتأكيد".

قالت جريس: "الآن، دعني أستحم ؛ بعد ذلك، نبدأ في الطهي".

فتح آبي عبوة ملابسه وأحب الجينز والقميص لأنها بدت جيدة. هذه لمدة ثلاثة أيام، كما يعتقد. كيف سيرى فيهم، تساءل ؟ لم يكن أبدًا في حياته مفتونًا بمجموعة جديدة من الملابس. كم كانوا يبدون ثمينين،

فتح باب الحمام، وكانت غريس هناك. كانت ترتدي قميص نوم ملون مع زهور ورد حمراء وصفراء وأوراق خضراء.

قال آبي: "غريس، تبدين مذهلة"، بالنظر إليها.

"شكرًا لك، آبي، على التقدير. في بعض الأحيان يكون هناك توق لسماع مثل هذه الكلمات. ومع ذلك، في كثير من الأحيان لا يوجد أحد لتقديره، ولا أحد للسفر معًا ".

قال آبي وهو يسير نحو الموقد: "هذا صحيح يا غريس". شاهد بشغف كيف كانت تصنع كاري الدجاج. انتشرت رائحة المسالا في جميع أنحاء الغرفة.

"كنت نباتية. قبل ثلاث سنوات، عندما كنت في مكان آخر، بدأت أكل اللحوم والأسماك والبيض، وأدركت أنها ضرورية لصحتي للحفاظ على قوتي،"نشرت غريس شريحة من ماضيها قبله.

"كنت آكل لحوم منذ البداية. اعتادت أمي وأبي على طهي جميع أنواع وأنواع اللحوم والأسماك والبيض. استمتعت بالطعام الذي طهوه. كنت أحب الوقوف إلى جانب والدتي أثناء طهي الطعام،"قال آبي وهو يقف إلى جانب غريس.

"هل هذا هو سبب وقوفك بجانبي ؟" سألت غريس بابتسامة.

نظروا إلى بعضهم البعض، وكلاهما داعب إحساسًا بينهما يمكن أن يختبراه ولكنهما لم يستطيعا تفسيره. كان مثل تيار كهربائي، غير مرئي ولكنه قوي، مترابط، نابض، ومليء بالحياة. هذا ربطهم ولم يسمح لهم بالانفصال كما لو كانت قوة جمعتهم معًا بلا حدود. كان هناك فرحة في الوقوف معًا، على مقربة، ولكن دون لمس الآخر. في تلك المرحلة، كان اللمس لعنة. لم يكن من الضروري لمس الآخر، لأن القرب كان يعزز الحياة ويحفزها ويصادفها. لقد شعروا بالإغراء، وهو مسعى كان مثيرًا للفتنة ليكونوا مع شخص يمكن أن يثير توقعات دائمة مغلفة بالوفاء.

ثم صفّر طباخ الأرز، وضحك آبي.

كان الأمر كما لو أن قلبه كان يصفر ويحتفل ويعلن. كانت الصافرة إعلانًا، نذير شؤم أنه استمتع بوجوده، وجوده في حد ذاته ومع غريس. كان جمال ووحدة هذا الوعي لا حصر لهما، وسافر من زوايا بعيدة من الكون بنعمة. كانوا يطيرون جنبًا إلى جنب في فضاء لا يسبر غوره، متألقين بوميض النجوم. تجنبوا الثقوب السوداء وانتقلوا إلى السعادة الأبدية. يمكن لآبي أن يلمس ويشعر بالمجرات والكواكب والمحيطات والجبال والغابات والأنهار والمراعي والوديان المليئة بالزهور. لم يكن يعرف ماذا يقول لجريس أو كيف يشرح مشاعره لها.

"هل أقطع البامية ؟" وفجأة سألها.

قالت جريس: "بالتأكيد، لكن لا تطلب إذني ؛ إنه منزلنا، ونحن نطبخ طعامنا".

عندما قطع آبي البامية إلى قطع صغيرة، بدأت غريس في طهي الدال في قدر، وعندما كانت نصف مخبوزة، سكب آبي قطع البامية فيها وأضاف بعض الزيت وشرائح الطماطم والزنجبيل ومعجون الثوم وقليل من الملح.

علقت غريس: "يبدو أنك تطبخين جيدًا".

"لقد تعلمت ذلك من والدتي. لقد علمتني أشياء كثيرة، خاصة كيفية التصرف مع النساء ".

"الأولاد الذين يتعلمون من الأمهات يكبرون ليصبحوا رجالًا متحضرين ومثقفين"، أدلت غريس ببيان.

"أنا أتفق معك. وأوضح أن معظم التنشئة الاجتماعية واستيعاب القيم يرجع إلى النساء، على الرغم من أنني لا أؤمن بالأدوار الخاصة بالجنسين ".

أعلنت غريس: "العشاء جاهز".

جلسوا على الكرسي وبدأوا في تناول الأرز والكاري والدجاج والبامية مع البطاطس المقلية.

قال آبي: "دجاجك بالكاري جذاب ولذيذ للغاية".

أجابت غريس: "أنا أحب البامية الخاصة بك".

تساءل آبي: "غريس، كيف تحافظين دائمًا على وجه مبتهج".

"أنا أحب الحياة. [NEUTRAL]: أحب كل ما يتعلق بالحياة. بالنسبة لي، الحياة خفيفة. فلسفتي هي أن أكون خفيفة للآخرين في بعض الأيام ولا أشعر بالخجل من استعارة الضوء من الآخرين عندما أكون في الظلام. النور يؤدي إلى الأمل، والأمل يؤدي إلى الحب. إن غياب الحب هو الجحيم، ولهذا السبب نقول إنه لا يوجد نور في الجحيم "، ابتسمت غريس، وتألقت أسنانها البيضاء. استطاع آبي رؤية ضوء نادر في عينيها.

قال: "هذه فلسفة رائعة ودعني أستعيرها منك".

"أنا مستعد لإعطائه لك مدى الحياة"، كانت غريس صريحة، ونظرت إلى آبي وابتسمت مرة أخرى.

"عندما يكون هناك أمل، تصبح الحياة أسهل. الحياة صعبة بدون أمل، والبقاء على قيد الحياة يصبح مهمة خطيرة. لذلك، النور والأمل والحب، هذه الثلاثة هي جوهر حياة سعيدة ومرضية، وأثمنها هو الحب، لأنه يحتوي على النور والأمل،"كانت غريس مدروسة.

"أنا أتفق معك، غريس".

بعد العشاء، قاموا بغسل الأطباق واكتسحوا المنزل ومسحوه. كان هناك الكثير من الضوء في الحي الفقير وداخل كوخهم.

"آيب، هل تلعب الشطرنج ؟ سألتها غريس: "ألعبها بمفردي بين الحين والآخر بعد العشاء".

أجاب آبي: "بالتأكيد، كنت ألعبها بانتظام مع والدي، في المدرسة، ونادراً عندما كنت في الكلية".

"في هذه الأيام، كنت ألعبها وحدي. كان من المثير للاهتمام اللعب لكلا الجانبين "، أثناء إخراج رقعة الشطرنج وقطع من صندوق محفوظ تحت المهد.

نشرت رقعة الشطرنج على السرير وجلست على نفس الجانب من السرير، وهي تنظر إلى آبي.

أصرت غريس: "بما أنك ضيفي، فأنت تلعب بالأبيض، وأنا مع الأسود".

قال آبي: "أي شيء سيفيدني".

القطع المصنوعة من الخشب، واللوح من البلاستيك السميك، والتي يمكن لآبي طيها من المنتصف.

قام آبي بتحريك مزدوج لبيدقه على جانب الملك، وحركت غريس بيدقها على جانب الملكة مربعين. ثم دفعوا بيدقهم التالي، مساحة واحدة للدفاع عن البيدق الأول. بعد ذلك، نقل آبي فارسه، ونقلت غريس أسقفها. في الخطوة السادسة، أدرك آبي أن غريس كانت لاعبة هائلة، حيث استولت على بيدقه الأول مع فارسها. في الخطوة العاشرة، أخذ آبي بيدقها. ولكن في الخطوة التالية، أجرت غريس شيكًا مع أسقفها، ودافع آبي مع فارسه. في الخطوة الثامنة عشرة، هاجمت غريس ملك آبي بملكتها، ولم يستطع آبي حماية ملكه، وكان كش ملك.

جلس آبي بصمت، متأملاً في التحركات الخمس الأخيرة التي قام بها، ولم يستطع أن يصدق أن غريس يمكن أن تقوم بشطرنج مع ملكتها لأنه لم يتوقع ذلك. كان عملها مفاجئًا ولكن مخططًا ومحسوبًا جيدًا.

قال آبي أثناء تقديره لغريس: "تهانينا، غريس، أنت لاعب جيد، ولم أتوقع منك أبدًا أن تلعب بهذه الأناقة لعبة ذكية".

لعبت غريس بالأبيض في المباراة التالية وحركت بيدقين معًا. قام آبي بحركة مزدوجة من بيدقه بجانب الملكة. استولت غريس على بيدقه في الخطوة السابعة، وفاز آبي ببيدق غريس في الخطوة الثامنة. تمكن آبي من الإمساك بفارس خصمه في الخطوة الثانية عشرة، والتي اعتقد أنها كانت غير متوقعة بالنسبة لغريس من تعابيرها. في الخطوة الرابعة عشرة، استولت غريس على بيدق آخر لآبي. صنع آبي قلعة في الخطوة التالية، وحركت غريس ملكتها قطريًا أربعة مربعات. فتحت المساحة لآبي، وصنع كش ملك مع فارسه، يحميه بيدقه وأسقفه.

"تهانينا، آبي، لقد لعبت بشكل جيد. قالت غريس: "كان هجومك ممتازًا، لكن دفاعي كان ضعيفًا". لكن كان لدى آيب شكوك كامنة بأن غرايس ضحت بفارسها عن علم.

"إنها عشرة بالفعل ؛ دعنا نخلد إلى النوم. غدًا مرة أخرى، سنعمل مع دي سوزا عن طريق نقل الأسماك إلى المخزن البارد أو داخل الغرفة الباردة، اعتمادًا على الصيد ".

"ليلة سعيدة، غريس، قال وذهب إلى النوم. ولكن قبل أن ينام بعمق، قام مرة أخرى بتحليل التحركات السبع الأخيرة التي قام بها. هل ضحت غريس بفارسها، وساعدته على الفوز ؟

في اليوم التالي، بدأوا في السابعة ووصلوا إلى شاطئ كالانجوت في غضون نصف ساعة، وكان دي سوزا ينتظرهم مع تلة صغيرة من الأسماك التي تم صيدها في الصباح الباكر.

قال دي سوزا: "لو لم يكن هناك صيد للأسبوع المقبل، لكنت رجلاً ثرياً".

"إذا لم يكن هناك صيد، فأين سنذهب للعمل ؟" سألت غريس سؤالاً مضاداً.

أوضح دي سوزا: "سأقدم عملاً لكما خلال اليومين المقبلين ؛ بعد ذلك، يجب أن تكتشف العمل من أجلك إذا لم يكن هناك صيد للأسبوع المقبل".

"لا بأس. لنبدأ عملنا. كم عدد العمال اليوم ؟" سألت غريس.

أجاب دي سوزا: "نفس رقم الأمس".

قالت غريس: "إذن، نفس مبلغ الأجور، ولكن لا يوجد عمل في التخزين البارد اليوم".

قال دي سوزا: "موافق".

على الفور بدأوا العمل. ملأ عاملان السلال بالأسماك، وأحضرها اثنان إلى عربات الدفع، ودفع أربعة أشخاص، من بينهم غريس وآبي، الأقزام داخل التخزين البارد.

وجد آبي أن دفع عربة الدفع سهل لأنه اكتسب خبرة في التعامل معها. إلى جانب ذلك، كان العمل أكثر راحة في ارتداء الجينز والقميص من السراويل والقميص بأكمام طويلة. الآن بدا آبي وكأنه عامل حقيقي. قبل كل شيء، كان يستمتع بالعمل مع غريس ويعرف أنه لن يحصل على مثل هذا الفرح النقي في أي مكان آخر، حتى في حدود مكتبه المريح في ذلك البنك الدولي. وكان آبي يحب أن يكون مع غريس.

قالت له غريس أثناء دفع عربة الدفع المليئة بالأسماك: "آبي، تبدو رائعًا اليوم في الجينز والقميص".

قال آبي: "إنه اختيارك، وأنا أحبه".

خلال استراحة الغداء، ساروا إلى مطعم برتغالي تقليدي على الجانب الآخر من الطريق بالقرب من كنيسة كزافييه.

قالت غريس: "اليوم، سأعطيك هدية".

"لماذا تريد أن تعطيني علاج ؟" سأل آبي.

قالت جريس: "لأن اليوم التالي للغد سيكون آخر يوم عمل لي".

"في هذه الحالة، دعني أعطيك هدية"، حاول آبي إقناعها.

أجابت غريس: "لكنك ضيفي".

ثم طلبت غريس كالدو فيردي، وهو حساء مصنوع من البطاطا، وخضروات الكرنب المقطعة، وقطع من الشوريكو، والسجق البرتغالي الحار. نصف جزء من كوزيدو، طبق برتغالي من جميع أنواع اللحوم للطبق الرئيسي، ونصف جزء من أروز كالدوزا كوم بيكسي، أرز نباتي ممتلئ بالسمك الطازج المخفوق.

قال آبي: "يبدو رائعًا".

"آيب، أنت رجل لطيف، وأنا معجب بك كثيرًا. أنت لطيف ومراعي وتحترم كرامة الآخرين"، قالت غريس أثناء تناول طعامها.

كانت كلماتها لطيفة ودافئة، وشعر آبي بالسعادة لسماعها تتحدث. لكنه لم يعلق على ما قالته.

"بعد غد سيكون آخر يوم عمل لي معك، وبعد ذلك سأرحل. لا أعرف ما إذا كنت سأتمكن من مقابلتك مرة أخرى. لكنني بالتأكيد سأفكر فيك، في هداياك وكرم ضيافتك. في أي مكان آخر يمكنني الحصول على مثل هذه الهدايا الثمينة أو مقابلة شخص مثلك. كانت لديك الشجاعة الهائلة لمساعدة شخص غريب مثلي، ودعوتني إلى منزلك، حيث تقيم بمفردك. إلى جانب ذلك، سمحت لي بالنوم على نفس السرير الذي نمت فيه، ولن يصدق أحد في هذا العالم بساطة مثل هذا الفعل وصدقه وانفتاحه. إنها تتويج للثقة المنبثقة من النور والأمل والحب. لقد طبخت الطعام لي، وصنعت الماء الدافئ لأستحم، وأعطيتني ملابسك لأرتديها، ولعبت الشطرنج معي، وخسرت عمداً لعبة لإنقاذ وجهي".

"لا، آبي، أنت لاعب شطرنج جيد وغير عادي. أحب أن ألعب معك مرارًا وتكرارًا،"ابتسمت غريس.

"اليوم، سنلعب مثل المحترفين. اقترح آبي عدم إظهار العواطف، وعدم التضحية لمساعدة الشخص الآخر على الفوز ".

"آيب، أنت محترف حقيقي، الشخص الصادق. قالت غريس: "إنه لمن دواعي سروري أن أكون معك".

بعد الوجبة، تناولوا القهوة الساخنة.

في الثانية بعد الظهر، بدأوا العمل مرة أخرى، وبحلول الساعة الثالثة والنصف، تمكنوا من إكمال نقل السمكة بأكملها إلى التخزين البارد.

ثم جمعوا ثلاثمائة روبية لكل منهم من دسوزا. كانت غريس خاصة للغاية لدرجة أنه دفع نفس المبلغ لجميع العمال الآخرين.

ذهبت غريس وآبي إلى متجر مؤقت لشراء الأرز ومسحوق القمح وزيت الطهي والمسالا. طلبت غريس من صاحب المتجر حزم المخصصات في حقيبتين حمل منفصلتين لأنه كان من الأسهل حملها.

قال آبي: "أشعر بالرضا لحمل حقيبة الحمل لأنها تشير إلى أننا ذاهبون إلى المنزل، منزلنا الخاص". وابتسمت غريس، وسمعت ما قاله آبي.

كالمعتاد، استقلوا حافلة محلية إلى سينغويريم، وكانت الحافلة فارغة تقريبًا، وسمعوا السائق يسيء معاملة نفسه لعدم حصوله على عدد كافٍ من الركاب في تلك الرحلة. لم تكن هناك إضاءة على حصن أغوادا، وكان الطريق مظلمًا، وكان من الصعب رؤية الحفر. كان الحي الفقير صامتًا، وكان الأطفال يقومون بواجبهم المنزلي تحت أضواء خافتة داخل أكواخهم.

غسل آبي ملابسه بالماء الساخن بمنظف وأخذ حمامًا بالماء الدافئ. ثم جاء دور غرايس. بعد ذلك، أعدوا وجبة نباتية بسيطة للعشاء. جلسوا جنبًا إلى جنب، والأطباق في أيديهم، وتحدثوا عن أشياء كثيرة، واستمتع آبي بالاستماع إلى غريس تتحدث. كان لتعاونهم جمال وبساطة وأصالة استثنائية. أراد أن يسأل غريس لماذا بقيت بمفردها وجعلها ملتزمة جدًا بمهامها. ما الذي أجبرها على أن تكون نشطة للغاية، ولماذا تمتلئ بالكثير من الطاقة الإيجابية ؟ لكنه لم يسألها لأن هذه الأسئلة كانت غير ذات صلة.

كان آبي يتوق إلى شخص ما ولم يستطع شرح من هو ذلك الشخص. لكنه اختبر الهدوء والفرح في حضور النعمة. قال في ذهنه: "غريس، أنت مختلفة ؛ أنت فريدة من نوعها".

بيت في غوا

لم تلعب غريس وآبي الشطرنج بعد العشاء حيث أخبرته غريس أنها ستغني بعض أغاني الأفلام الهندية القديمة تكريماً لآبي. جلست على السرير، وتدعم ظهرها على الحائط، وتمتد ساقيها نحوه. لاحظ أن لديها خواتم فضية على أصابع قدميها السبابة، وأراد أن يلمس الخواتم، لكنه قاوم إغراءه.

"آبي، سأغني لك أغنيتين ؛ الأولى هي "كابهي كابهي مير ديل مي "، التي كتبها ساهر لوديانفي، والموسيقى التي قدمها خيام وغناها موكيش"، قدمت غريس الأغنية له.

ثم أخذت نفسًا عميقًا، وبعد وقفة، بدأت في الغناء. فجأة كان آبي في عالم جديد من الرومانسية وآلام خفية من الانفصال والذاكرة. كان صوتها لحنيًا ؛ حرك قلبه ورأسه، وجلس ساكنًا. كان آبي مسحورًا، وعندما انتهى الغناء، نظر إلى غريس لبعض الوقت دون أن يقول أي شيء.

"لقد استمتعت بذلك. قال آبي: "أنت مغني جيد".

الأغنية الثانية كانت "توجهي ديخا توه ييه جانا سنام".

"كانت هذه الأغنية من فيلم Dilwale Dulhaniya Le Jayenge. كتب أناند باكشي الكلمات التي غناها لاتا مانجيشكار وسونو نيجام،"قدمت غريس. ثم بدأت الغناء، وشعر أنه كان مجيدًا جدًا، واعتقد آيب أنه وغريس هما الشخصان الرئيسيان في الأغنية.

قال آبي عندما انتهى الغناء: "لقد كان أداءً غنياً".

نظرت غريس إلى آبي، وكانت عيناها تتلألآن، ولاحظ ذلك.

فتح آبي قلبه قائلاً: "نعمة، أنا معجب بك".

"أوه، آبي"، صاحت بتعجب.

قال آبي: "غريس، دعيني أسألك سؤالاً".

أجابت غريس: "بالتأكيد يا آبي".

"لماذا ترتدي هذه الخواتم على أصابع قدميك ؟"

"من فضلك لا تعتقد أنني مؤمن بالخرافات. تمثل هذه الخواتم زوجي المستقبلي وأنا ؛ واليسار هو أنا، واليمين هو حبيبي. عندما أتزوج من الرجل الذي أحبه، الشخص الذي أعجب به وأحترمه أكثر، سأزيل هذه الخواتم "، كانت غريس صريحة ودقيقة.

أراد آيب أن يسأل عما إذا كانت قد وجدت حبيبها بالفعل، لكنه لم يفعل.

ثم ناموا. وعندما نهض آبي، رأى غرايس تكوي ملابسه.

قالت: "لأنه بنطال جينز، يستغرق الأمر وقتًا أطول حتى يجف، لذلك فكرت في لفه".

"شكرا لك، غريس، وصباح الخير"، تمنى لها.

قالت: "صباح الخير، عزيزي آبي".

فجأة، لاحظ آبي أن غريس أضافت كلمة أخرى في تمنيها له، "عزيزي".

"هل أجهز قهوة الفراش لكلينا ؟" سأل.

أجابت: "بالتأكيد يا آبي".

أعد آبي قهوة فلتر كورغ المبخرة وقدمها في أكواب كبيرة الحجم. جلسوا على الكراسي التي تواجه بعضهم البعض ورشفوها ببطء.

علقت غريس: "قهوتك محفزة وعطرية".

أجاب: "شكراً لك يا عزيزتي غريس"، ولاحظت غريس الكلمة الجديدة يا عزيزتي، وابتسمت.

وصلوا إلى شاطئ كالانجوت بحلول الساعة الثامنة صباحًا، وكان الشاطئ فارغًا حيث لم يكن هناك صيد في الليل وفي الصباح الباكر. ستصل الدفعة التالية من الصيادين بحلول الساعة السادسة مساءً إذا تمكنوا من الحصول على الأسماك. خلاف ذلك، سيبقون في البحر لفترة أطول. ذهبت غريس وآبي إلى المخزن البارد لدوزا. جلس خارج مكتبه على كرسي، وبدا غير مرتبط عندما استقبلوه ولم يرد على تحياتهم.

قال: "لا صيد اليوم، ولا يوجد عمل".

قالت جريس: "لكنك قلت بالأمس إنه إذا لم يكن هناك صيد، فستوفر لنا العمل في مخزنك البارد لمدة يومين".

"لا بأس. هناك بعض العمل في التخزين البارد لشخصين، لكنني لن أدفع لك أكثر من مائتي روبية ".

"هذا أجر منخفض للغاية. آبي، تعال، دعنا نذهب،"استدارت غريس للعودة.

"انتظر، الفتاة ذات الغطاء البني، سأدفع لك مائتين وخمسين دولارًا، لكنك تحتاج إلى العمل حتى الساعة الخامسة مساءً،"

قالت غريس: "أوافق"، قائلة إنهم دخلوا المخزن البارد.

"تحتاج إلى فرز الأسماك وتخزينها بشكل منفصل، ويستغرق الأمر بعض الوقت لفصلها"، قال دي سوزا.

كانت هناك خمس صواني كبيرة تحتوي على كميات كبيرة من الأسماك من أصناف مختلفة. ربطت غريس وآبي مئزرًا حولهما، وارتديا قفازات يدوية مطاطية، وفرزا السمك في سلال. قاموا بفرز خمسة وخمسين دلوًا من سمك السلمون والماكريل والسردين وسمك العراف وباراموندي وبطة بومباي وبومفريت بحلول الظهر. تناولوا وجبة غداء ساخنة على الرصيف وقهوة ساخنة من مقهى على جانب الطريق عندما شعروا بالبرد. بحلول الساعة الخامسة مساءً، أكملت غريس وآبي العمل بأكمله، وكانت هناك اثنتان وسبعون سلة من الأسماك من أصناف مختلفة. كان دوزا سعيدًا جدًا، ودفع لهم ثلاثمائة روبية لكل منهم مقابل عمل اليوم، أي أكثر من خمسين روبية مما وعد به. ركض غريس وآبي إلى مقهى وأخذوا فنجان شاي ساخن لأنهم شعروا بالبرودة وهم يعملون في المخزن البارد لمدة تسع ساعات تقريبًا.

ثم أخذت غريس آبي إلى متجر للملابس الرجالية.

"لماذا نحن هنا ؟" استفسر آبي

قالت: "أحب أن أقدم لك ربطة عنق".

"أوه، لا!" صرخ آبي.

"من فضلك، آبي، ستتركني غدًا. أريد أن أعرب عن امتناني لك على سعادتك الساحرة وصداقتك الصادقة وحضورك اللطيف، والتي استمتعت بها تمامًا. كنت مثل المطريات في حياتي هذه الأيام "، قالت، وتألقت عيناها.

"غريس..." نادى آبي.

اختارت غريس ربطة عنق حريرية، حمراء وردية اللون، وقميصه وسرواله من أفضل نوعية.

"هذا هو اختياري. وقالت إنها ستسير على ما يرام مع قميصك وسروالك ذي العلامة التجارية "، بالنظر إلى آبي.

لاحظت غريس قميصه وسرواله الغاليين، وأدركت آبي.

"شكراً لك يا عزيزتي غريس. كيف سأعبر عن امتناني لك ؟" سأل.

قالت: "لا داعي لذلك".

عندما وصلا إلى المنزل، طلبت منه ارتداء قميصه وسرواله بربطة العنق. عندما خرج من الحمام بعد ارتدائها، نظرت إليه غريس لفترة طويلة، ثم قالت: "تبدين رائعة، كما رأيتك في أحلامي".

لكن آبي لم يسألها متى حلمت به.

ثم اقتربت منه، ولمست طرف ربطة العنق، وقالت: "تبدو جيدًا جدًا، وأنا أحب مظهرك".

ابتسم آبي وهو ينظر إليها. أراد أن يعانقها ويعرب عن امتنانه وحبه. فكر في الضغط عليها على صدره، وإبقائها قريبة منه إلى الأبد. كان هناك شعور كبير بالحب في قلبه. كانت مثل التموجات في البداية لكنها نمت مثل الأمواج. غريس، نادى اسمها مرارًا وتكرارًا في قلبه. أحبك ؛ أحب أن أبقيك معي حتى نهاية حياتي. لقد وقعت في حبك. لم يسبق لي أن رأيت امرأة ودودة وممتعة ولا تقاوم مثلك. أنت تجعليني أرى العالم بعصارة وسحر وحيوية ؛ أحبك يا غريس ؛ كوني معي دائمًا. كان صوت قلبه النابض بالحياة.

أعدت غريس عشاءً متقنًا لكليهما. كان هناك دجاج مشوي، بومفريت مقلي، أرز نباتي بولاو، ماسالا القرنبيط، كاري دال بالطماطم. كانت الوجبة فاخرة. تحدثوا كما لو كانوا يعرفون بعضهم البعض لسنوات عديدة وكانوا أصدقاء حميمين. بعد التنظيف وغسل الملابس، ذهبوا للنوم في العاشرة.

لم يستطع آبي النوم، وكان يفكر في حياته مع جريس، وفي حوالي الحادية عشرة، أدرك أن جريس لم تنم.

سألته غريس بلطف: "آبي، ألم تنم".

أجاب: "لا، غريس".

"لماذا ؟" استفسرت.

"كنت أفكر فيك،"

"أنا أيضا، كنت أفكر فيك. ستغادر غدًا، وقد لا ألتقي بك مرة أخرى. لقد جئت إلى هنا كغريب، والآن تغادر كصديق مقرب، شخص عزيز جدًا على القلب ".

وعلق قائلاً: "هذه هي المشكلة في الحياة".

"نحن نكافح من أجل تحقيق النجاح في الحياة. ولكن هناك معركة بين عقلك وجسدك، وأيهما يفوز يصبح النصر مقسمًا. يجب أن يفوز كلاهما، لكن هذا مستحيل ".

"لماذا هو مستحيل ؟" تساءل.

وأوضحت: "لأن عقلك يتخذ قرارات معينة دون استشارة جسمك، لكن الجسم ليس لديه عقل، ولا يمكن للجسم اتخاذ أي قرار دون العقل".

"هذه هي المأساة التي نواجهها نحن البشر في كثير من الأحيان. الجسم ضعيف، لكن العقل لن يسمح للجسم بالتصرف كما يحلو له ".

"بدون العقل، يكون الجسد دائمًا في الظلام. التناقض هو أنه في الضوء، لن ترى كل شيء ؛ السطوع يشوه رؤيتك لأنه يحد من تركيزك وأفقك. في الليل، يمكنك رؤية السماء والنجوم والمجرات بشكل أفضل ومراقبة الكون في ضخامته. يمكنك احتواء ضخامة الكون داخل عينك الصغيرة، وهي جزء من جسمك. العقل بلا جسد هو خشب ميت ". قالت غريس.

"غريس، لقد أصبحتِ فلسفية. لذلك، دعونا نلعب بعض الشطرنج لبعض الوقت للتغلب على الأحزان الصغيرة والضعف والظلام ".

قالت غريس: "بالتأكيد، الحد من التراخي من خلال لعب الشطرنج فكرة رائعة"، وقفزت فجأة من السرير وأضاءت الضوء. كانت لعبة الشطرنج مكثفة، وكانت غريس مصممة على الفوز بالمباراة. استمرت المباراة الأولى خمسين دقيقة، وفازت بها غريس مع كش ملك مع بيدقها.

قال آبي: "غريس، من الصعب هزيمتك". يجب أن أتعلم منك كيفية الحصول على دفاع أفضل. يمكنني الهجوم، لكن دفاعي ضعيف "، اعترف آبي.

"آبي، أنت تلعب بشكل جيد. لكنني لاحظت أنك تفقد تركيزك بينهما "، أبدت ملاحظة.

"أنت على حق، غريس. وفجأة أفكر فيك، وهذا هو نقطة ضعفي. تهيمن أفكارك على عقلانيتي ونمط تفكيري ؛ وبالتالي، فقد هزمتني ببيدقك. قال آبي: "لنلعب لعبة أخرى".

استغرقت المباراة الثانية ساعة وعشر دقائق، وفي النهاية، قتل آبي غرايس مع فارسه.

علقت غريس: "لقد كانت مباراة رائعة، آبي ؛ لقد لعبت مثل كاسباروف".

أعرب آبي عن سعادته بالفوز باللعبة قائلاً: "شكرًا لك يا عزيزتي غريس".

كانت الساعة الواحدة صباحًا بالفعل.

"غريس، من فضلك غني أغنية فيلم هندي، ثم سننام". قدم آبي طلبًا.

قالت: "بالتأكيد".

جلست على السرير، وتدعم ظهرها على الحائط، ولمست قدميها حافة السرير الذي جلس عليه آبي. ومرة أخرى، نظر إلى الخواتم الفضية على أصابع قدميها. بدت جميلة بشكل رائع، لكنها كانت ستزيلها عندما تتزوج حبيبها في يوم من الأيام. التعويذة ستجلب لها الحظ السعيد.

"سأغني أغنية قديمة. إنه من فيلم عواره لراج كابور، وأغنية "عواره هون" كتبها شايلندرا وغناها موكيش ".

ثم بدأت في الغناء، وتعمقت الكلمات ومعانيها في قلب آبي. فجأة بدأ آبي في الغناء مع غريس، واستطاع أن يلاحظ شرارة في عينيها.

"غريس، هذه أروع أغنية سينمائية هندية سمعتها على الإطلاق، وقد غنيتها جيدًا."

"لقد انضممت إلي أيضًا في غنائها. لقد استمتعت بذلك ".

اقترح: "دعونا ننام الآن".

قالت: "لقد حان الوقت للنوم"، مما أطفأ الضوء.

عندما استيقظ حوالي الساعة الخامسة صباحًا، رأى غريس تعد القهوة

"صباح الخير، آبي. هل نمت جيداً ؟"

"مرحبًا، غريس، صباح الخير ؛ لقد نمت نومًا عميقًا. يبدو أن لعبة الشطرنج وأغنيتك ساعدتني كثيرًا ".

جلسوا وجهاً لوجه واحتسوا القهوة.

"غريس، أريد أن أخبرك بشيء".

أجابت غريس: "من فضلك افعل".

قال بصوت منخفض: "لقد ألغيت الذهاب إلى مومباي".

"لكن لماذا ؟" أعربت غريس عن دهشتها.

"لا أشعر بالرغبة في الذهاب الآن، ولكن عندما أشعر بذلك، سأذهب."

"هل فكرت في الأمر بجدية ؟"

"نعم. قال آبي: "لقد فكرت بجدية في قراري".

"هل هو قرار ذكي ؟ هل ستشعر بخيبة أمل لاحقًا ؟" أرادت الحصول على إجابة مدروسة منه.

أوضح آبي: "كنت أفكر في الأمر خلال اليومين الماضيين، وقيمت الإيجابيات والسلبيات، وأنا مستعد لمواجهة عواقبه".

"آبي، نحن نتخذ قرارًا معينًا في الحياة وندرك لاحقًا أنه كان خطأ فادحًا، مثل حركة في لعبة الشطرنج. لكن الحياة أكثر بكثير من مجرد لعبة شطرنج. بعض القرارات لها عواقب بعيدة المدى، ولا يمكن للمرء تصحيحها لاحقًا. أعلم أنك رجل بالغ، ولديك الحرية في اتخاذ قرارك الخاص الذي يؤثر على حياتك "، أوضحت غريس وجهة نظرها.

"أنا أفهم ذلك، غريس".

"يجب ألا تشعر بالخداع، ويجب ألا تشعر بخيبة أمل عندما تواجه حقائق الحياة ؛ في بعض المواقف الأخرى، في المستقبل، قد أغادر فجأة، وقد تُترك بمفردك"، أدلت غريس ببيان قوي.

"أنا على علم بذلك"، كان آبي مصراً.

"من خلال إنكار أشياء معينة، فإنك تدعو عن غير قصد إلى احتمالات أخرى، ويجب أن تكون لديك الشجاعة والانفتاح لمواجهتها".

قال آبي: "لكنني سأبقى هنا معك وأحب أن أكون معك"، مثل طلب الإذن من غريس.

"لكنني لا أشجعك على القيام بذلك ؛ أنا لا أشجعك على القفز إلى مستقبل مجهول"، حاولت غريس ثنيه وجعله يدرك المخاطر التي قد يواجهها لاحقًا.

ناشدني: "دعيني أبقى هنا يا غريس".

قالت: "على مسؤوليتك الخاصة".

ثم ساد صمت طويل.

للإفطار، أعدوا السندويشات مع العجة والعصيدة. عندما وصلوا إلى شاطئ كالانجوت، أخبرهم دوسوزا أن سلطات الشاطئ منعت الصيادين من الذهاب إلى البحر بسبب زلزال في اليمن. يلوح في الأفق إلى حد كبير احتمال حدوث تسونامي في بحر العرب. لذلك، ذهبت غريس وآبي إلى سوق الخضروات. كان هناك ما يكفي من العمل المتعلق بالتحميل والتفريغ مع العديد من المزارعين الذين أحضروا خضرواتهم إلى السوق. دفع كل مزارع من أربعين إلى خمسين روبية للتحميل أو التفريغ، وتمكنت غريس وآبي من الحصول على مبلغ إجمالي قدره ستمائة وخمسون روبية حتى الخامسة مساءً.

أخبرت غريس آبي أثناء عودتها إلى المنزل: "أيام السبت والأحد هي عطلات".

سأل آبي غريس: "ماذا تفعل يومي السبت والأحد".

"مرة واحدة في الشهر، يوم السبت، من الساعة الثامنة صباحًا حتى الظهر، نقوم بتنظيف الحي الفقير، الذي نسميه التنظيم المجتمعي. عادة ما ينضم حوالي خمسين شخصًا إلى هذه المهمة، ويأخذها الجميع على محمل الجد. بعد التنظيف، نتشارك جميعًا الشاي والوجبات الخفيفة، والتي تكون نفقاتها من صندوق مشترك. تتبرع كل عائلة بمبلغ صغير كل شهر لتغطية النفقات المشتركة. تساعد أعمال التنظيف والشاي وحفلة الوجبات الخفيفة والاجتماع الناس على إقامة رابطة قوية والالتقاء ببعضهم البعض ومشاركة مخاوفهم الاجتماعية والاقتصادية. قالت غريس: "هناك شعور حقيقي بالتكاتف بين الناس".

أجاب آبي: "أحب مثل هذه التجمعات".

"في أيام الأحد، أقوم بتنظيف منزلنا، وغسل ملاءات السرير والملابس الأخرى، وكيها، والتخطيط للأسبوع المقبل. بعد الغداء، عادة ما أذهب في نزهة أو أزور بعض الأماكن الداخلية في غوا وأعود حوالي الساعة السابعة مساءً. لكن غدًا، بدلاً من يوم الأحد، يمكننا الذهاب معًا، مباشرة بعد التنظيف والعمل المجتمعي، لرؤية غوا ".

"هذا رائع. قال آبي: "غوا مكان رائع".

حوالي الساعة الثامنة صباح يوم السبت، تجمع حشد جيد من الرجال والنساء والشباب والأطفال أمام كوخ غريس. كانوا يحملون أدوات مختلفة، ومكانس، ومجارف، ومماسح كبيرة، وسلال، ودلاء، ومجارف، وبستوني، ومعاول. أطلقوا على جريس: "فتاة بقبعة بنية". وكان آبي وغريس مستعدين بالمكانس الطويلة.

اقترحت جريس: "سنقسم أنفسنا إلى أربع مجموعات أصغر ونبدأ التنظيف من زوايا مختلفة".

قررت المجموعة من هم منظمو المجموعة، وليس القادة المسيطرين على العمل. أدرك آبي أن غريس كانت أول شخص يقود مثل هذه البرامج المجتمعية مرة واحدة كل شهر في الأحياء الفقيرة. في المراحل الأولية، كان الناس مترددين في الانضمام إلى مثل هذه الأنشطة. لكن الاهتمام الذي أبدته غريس وطبيعة العمل الذي قامت به شجع الكثيرين. في البداية، كانت غريس وحدها في أعمال التنظيف، ولكن بعد شهر واحد، انضم إليها بعض الشباب والنساء وبعد ذلك انضم إليها بعض الرجال أيضًا، وفي غضون ثلاثة أشهر، أصبح جهدًا مجتمعيًا. لم تكن قائدة بل منظمة مجتمعية. اختارها الناس، ونظّم نصف دزينة من الشباب كل العمل. قرروا، أثناء تناول الشاي، من سيكون المنظمين المجتمعيين للأشهر الثلاثة المقبلة. لذلك، كان هناك فريق جديد كل ثلاثة أشهر، لذلك حصل الجميع تقريبًا على فرصة ليكونوا منظمين مجتمعيين.

بدأوا العمل على الفور. نظف الرجال نظام الصرف الصحي المفتوح بالمجارف والبستوني والمعاول. قام البعض الآخر بجمع النفايات وحملها في عربة دفع إلى حفرة نفايات على بعد حوالي نصف كيلومتر من الحي الفقير لعمال البلدية لإزالتها كلما جاءوا مع شاحنات جمع النفايات الخاصة بهم. أعربت النساء عن الكثير من الحماس في كنس ومسح طرق الجيب والمسارات. قام الشباب بجمع النفايات البلاستيكية والخشب والقطع المعدنية المتناثرة هنا وهناك وإلقائها بشكل منفصل في أكياس الجوت في حفرة النفايات لعمال البلدية لإزالتها. كان الأطفال حريصين على مساعدة والديهم وإخوتهم من خلال حمل وتوفير الأدوات المطلوبة المختلفة.

لقد كان جهدًا مجتمعيًا، ونشاطًا لا يمكن إيقافه، واستمر حتى الظهر. عمل آبي مع الرجال والشباب لتنظيف المجاري المفتوحة وجمع النفايات البلاستيكية. انضمت غريس إلى جميع المجموعات من خلال توزيع وقتها للعمل في زوايا مختلفة من الأحياء الفقيرة. كانت هناك

روح احتفالية ؛ أكملوا كل العمل في غضون أربع ساعات، وبدا الحي الفقير نظيفًا وأنيقًا وجديدًا.

ثم اجتمعوا جميعًا في الفضاء المفتوح بالقرب من الحصن، مقابل أحيائهم الفقيرة. جلس الكثيرون على الأرض بعد تنظيف أنفسهم في صنبور المياه العام. كانت فيفيان مونتيرو مسؤولة عن تقديم الشاي والوجبات الخفيفة للجميع. أعربت غريس عن تقديرها لجودة الشاي والوجبات الخفيفة المقدمة، وشعرت فيفيان بالسعادة. غنّى الأطفال ورقصوا، وعزف بعض الشباب على الغيتار والطبول الصغيرة. قامت الشابات برقصة تقليدية تسمى ديكني، والتي كانت تحتوي على الكثير من الموسيقى. لعبت فتاتان فوجي ورقصتا مع غريس. بعد ذلك، رقصت رقصة شعبية قبلية تسمى كونبي من قبل الرجال والنساء ورقص آبي معهم على قرع الطبول.

جمع الشباب المسؤولون عن الأموال التبرعات، وتبرع آبي بمائتي روبية. كان هناك تصفيق كبير عندما قرأ طفل الأسماء ومقدار المال المعطى، وقدر الجميع كرم آبي. في ذلك الشهر، كانت المجموعة بأكملها تسعمائة وخمسة وأربعين روبية. اختتمت أنشطة ذلك اليوم بعد اتخاذ قرار بشأن برنامج الشهر التالي من قبل اثنين في فترة ما بعد الظهر.

بعد الاستحمام بالماء الدافئ وغسل ملابسهم، طبخت غريس وآبي غداءهما من الخضار *بولاو* والدجاج والسمك المقلي وماسالا القرنبيط مع الزبادي.

قال آبي: "غريس، لقد قمت بعمل جيد في تنظيم برنامج التنظيف المجتمعي".

"من الجيد أنك شاركت بنشاط مع الجميع، وقد أحب الناس وجودك، حيث يمكنك إلهام الشباب"، أعربت غريس عن تقديرها لآبي.

"لقد كان بالفعل نشاطًا ضروريًا لمثل هذه المستعمرة السكنية، التي أهملت مرافق البنية التحتية. يبدو أن البلدية لا تهتم برفاهية العائلات الثماني والتسعين في هذا الحي الفقير. لذلك، علينا أن نأخذ زمام المبادرة لتنظيفه. كان دفعك من الخلف علامة إيجابية في مثل هذا العمل دون إظهار حماسة لا داعي لها ".

"يحتاج الناس إلى التكاتف والوحدة والود ؛ فهم لا يحتاجون إلى المشورة. بدلاً من التعليمات، ستفي الأذن المستمعة والموقف المشجع والابتسامة بالغرض. يمكن أن تفعل العجائب، ويحب الناس أن يكونوا في مجموعات صغيرة، ويعملون من أجل الصالح العام، الذي يحتوي على خير الأفراد والمجتمع ".

"هذه مبادرة رائعة في التنظيم المجتمعي. يقوم الناس بعملهم حسب احتياجاتهم. وعلق آبي: "إنهم ينظمونه، ويخططونه كما لو كان من عمل الناس".

"صحيح. عمل حوالي خمسين شخصًا لمدة أربع ساعات بنشاط وتفانٍ والتزام. كان لديهم توجه وهدف لأنهم ينتمون إلى بعضهم البعض، وكان العمل الجماعي مهمًا في تنظيم المجتمع،"أجرت غريس تحليلاً.

"أنا أتفق معك، غريس. المطلوب هو مشاركة الناس، كما رأينا في عملنا، لأنهم رأوا منفعة خاصة بهم ومجتمعية فيها. يتلقون التدريب للقيام بذلك بأنفسهم دون أن يدركوا أنك كنت تدربهم. لقد كان ضمنيًا".

"الآن، يمكنهم المضي قدمًا دون مشاركتي النشطة. حتى لو لم أكن هناك، يمكن لهؤلاء النساء والرجال القيام بالعمل، لأن لديهم الثقة ".

فجأة نظر آبي إلى غريس. هل سيكون هناك أي موقف عندما تبقى غريس غائبة ؟ سأل سؤالاً في ذهنه، مما أزعجه بشدة.

في المساء، خرجوا لرؤية قلعة أغوادا.

قالت عندما وصلوا إلى الحصن: "آبي، أنا أستمتع بالمشي معك".

"حقاً!" كان رد فعله.

"بالتأكيد. إنها تجربة ممتعة. أنت تعاملني على قدم المساواة ؛ من أفعالك الصغيرة، أدرك أنك تحترمني وتقدر كرامتي ".

"أشعر بالحرية معك ؛ حريتي موجودة لعدم إساءة استخدامها. عند إنشاء قيمنا، نحترمها أكثر من أي قيمة يقدمها أي شخص آخر. عندما قابلتك لأول مرة، فكرت في شخص مهتم حقًا فكر في سلامتي ورفاهيتي. وثقتم بي، ولا ينبغي أن تكون ثقتكم هاربة. نعم يا غرايس، لا يمكنني أبدًا أن أتعارض مع إيمانك، وهذا أنا"

"بالنسبة لي، كل شخص أقابله فريد من نوعه، وأنت أيضًا فريد من نوعه بالنسبة لي. لكن التفرد لا يعطي الثقة في التعامل مع الشخص. ولكن في حالتك، كنت واثقة عندما قابلتك. أنت أول شخص أشاركه غرفة، حرفيًا سريري. في الحياة، لا نحتاج إلى مشاركة كل شيء حتى نشعر بحاجته المطلقة والنهائية "، كانت غريس صريحة.

"أشكرك يا غريس. لكنني أدرك أن القرب لا يمنح ترخيصًا لاستخدام شخص ما، وفي حالتي، لم يكن لدي مثل هذا القرب المطلق مع أي شخص، ولم أشارك جسدي أبدًا مع أي شخص ".

"تعتمد مشاركة الجسد مع شخص ما على القيمة التي طورتها. إنها تتجاوز الحاجة إلى المشاركة ؛ إنها مشاركة الشخصيات، والرغبات الأعمق، وهي ليست مؤقتة وتعتمد على مدى احترام المرء لنفسه ".

كانوا بالفعل عند مدخل الحصن.

"كلمة أغوادا هي البرتغالية، وتعني " مكان الري "، ويعكس هذا الحصن الأيام الذهبية للبرتغاليين في غوا. بدأ بناء هذا الهيكل الرائع في ستمائة وتسعة واكتمل في غضون ثلاث سنوات. كان الغرض الأساسي من الحصن هو الدفاع عن غوا من الهولنديين والماراثا ".

وقال آبي: "كانت البرتغال دولة صغيرة، ربما لم تكن تحلم بالاستحواذ على بعض المناطق في الهند".

"تعتمد إنجازاتنا دائمًا على أحلامنا. لكن البرتغاليين كانوا عنيدين. كانت غوا الجوهرة في تاجهم، وقد أحبوها مثل لشبونة. عندما تحب شيئًا مثل قلبك، لن تسمح له أبدًا بأن يفلت منك "، عند النظر إلى آبي، أدلت غريس ببيان.

ضحك آبي ضحكة قلبية. لقد فهم شدة كلماتها، لأنها كانت موحية ورمزية وشخصية. كان ينطبق عليه بنفس القدر. وأشاروا إلى قربها منه ورغبتها في مواصلة وضعها الحالي. ثم أراد أن يسألها عما إذا كانت ستسمح بالتخلي عن علاقة خاصة لكنها لم تسأل.

سألته غريس: "بماذا تفكرين، وماذا تريدين أن تقولي".

قال: "أريد أن أكون مثل البرتغاليين ؛ أحتاج إلى المثابرة للوصول إلى هدفي".

"أنت مثابر يا عزيزي آبي. لقد تخلصت من مستقبل ثمين لتحقيق أشياء معينة، والتي تعتبرها لؤلؤة ذات سعر رائع. أنت على بوابة هدفك، ولكن لا يزال عليك إثبات قدرتك على التحمل وشجاعتك مثل البرتغاليين ".

قال: "بالتأكيد، لا ينبغي أن أفشل في تحقيق وجهتي".

كان مئات السياح في جميع أنحاء الحصن، وأدرك آبي أن حصن أغوادا كان وجهة سياحية رائعة. كان تسلق المنارة تجربة مثيرة لكليهما.

قالت جريس أثناء تسلقها لهذا الهيكل غير العادي: "تم بناء هذه المنارة الرائعة المكونة من أربعة طوابق في عام 1864 لتوجيه السفن من أوروبا للوصول إلى الميناء بأمان".

كان المنظر البانورامي من أعلى البرج مذهلاً. كان بإمكان آبي أن يرى حيهم الفقير وكوخهم كبقعة صغيرة.

قال آبي لغريس وهو يشير بإصبعه نحو مسكنهما: "غريس، انظري إلى منزلنا، أغلى مكان في حياتنا".

"نعم. هذا هو وطننا، حيث نبضات قلوبنا لها نغمة سحرية تنتج موسيقى دائمة. هناك، أحلامنا لها قيمة دائمة، ورغباتنا تتوق إلى العمل الجماعي في يوم آخر. نحن نأكل وننام، ونلعب الشطرنج ونغني التهويدات، ونتخيل يومًا يشمل الدفء والحب والثقة "، كانت غريس غنائية قليلاً.

علق آبي: "غريس، تصبحين شاعرية".

حللت قائلة: "هذا أمر طبيعي عندما يشعر القلب بالسعادة، وفي مثل هذه الحالات، يكتب كلمات الأغاني".

بعد النزول، جلسوا على العشب الأخضر مع مئات آخرين وشاهدوا غروب الشمس. لعب القرص الذهبي القرمزي لعبة الغميضة فوق بحر العرب.

قالت غريس: "إنه مشهد رائع".

"في الواقع"، وافق آبي.

ساروا إلى كنيسة سانت لورانس، ومن الغناء، أدرك آبي أنه كان خطيئة، وقدم الكاهن الخبز والنبيذ. فجأة تذكر مناولته الأولى. عندما رفض والداه الحضور، كان أجداده على كلا الجانبين. الحياة، أيضًا، هي إهداء لشخص ما، ولكن لا ينبغي تجاهلها أو رفضها.

"كانت هذه القلعة مشهورة جدًا في العالم الغربي حيث كانت مقر قوة البرتغاليين في الشرق. ذكرت غريس أن تيارات السفن وصلت إلى ميناءها لتجديد حاويات المياه الخاصة بها من مصادر المياه العذبة الأبدية في الحصن "، بالنظر إلى نهر ماندوفي.

بدأ الظلام يحل، وغادر السياح الممرات الداخلية الطويلة تدريجيًا إلى العالم الخارجي.

اقترح آبي: "غريس، دعينا نتناول وجبة غوان في أحد المطاعم الشاطئية".

أجابت: "بالتأكيد".

قال آبي: "أحب أن أقدم لك هدية".

أجابت غريس: "إنه لمن دواعي سروري".

طلبوا الأرز المقلي، تيك أمبوت، الكاري الحار والحامض المحضر مع السمك، أروز دوس، كاسترد الأرز المحلى، بالشاو، إعداد الجمبري العصير و بيبينكا، حلوى برتغالية. كانت الحلوى غريبة، مع سبع طبقات من الدقيق العادي والسكر والزبدة وصفار البيض وحليب جوز الهند. تحدثوا بشكل مكثف حول مواضيع مختلفة، خاصة رحلة فاسكو دي جاما إلى كاليكوت.

"وجدت جاما شعبًا مزدهرًا وسعيدًا على ساحل مالابار. استقبله ملك كاليكوت وطاقمه بشرف. كانوا ضيوف الولاية وسمح لهم بشراء الفلفل الأسود والهيل والقرفة وغيرها من الأشياء الثمينة الرئيسية في مالابار. قال آبي لغريس: "كان غاما وطاقمه محظوظين لأنهم تمكنوا من ملء جميع سفنهم الأربع قبل المغادرة إلى لشبونة".

قالت غريس: "لقد سمعت أن البرتغاليين بدأوا العديد من المراكز التجارية في كانور وكوتشي وغوا في وقت لاحق".

وأضاف آبي: "لكن كان من الغموض أن يتمكنوا من إنشاء والحفاظ على مناطق صغيرة فقط في العديد من المواقع على ساحل مالابار".

قالت غريس: "بالمقارنة، كانت غوا كبيرة إلى حد ما".

"في وقت لاحق، كانت غوا محاطة بالهند البريطانية العظيمة. كيف يمكن للبرتغاليين العيش في سلام مع البريطانيين ؟" تساءل آبي.

"كان من الضروري أن يكون للبرتغاليين علاقة سلمية مع البريطانيين، على الرغم من أن لديهم صراعات دموية مع الهولنديين. وقالت غريس إن وجود علاقة ودية مع البريطانيين كان حاجتهم ".

تساءل آبي: "تقصد أن تقول إن العلاقة عامل مهم في الحياة".

أجابت غريس: "بالتأكيد، تحتاج إلى تطوير علاقة والحفاظ عليها ؛ في الوقت نفسه، يجب أن تكون حكيماً".

نظر آبي إلى غريس. كان يعتقد أن لديها الكثير من الحكمة.

"لقد تأخر الوقت. هل نتحرك ؟" سألت غريس.

قال آبي: "بالتأكيد".

"آبي، شكراً جزيلاً لك على العشاء الفاخر. لقد استمتعت بذلك "، شكرت غريس آبي.

"الأكل معك هو متعة. بالطبع، أنا أفعل ذلك كل يوم ".

علقت غريس: "أنا أستمتع بتناول الطعام معك يا عزيزي آبي".

"شكرا لك، غريس، لقبول دعوتي. قال آبي: "لقد كان شرفًا لي أن أكون ضيفي".

أجابت غريس: "أنا أقدر شركتك".

من الشاطئ، ساروا إلى منزلهم. بينما كان آبي يرى النور يلعب الغميضة في وجه غريس، بدت مثل إلهة في عينيها الساطعتين مقابل صورة ظلية لحصن أغوادا. فجأة، شعر بالرغبة في رسم صورة لجريس وقرر شراء القماش والدهانات والفرشاة عندما ذهبوا إلى السوق في المرة القادمة. استمتع آبي بكل خطوة مع غريس وفكر في المشي معها إلى الأبد. لم يسبق له أن شعر بمثل هذا الفرح في قضاء الوقت مع أي شخص آخر.

عندما وصلوا إلى المنزل، تمكنوا من رؤية أضواء خافتة من الحي الفقير، وفتحت جريس القفل.

غسل آبي ملابسه وأخذ حمامًا بالماء الدافئ. كان دور غريس عندما خرج. عادت مرتدية قميص نوم ملونًا وبيجاما. اعتقد آبي أن غريس بدت جميلة بشكل مذهل.

قالت غريس: "دعونا نلعب الشطرنج لبعض الوقت".

كانت مباراة جيدة استمرت لخمس وخمسين دقيقة. مع حركة ذكية من قبل البيدق، جعلت غريس كش ملك. دعم فارسها وملكتها بيدقها، وهي مفاجأة لأبي. هنأ غريس.

المباراة التالية كانت مثيرة. يمكن لأبي أن يقتل غريس مع فارس في غضون أربعين دقيقة.

قالت غريس: "لقد لعبت بشكل جيد للغاية"، معربة عن تقديرها لأبي.

"أنت لاعب أفضل ؛ أحتاج إلى تعلم العديد من الحركات منك. رد أبي: "الشطرنج لعبة جميلة، وتساعدني على التفكير".

"الشطرنج لعبة مثيرة للاهتمام لأن العقل البشري جميل. لقد أنشأناه. لقد وضعنا قواعدها المعقدة ووفرنا ملايين الاحتمالات. دون ذكاء، لا يمكن أن توجد الشطرنج ".

نظر إليها أبي في دهشة ؛ تحدثت بحكمة حقيقية وملأت كلماتها بالذكاء.

قال أبي: "ما شرحته هو غذاء للفكر".

"نعم، لا شيء يمكن أن يهزم الذكاء البشري. ذكاءنا يعطي معنى للوجود. فقط من خلال معرفة شيء ما يمكن أن يوجد. هذا هو السبب في أن المعرفة هي الكينونة، والكينونة هي المعرفة. هذا هو السبب في أن الذكاء البشري أعلى بكثير من أي شيء نلاحظه ".

مرة أخرى، نظر أبي إلى غريس. كانت تلك هي النظرية التي كان يطورها في جامعة نانيانغ ؛ تذكر

"غريس، كيف طورت كل هذه الحكمة ؟"

"هذه الملاحظات من حياتي. لا يوجد واقع خارج المراقب إذا لم تكن هناك ملاحظة. لكنه لا ينكر الأشياء. نحن نعرف من خلال تحليلنا، وهو يعطي معنى لذلك. أستطيع أن أقول إن الواقع شخصي، فعندما أقول، أنا أحبك، فإن مفهوم الحب هو ملاحظة، تجربتي الخاصة ؛ لا أحد آخر قد يكون له معنى لذلك إلا الشخص المحبوب. أبعد من ذلك، عندما تحب شخصًا ما، فأنت تحب نفسك". تم تحليل جريس.

"ما تقوله واضح وذو مغزى بالنسبة لي لأننا نشارك المفاهيم. لا يوجد واقع إذا لم تلاحظه. إنها مثل الرياضيات، التي لا وجود لها خارج الذكاء البشري، حيث لا يوجد لها وجود مستقل. لقد طورنا جميع قيمه ونظرياته ونظرياته. جميع العلوم موجودة ضمن الحدود التي أنشأناها. نحن نلاحظ الكون في إطار نماذج معينة طورناها. إذا فشلنا في إنشاء نماذج أو كنا كسالى في الملاحظة، فسنظل في الكهوف ". أوضح أبي.

كان بإمكانه أن يرى غريس تستمع إليه باهتمام وتتأمل بعمق. لكن غريس استطاعت أن تفهم ما كان يقوله. لاحظ وجود دماغ متطور للغاية، حيث كانت تحليلاتها مقنعة.

قالت غريس: "آبي، أنت تتحدث بعقلانية، وأنا معجبة بك".

"كوننا مفهوم ؛ يمكن للبشر أن يعرفوه. فقط عندما نعرف أن الكون موجود ". قال آبي.

"هل يعرف الكون نفسه ؟" سألت غريس.

"ربما نعم ؛ وإلا، لا يمكن أن يكون موجودًا كمصدر لكل شيء. أجاب آبي: "قد يكون الكون واعياً بذاته ؛ نحن نعرف ذلك، وهو موجود".

قالت جريس: "الآن دعونا نخلد إلى النوم ؛ لقد وصلنا بالفعل إلى الحادية عشرة، وفي نومنا، فكر في كل هذا".

رأى آبي غريس تعد القهوة في الفراش عندما استيقظ حوالي الساعة الرابعة والنصف.

قال: "صباح الخير يا عزيزتي غريس".

"صباح الخير، عزيزي آبي"، أثناء تقديم كوب من القهوة في يده، تمنته غريس.

جلست غريس على الكرسي، في مواجهة آبي، جالسة على السرير.

تساءل: "هل نمت جيدًا".

أجابت غريس: "كان لدي نوم عميق".

"هل راودتك أي أحلام ؟" تساءل.

"نعم، لقد حلمت بك. قالت غريس: "كنا نسافر معًا، في أرض بعيدة، ربما في راجستان".

"إذن، كان لديك حلم، وحلمت بأن نكون معًا. هذا رائع "، علق آبي.

"أنت وأنا كنا معاً. لقد أحببت السفر معك، ودعوت أن تستمر رحلتنا إلى الأبد ولن تنتهي أبدًا ."

استمع إليها آبي وهو ينظر إلى غريس. كان يحب الطريقة التي تتحرك بها شفتيها ؛ ظهر خديها. أثناء حديثها، تألقت أسنانها الجميلة، وكانت عيناها مثل النجوم في سماء الليل فوق قلعة أغوادا. أراد آبي السفر معها إلى الأبد، وكان يعلم أنه كان يسافر مع غريس.

"أحب أن أسافر معك لأيام وشهور وسنوات، ولا ينبغي أن تنتهي بعثتنا أبدًا ". لاحظ آبي أن العمل الجماعي هو السر الجوهري للحب ".

"هذا رائع. قالت غريس: "دعونا نخلق حقائق لتجربة رحلاتنا".

"بالمناسبة، هل كنا على متن قطار، متجهين من جايبور إلى أودايبور أو جودبور إلى أجمر "؟

"كلانا كان على جمل، وكان يمشي بشكل مهيب، وأجراسها تتدلى، وكان تلوين الأجراس رائعًا. لقد أحببته "، تروي غريس.

"غريس، كان يجب أن توقظيني حتى أتمكن من رؤية الجمل وكلانا يركبه".

"آبي، كنت تجلس على الجمل معي. كنت جالسًا في المقدمة، وكنت تمسك بي من الخلف حتى لا أسقط، أو لا أذهب بعيدًا، تاركًا إياك وشأنك ".

"هذا يبدو رائعاً"، وضحك آبي، وانسكبت القهوة على قميص نومه.

فجأة، نهضت جريس وأحضرت قطعة قماش. انحنت نحوه ونظفت قميص النوم، حيث سقطت القهوة على القماش. كان جبهتها قريبة من صدره. شعر آبي بوجودها المريح. كان لشعرها رائحة معينة، وفكر في لمس أنفه لشعرها. أراد آبي أن يشم رائحتها مع إبقاء أنفه داخل شعرها. كانت لديه رغبة عميقة في عناقها، والشعور بها، وإبقائها قريبة من جسده لتجربة دقات قلبها، والاستمتاع بالرائحة التي تنبعث منها.

قال مرارًا وتكرارًا في ذهنه: "غريس، أحبك، كوني معي دائمًا". أرادها دائمًا معه، وركوب ذلك الجمل، عبر راجستان، عبر مساحات جميع الصحاري.

كانت مشاعره شديدة ومثيرة.

"آبي، الآن كل شيء على ما يرام"، قائلة إنها رفعت وجهها. ولاحظ أنها كانت تبتسم.

قال: "شكراً لك يا عزيزتي غريس.

"أحبك تناديني يا عزيزتي غريس. لها سحر، ارتباط خاص، معنى خاص. إذا لم تتصل بي يا عزيزي، فأنا عزيز على أحد. لذا، فإن كلمتك تخلق شخصًا جديدًا في داخلي، عزيزًا جدًا على شخص ما ".

ابتسم آبي وهو يحتسي قهوته.

بعد تناول القهوة في السرير، جلسوا على السرير، جنبًا إلى جنب، وظهورهم مدعومة بالجدار وأرجلهم تمتد نحو حافة السرير. استطاعت آبي رؤية الحلقات على كلا إصبعين السبابة. ثم غنوا بعض أغاني الأفلام الهندية القديمة معًا. شرحت غريس الخلفية واسم الفيلم، الذي كتب كلمات الأغاني، وأعطى الموسيقى، وغناها، وأخرجها. تعجبت آبي من معرفتها بالأفلام الهندية.

أحب آبي الغناء مع غريس. فكر في الرقص مع غريس في الحدائق والمراعي والتلال وضفاف الأنهار وشواطئ البحر وحتى الطرق مثل البطل مع حبيبته في الأفلام الهندية. ستكون التجربة الأكثر سحراً.

"غريس، أحب غناءك. أنا أحب الطريقة التي تفعل بها كل شيء ".

عند سماع مدح آبي، ضحكت غريس، وانضم إليها ضاحكًا.

"أحب الغناء والضحك معك، والمشي والأكل معك، والعمل، والسفر معك. أحب جملك وأجلس خلفك على ظهر الجمل "، وهو ينظر إلى غريس.

قالت غريس: "هذا متبادل يا عزيزي آبي"، وابتسمت، وأحب آبي ابتسامتها.

وقفت آبي بجانبها في الزاوية الإنجليزية عندما كانت تعد الإفطار. كان يحب كيف كانت تعد العجة، وتطبخ العصيدة، وتصنع شرائح الخضار، وكان قلبه مليئًا بشعور غامض.

راقب آبي بفضول واهتمام السرعة التي حركت بها غريس يدها وأعدت الشطيرة. وقفوا بالقرب من طاولة المطبخ، وأخذوا الطعام مباشرة من المقلاة وبدأوا في تناول الطعام. شعر بفرح خاص في القيام بذلك وشاهد كيف كانت غريس تعض شطيرتها المليئة بشرائح الخضار والعجة. لقد أحب الطريقة التي كانت تمضغ بها.

قالت غريس وهي تضع قطعة صغيرة من الشطيرة في فمه بأصابعها: "آبي، تناول قضمة".

قال: "أنا أحب ذلك"، بعد اللقمة الأولى. أكثر من الشطيرة، كانت الطريقة التي وضعتها بها بأصابعها في فمه هي التجربة التي أحبها آبي. وامتلأ قلبه بالفرح.

قال في قلبه: "غريس، أنا أحبك". لقد كان نذيرًا بالخبر السار.

بعد الإفطار، قاموا بتنظيف المنزل وغسل ملاءات السرير والبياضات. كان يتحرك في جميع أنحاء المنزل ويقوم بكل شيء مع جريس، وشعر أن حياته مع جريس كانت قصيدة جميلة كتبها شاعر ساحر.

عبر ماندوفي

قرر آبي وغريس السباحة في نهر ماندوفي في ذلك المساء، وفي حوالي الساعة الرابعة، وصلا إلى ضفة النهر. كان هناك العديد من السياح، وبعضهم كانوا يسبحون ويتصيدون ويلعبون على الرمال. مشى غريس وآبي صعودًا إلى مكان لم يكن فيه سوى عدد قليل من السباحين. كان آبي يرتدي سراويل قصيرة اقترضها من غريس، لكنها كانت ضيقة بالنسبة له. ارتدت جريس شورتًا ملونًا وقميصًا أسود.

كانت المياه عذبة، وسبحوا جنبًا إلى جنب إلى الشاطئ المقابل. لم يكن هناك تيار قوي لأنهم لم يكونوا بعيدين عن مصب النهر، حيث انضم ماندوفي إلى بحر العرب. كانت السباحة سهلة إلى حد ما. كانت حركة جريس رشيقة وأنيقة، وطفو آبي بجانبها ؛ كان حريصًا على أن تشعر جريس بالراحة.

كان آبي يتمتع بخبرة كبيرة في السباحة في نهر بارابوزا، وهو نهر في قرية أجداده في أيانكونو، مالابار. كان بإمكانه رؤية العديد من الشباب يسبحون بعيدًا عنهم قليلاً ويلعبون كرة رمي الماء على الجانب الآخر من النهر.

"آبي".

"نعم، غرايس".

"تعلمت السباحة في بركة. لكن هذه هي المرة الأولى التي أسبح فيها في نهر. ومع ذلك، يبدو الأمر ممتعًا. قالت جريس: "الماء بارد ولكنه نابض بالحياة".

"تتمتع السباحة في النهر بسحر خاص ؛ تشعر أنك تتحرك مع التيار. علق آبي قائلاً: "أنت لا تشعر بهذا الشعور في بركة".

"هذا صحيح. البركة هي جسم مائي اصطناعي. النهر طبيعي، ويحمل الحياة فيه. تشعر بالحيوية في النهر، وأنا أشعر بالشيء نفسه هنا. نهر ماندوفي رائع. كان يجب أن أدرك ذلك في وقت سابق. يستغرق الأمر بعض الوقت لفهم المعنى الحقيقي للعديد من الأشياء في الحياة. أو قد نعطي معنى لشيء متأخر إلى حد ما. وأوضحت أن الأمر يتطلب خبرة "، بالنظر إلى آبي.

قال آبي أثناء وصوله إلى الجانب الآخر من النهر مع غريس: "ملاحظتك دقيقة".

استلقوا على مستلق الرمال، وينظرون إلى السماء الصافية، ويمددون أيديهم وأرجلهم، ويستريحون لبعض الوقت. كانت العزلة بليغة، وكان البتريكور يتخلل الرمال بعد غمره من أجسادهم الرطبة مغريًا.

"غرايس، دعيني أسألك شيئاً ؟" أخبرها آبي.

"نعم، آبي، على الرحب والسعة".

"كيف يمكنك تطوير علاقة مع أشخاص آخرين ؟"

"لا تستثمر في شخص واحد إلا إذا كنت تعتقد بقوة أن هذا الشخص لا ينفصل." علقت غريس.

"إذن لماذا تستثمر الكثير فيّ ؟" كان آبي صريحًا.

"إذا لاحظت أنني أستثمر فيك بمفردك، فإن حدسك صحيح ؛ لا يحتاج إلى أي اختبار."

صمت آبي لدقيقة. نظر إلى غريس، وبدا أنها كانت تحسب شظايا الغيوم الوحيدة في السماء الزرقاء، والتي كانت سريعة الزوال.

"غريس، كيف تحافظين على هدوئك دائمًا ؟"

"لا تضغط على الناس الأنانيين. إنهم لا يستحقون أن يكونوا مشكلة في حياتك. قالت جريس: "لا تراقبهم، لذلك يفشلون في الوجود من أجلك".

صمت آبي مرة أخرى.

تساءلت غريس: "آبي، ما هو أفضل درس تعلمته في حياتك".

"تعلم أن تعيش دون قلق من خلال خلق هدف في الحياة وعدم توقع أي شيء من الآخرين. قف على قدميك ".

"هذا مفهوم غني. أعتقد أننا نخلق معنى للأشياء والناس عندما نقف على أقدامنا ".

وأضاف آبي: "نحن في عالم غير مثالي".

"بالتأكيد، لا يوجد شيء مثالي، بما في ذلك أنت وأنا. إذا كنت مثالية، لا أستطيع أن أحبك لأنني لست بحاجة إليك، ونقصي هو السبب في أنني أبحث عنك، وأجدك وأضعك في داخلي. إذا كنت مثاليًا، فأنت لا تحتاج إلى الحب، وقبل كل شيء، أنت غير موجود. قالت جريس: "إن عيبنا هو سر وجودنا وعلاقتنا القوية".

"أنا أتفق معك، غريس".

قالت جريس أثناء سيرها إلى كشك: "دعني أحضر كرة ماء"، وفي غضون بضع دقائق، عادت بكرة بيضاء بحجم كرة السلة. بدأوا في رمي الكرة لبعضهم البعض حتى يتمكن اللاعب الآخر من التقاطها ورميها مرة أخرى. تعجب آبي من حماسة غريس التي لا حدود لها.

صرخت، وصفق يديها مثل طفل، وسبحت بفرح نحو الكرة. كانت تجربة سعادة مثالية للعب مع غريس. لعبوا حتى غمرت الشمس، حيث احتضن بحر العرب نهر ماندوفي. ثم ساروا عائدين إلى المنزل.

بعد العشاء، غنت غريس وآبي أغنيتين من أغاني الأفلام الهندية.

في الأسبوع التالي، عمل كلاهما في سوق الخضار، حيث كان هناك عمل كافٍ هناك. يمكن أن تجني غريس وآبي ما متوسطه ثلاثمائة روبية في اليوم. في اليوم الذي أكمل فيه آبي شهرًا واحدًا مع غريس، قررا قضاء عطلة في محمية سالم علي للطيور للاحتفال بتكاتفهما. بعد الإفطار، قاموا بتعبئة زجاجات مياه الشرب ولوحة الشطرنج في حقيبة الظهر.

استقلت غريس وآبي حافلة من قلعة أغوادا إلى بلدة باناجي الصغيرة الجميلة، عاصمة غوا. تجولوا حول متاهاته وزاروا المتحف والكنائس والمعابد والفيلات البرتغالية القديمة حتى الظهر. أعربت غريس عن سعادتها بالسير مع آبي وزيارة العديد من الأماكن الجذابة المنتشرة في المدينة، وخاصة على ضفة ماندوفي. شعر آبي كما لو كان يعيش أسعد الأوقات في حياته. بالنسبة له، كان باناجي لا شيء، لكن غريس كانت كل شيء.

تناولوا طعام الغداء في مطعم مواجه للنهر، يحتوي على حديقة جميلة، ولاحظ وجود طاولات مرتبة في الحديقة من الناحية الجمالية. كان السياح هناك، لكن غريس وآبي لم يهتموا بأي شخص آخر. أخذوا طاولة ذات جلستين في زاوية المطعم، واستمتعوا بالجمبري والدجاج المشوي والبولاو والبيبينكا. أثناء تناول الطعام، تحدثوا كثيرًا، واستمتع كلاهما بقرب الآخر ونظروا إلى عيون بعضهم البعض التعبيرية.

بعد الغداء، أبحروا على متن عبّارة إلى محمية الطيور. بدا نهر ماندوفي رائعًا، وتحركت السفينة الصغيرة ببطء. وقفت غريس وآبي يمسكان السور وراقبا أشجار المانغروف على جانبي النهر. كانت غريس تقف بالقرب من آبي لدرجة أنه شعر بتنفسها. اعتقدت آبي أن أنفها سيلمس خديه عندما تتأرجح العبارة بين الحين والآخر فوق التيارات. كان لديها حواجب رقيقة وطويلة وضيقة وعيون داكنة وخدان قرمزية وشفاه جيدة الشكل وجميلة. أراد أن يعانقها ويبقيها على صدره ليشعر بنبض قلبها. قاوم رغبته، لأنه وعدها بأنه لن يلمسها دون موافقتها.

"غريس"، نادى فجأة.

"نعم، آبي".

سألني: "بماذا تفكر".

قالت وهي تبتسم له: "أنا أفكر فيك".

ضحك آبي.

"اليوم، أكملت شهرًا واحدًا معك. خلال هذا الشهر، غيرت التصور الكامل لحياتي. يمكنني إعادة كتابة العديد من الخطط، التي رسمتها بدقة. لقد جلبت الكثير من السعادة والشعور بالوحدة والتكاتف ".

"هل الأمر كذلك ؟" قالت، وشعر آبي بسعادة غامرة لسماع إجابتها، مثل سؤال.

قالت وهي تنظر إليه: "بالتأكيد، أنت إنسان حقيقي، أحب أن أستثمر معه".

"استثمر، ماذا ؟" سأل.

أجابت: "انتظر لترى".

استمتع آبي بالوقوف بالقرب من غريس. كانت، في الواقع، طويلة مثله، قد تكون أقصر قليلاً. كان لديها عيون مفعمة بالحيوية، وجسم سليم، وعقل سليم، وعقل حاد. لطالما كانت جريس جميلة ورائعة في جينزها وقميصها وقبعتها البنية. لكن بدون القبعة، بدت ساحرة وفوارة للغاية. أثناء وقوفه، كان خدها يفرك فكه دون علم، تخيل. غرايس، أحبك، فجأة قال آيب في ذهنه.

لا ينبغي أن تنتهي رحلة العبارة ؛ يجب أن تستمر إلى الأبد. تمنى أن تمر في جميع أنحاء العالم عبر الأنهار والبحيرات والبحار. ستكون أفضل تجربة، والشعور الأكثر اندفاعًا وإثارة وغرابة وإثراءً الذي يمكن أن يحصل عليه على الإطلاق.

قالت غريس بصوت خفيف، بالقرب من أذنه، كما لو كانت ستعض شحمة أذنه بالحب: "آبي، انظر، لقد وصلنا إلى محمية الطيور".

فجأة طغى الحزن على آبي كما لو كان سينفصل عن غريس. لن يتركها أبدًا ؛ اتخذ آبي قرارًا. كان ارتباطه بها شديدًا ولا ينفصل ولا يمكن دحضه ولا ينفصم. حتى لثانية واحدة دون غريس، لم يستطع آبي حتى أن يتخيل لأنها أصبحت جزءًا حيويًا من حياته. شعر أنها كانت قوتها الواهبة للحياة ؛ بدونها، لن يعيش حياة هادفة.

قالت غريس: "آبي، دعنا ننزل من العبارة ؛ نحن على الرصيف".

كانت هناك غابة منغروف واسعة النطاق في شبه الجزيرة تبرز نحو نهر ماندوفي. لم يرغبوا في أن يكونوا مع سياح آخرين، لذلك سلكوا طريقًا ضيقًا يؤدي إلى الأجزاء الداخلية للغابة، والتي بدت مثالية للغاية. وجد آبي صعوبة في السير بجانب غريس، لذلك طلب منها السير أمامه. تردد صدى الغابة بأكملها بنقيق الصراصير والسناجب الصاخبة وثرثرة القرود وغناء الطيور المختلفة.

قالت غريس، بعد المشي لمدة نصف ساعة تقريبًا: "من الجميل أن تكون في هذه الغابة المطيرة".

"أنا أحب المساحات الخضراء. أجاب آبي: "إنه ساحر".

يمكنهم تحديد موقع الطيور الغريبة ذات الذيل الطويل والريش الساطع والمناقير الهائلة والأمشاط الحمراء أو البنية أو الداكنة. في بركة قريبة، أمضت المئات من الطيور المائية وغريس وآبي الكثير من الوقت في مشاهدة كل منها وتمكنوا من اكتشاف اثنين من الطاووس في ظل شجرة.

ثم جلسا على صخرة مسطحة بالقرب من البركة.

قالت غريس: "سمح لنا آبي بلعب لعبة الشطرنج وسط هذه الطيور الجميلة".

لعب آبي مع الأبيض. كانت مباراة مثيرة استمرت لأكثر من ساعة. لم يتحدثوا وركزوا بالكامل على رقعة الشطرنج. في النهاية، قتل آبي غرايس بقلنسوته، بدعم من ملكته. لقد كان هجوماً هائلاً، وفوجئت غريس بخطوتها الأخيرة تجاه آبي.

"تهانينا، عزيزي آبي. كانت مباراة رائعة. قالت: "لقد استمتعت بذلك تمامًا".

"شكراً لك يا عزيزتي غريس. أنت حادة وذكية ".

"آبي، إنه يومك. قالت غريس: "دعني أغني أغنية فيلم هندي لتكريمك".

"نعم، من فضلك، عزيزتي غريس".

غنت غريس أغنية من فيلم الدليل. نظر آبي إلى غريس وهي تغني وشعر أن مشاعر غريس وكلماتها وموسيقاها تدخل في قلبه.

هنأ آبي غريس: "غريس، لقد غنّيتِها جيدًا".

"كان ذلك من أجلك، عزيزي آبي. إنها واحدة من أكثر الأغاني المحبوبة لدي. كنت دائما أغنيها في كل مكان قبل أن تأتي إلى منزلنا. الآن، ليست هناك حاجة للغناء لأنك هنا ".

عند سماعه، ضحك آبي بصوت عالٍ. لكن قلبه كان ينبض. شعر بالغبطة لسماع غريس تغنيها لفترة طويلة بحثًا عن حبيبها المجهول، والآن توقفت عن غنائها لأنها وجدته.

"بالمناسبة، كان ديف أناند ووحيدة رحمن في الدور القيادي في الدليل. أخرجها فيجاي أناند واستندت إلى رواية ر.ك. نارايان الدليل. كتب شايلندرا سينغ كلمات *غاتا راهي* ميرا مان، موسيقى إس دي بورمان، التي غناها لاتا مانجيشكار وكيشور كومار،"أعطت غريس خلفية الأغنية.

أبحروا مرة أخرى على متن عبّارة إلى حصن أغوادا لرحلة العودة. راقب آبي برهبة قائد الدفة وهو يوجه العبارة عبر ماندوفي نحو غروب الشمس كما لو كان يحاول انتزاع كرز أحمر من الأفق.

وعلقت غريس وهي تنظر إلى آبي: "الشمس والسماء ونهر ماندوفي وحتى العبارة، كل واحدة منها، لها وجودها الخاص ومعناها عندما تلاحظها، عندما تعرفها".

قال آبي: "عندما تعرفت عليك، أنت موجود من أجلي، وأنا موجود من أجلك".

"صحيح. [NEUTRAL]: أنا موجود من أجلك فقط عندما تعرفني. هذا هو أعظم سر في حياتنا، ويجب أن يكون هناك شخص، ليعرفني ويعرفني ".

قال آبي: "عندما تعرف شخصًا ما، يصبح هذا الشخص أنت".

"أنت على حق. المعرفة تصبح دائما. وعندما تصبح شيئًا ما، لا تريد أن تنفصل. قالت جريس: "لا يمكنك فصل نفسك عن ذلك الشخص الذي يعرفك".

"إذن، أنت تقول إن هناك فرقًا بين الملاحظة والصيرورة، لأن الصيرورة أعمق وأعلى ولا يمكن فصلها ؟" اقترح آبي.

قالت جريس: "نعم، هناك ارتباط، وتعاون عاطفي، ورابطة في أن تصبح، وهو ما يفتقر إلى الملاحظة".

"هل قصدت أن تقول أن كلانا أصبح ؟" سأل آبي.

"بالتأكيد. لكل واحد منا ". ردت غريس مبتسمة.

استطاعت آبي رؤية انعكاس غروب الشمس على خديها، وكانت ابتسامتها مجيدة مثل الشمس.

لقد كان وحيًا لآبي ؛ لطالما ربطت غريس القواعد العالمية بالعلاقات الإنسانية. كانت تقدر الروابط الشخصية، التي وفرت لها السعادة والرضا الدائمين. بالنسبة لآبي، كانت غريس فريدة من نوعها.

في طريق عودته إلى المنزل، اشترى آبي نصف دزينة من الأوراق الحرفية كبيرة الحجم من ظلال مختلفة وأنابيب مائية وأقلام رصاص ملونة وفرش.

"هل ترسم آبي ؟" استفسرت غرايس.

أجاب: "أنا أحب الرسم، وخاصة الصور".

قالت غريس: "أحب أن أراك ترسم".

بعد عودته من العمل، عمل آبي على صورة غريس لمدة ستة أسابيع. بعد العشاء، نشر ورقة من ورق الكرافت على السرير في ساعات المساء ورسم اللوحة، على الأقل لمدة ساعة واحدة كل يوم. جلست غريس بالقرب منه مع قبعة الصياد اليوناني مع قناع كموضوع لصورته. كان الفن بأسلوب انطباعي. في الصورة، نضح وجه غريس بالثقة والأمل وأصدر مشاعر

أثيرية. عندما اكتملت الصورة، أطلق عليها آبي اسم فتاة ذات قبعة بنية، وتحت العنوان، كتب بحروف صغيرة: إلى النعمة العزيزة مع الحب ووقع آبي.

عندما انتهت اللوحة، قدم آبي الصورة إلى غريس في نفس اليوم. نظرت إلى اللوحة لفترة طويلة وقبلت توقيع آبي.

"آبي، لقد رسمت لوحة رائعة. إنها ثمينة للغاية ؛ سأحتفظ بها معي إلى الأبد. قالت غريس: "أنا أحب ذلك".

علق آبي: "أنا سعيد لأنه أعجبك".

على مدى الخمسة عشر يومًا التالية، عمل آبي وجريس في مخزن دا سوزا البارد، وبعد ذلك، لمدة شهر في مطعم يغسل أدوات المائدة والأطباق. لطالما سافروا وعملوا معًا، كما لو كانوا أصدقاء لا ينفصلون، وناقشوا كل شيء تحت الشمس. أحاطت بهم أيامهم ولياليهم، وكانوا يتطلعون إلى المزيد من المشاركة. كانوا يعرفون بعضهم البعض أكثر فأكثر، ومع ذلك ظل الأمر لغزًا لبعض جوانب وجودهم. لم تكن هناك مشاركة لماضيهم وخططهم لمستقبلهم. لم يعتقد كلاهما أبدًا أن هذه كانت قضية للمناقشة. لم يكن التاريخ والمستقبل موجودين أبدًا، كما لو كان لديهم حاضرهم فقط. كانت حياة خالية من أي مخاوف وقلق وأحلام.

واصل آبي رسم لوحاته، وكانت غريس موضوعه. في اللوحة التالية، سمى لاعبي الشطرنج في أغوادا. كان فنًا سرياليًا في الدقة ؛ بيدق كبير كان يأكل الملكة. على الرغم من أن اللوحة بدت غير منطقية، إلا أنها خلقت شعورًا مقلقًا ومفاجئًا وواضحًا. ظهرت شخصيتان بشريتان بروؤس كبيرة وعيون بارزة وجذوع صغيرة على زاوية اللوحة القماشية. بدا الأمر كما لو أنهم خلقوا واقع لعبة الشطرنج دون وعي، لكن لم يكن لديهم سيطرة عليه ولم يتمكنوا من توجيه الأحداث. كان البيدق الجبار كلي القوة والملكة نتاج صدفة. وهكذا صورت اللوحة واقعًا فائقًا مرعبًا للعالم الذي عاش فيه البشر.

وقع الصورة باسم آبي، وتحت التوقيع بخط اليد الصغير، كتب آبي: إلى النعمة العزيزة مع الحب. قدم آبي ذلك إلى غريس بمجرد أن أنجز العمل. كانت غريس مسرورة لالتقاط الصورة.

"آبي، إنها لوحة رائعة. سوف تصبح مشهورًا، أيقونة دولية "، توقعت غريس.

بسماع بشارة النعمة، ضحك آبي.

وأضافت: "شكرًا لك يا آبي ؛ سأحتفظ بها معي إلى الأبد".

"تخلق اللوحة بيئة من المفاجآت فيما يتعلق بالبشر وإبداعاتهم. الشطرنج هو أيضًا من صنع الإنسان، ويعبر فرسان الشطرنج عن المفاجأة. هنا الشطرنج هو تمثيل رمزي للوضع البشري، حيث يصبح البشر بيادق خلقهم "، حلل آبي.

كان آبي وغريس منتظمين في المنظمة المجتمعية، حيث نظفا الأحياء الفقيرة مع جيرانهما. كان السكان يعشقون صحبتهم في عملهم واحتفالاتهم. حضر آبي وغريس الزيجات واحتفالات تسمية الأطفال حديثي الولادة وغيرها من الاحتفالات العائلية والمجتمعية. كان وجودهم شرفًا للجميع، خاصة في ديباوالي ورمضان، حيث كانت الحفلات جزءًا أساسيًا من الناس. دعاهم الأطفال والشباب للعب الكريكيت وكرة القدم في الأماكن المفتوحة المجاورة لحصن أغوادا، مقابل أحيائهم الفقيرة. كانت غريس وآبي حاضرتين دائمًا إذا تم تنظيم الأحداث في عطلة أو يوم عطلة.

كانوا دائمًا معًا ويتحدثون بلا نهاية. لكن غريس وآبي لم يناقشا أبدًا المسائل المتعلقة بالجنس، كما لو أنه لم يكن جزءًا من حياتهما. كان الجنس غريباً عنهم. لكن آبي كثيراً ما تساءل لماذا التزمت الصمت بشأن مناقشة الجنس وأهميته في الحياة اليومية. أراد أن يخبر غريس عدة مرات أنه يحبها بعمق، ويستمتع بصحبتها، ويحترم حريتها، ويقدر مساواتها، ويعتز بكرامتها كامرأة. لكنه كان يخشى أن يخبرها أنه يحبها ويحب أن يكون معها. كان يحب معانقتها وتقبيلها وممارسة الجنس معها. شعر آبي في كثير من الأحيان أن سلوك غريس كان له معنى دقيق، وكانت كلماتها مليئة بالرموز، لكنه فشل في فك شفرة التعريف الفعلي.

كان آبي يعلم أن غريس شخص عطوف. في الوقت نفسه، كانت تحب حريتها ومساواتها وكرامتها. اهتمت غريس بآبي، الذي كان مركز أنشطتها اليومية.

لعبوا الشطرنج واستمتعوا بالدفاع عن ملوكهم ومهاجمة بيادقهم وفرسانهم وأساقفتهم وغرابهم وملكاتهم. وفرت فرحة لعبة الشطرنج إثارة هائلة، وتشاركاها. تعلمت آبي العديد من الحركات والأساليب من غريس لأنها كانت لاعبة أفضل. ومع ذلك، رفضت غريس قبول افتراض آبي أنها خسرت عن علم العديد من المباريات في المراحل الأولية لإعطائه ضربات إيجابية.

أحبت غريس غناء أغاني الأفلام الهندية تكريماً لآبي، وفضلت الجلوس على السرير، ودعم ظهرها على الحائط وتمديد ساقيها على حافة السرير. جلس آبي أمامها، في مواجهة لها. كان بإمكانه دائمًا رؤية قدميها وأصابع قدميها السبابة مع الخواتم، والتي كانت غريس تزيلها عندما تتزوج حبيبها. عرفت غريس مئات الأغاني والخلفية ذات الصلة للأغاني التي غنتها. استمع إليها آبي برهبة وتساءل، بحب وإعجاب.

في اليوم الذي أكمل فيه آبي ستة أشهر مع غريس، أخذته إلى فيلم كوتش كوتش هوتا هاي، بطولة شاروخان وكاجول.

"هذه هي المرة الثانية ؛ أنا أشاهد هذا الفيلم. أنا أحبه، لذلك فكرت في دعوتك لمشاهدته. نحن نحب أن نعطي أفضل الأشياء في حياتنا للشخص الذي نحبه أكثر. لهذا السبب أعطيتني لوحاتك الثمينة والفريدة من نوعها "، قالت غريس عندما كانت في المسرح. كانوا في المقاعد المجاورة، وأحب آبي صحبتها. أراد أن يمسك بيدها، ويداعب أصابعها، ويقبل كفها. حاول

في كثير من الأحيان لمسها بلطف وإخبار غريس أنها كانت نجمته في الأفلام الهندية، وموضوع لوحته، وملكة لعبة الشطرنج، ورفيقة جمله وشريكه في رحلاته الاستكشافية. أراد السباحة معها في نهر ماندوفي والسفر عبر الصحاري والغابات.

عندما بدأ الفيلم، نظرت غريس إلى آبي لتحديد ما إذا كان يحب كل مشهد، ويشعر بواحد مع الشخصيات، ويستمتع بالقصة.

بعد الفيلم، ساروا نحو مطعم شاطئي. نظر آبي إلى غريس، وكانت تبتسم.

سألت غريس: "آبي، آمل أن تكون قد استمتعت بالفيلم تمامًا".

"لقد أحببت الفيلم حيث قام المخرج بعمل ممتاز، والتصوير الفوتوغرافي المتميز، والقصة الآسرة، والممثلين الآسرين. أجاب آبي: "جميع جوانب الفيلم رائعة، وقبل كل شيء، إنها تعطي الأمل".

علقت غريس: "أنا سعيدة لأنها أعجبتك".

قال: "بالتأكيد".

"أحبها لأنها تمثل الحساسية العميقة لشخصياتها النسائية. يحتاج المرء إلى حاسة سادسة لفهم المرأة وتقدير حبها "، قيمت غريس الفيلم.

أعرب آبي عن رأيه: "أنت تلمس جوهر الفيلم".

قالت جريس أثناء دخولها أحد المطاعم: "ترتبط القصة ارتباطًا وثيقًا بفهم النساء للأشخاص من حولهم، ونظرتهم للعالم، وقضاياهم، ورغباتهم، وقيمهم، ونقاط الاتصال في الحياة".

قال آبي: "أستطيع أن أشعر بذلك".

"قبل الموت، كتبت زوجة محبة رسائل إلى ابنتها، تطلب منها أن تلعب دور الخاطبة لوالدها وصديقه في الكلية. فهمت هذه المرأة مشاعر زوجها واحتياجاته النفسية. بعد وفاتها، كانت تدرك أن زوجها لا ينبغي أن يعيش حياة الأرمل بل يستمتع بها بملئها، ويختبر لمسات المرأة الناعمة. أدركت أيضًا أن زوجها يجب أن يتزوج بعد وفاتها واقترحت على ابنتها أن صديق والدها القديم في الكلية سيكون أفضل شريك له في الحياة ".

"لقد كان موضوعًا جيدًا، شيئًا جديدًا، شيئًا ديناميكيًا. أجاب آبي: "قريب جدًا من نفسية النساء".

"أبعد من ذلك، كان الفيلم مليئًا بالرموز والعلامات. أوضحت جريس أثناء تناول الطعام: "يحتاج المرء إلى إحساس إضافي لفهم وتجربة قيمتها".

قال آبي: "إنه يوفر فرصة للجمهور للتفكير والتأمل".

"كما هو الحال في الحياة الحقيقية. تحتاج إلى فهم المعنى الكامن وراء الكلمات ونية المرأة في الحب "، كما اقترح آبي غريس.

نظر آبي إلى غريس، ورأى ابتسامة على زاوية شفتيها.

بينما كانت تمشي إلى كوخهم، دندنت غريس لحنًا من الفيلم. كان قلبها مليئًا بالفرح كما لو كانت تحب وجودها وحضور آبي. كانت قريبة منه، قريبة جداً.

عملت غريس وآبي مع مقاول يعمل في بناء الطرق في الأسبوع التالي. تم تحديد أجورهم بأربعين روبية في الساعة، وكانوا بحاجة إلى العمل من الساعة الثامنة صباحًا إلى الخامسة مساءً، مع استراحة لمدة ساعة واحدة في فترة ما بعد الظهر. كان ما لا يقل عن ثماني ساعات من العمل إلزاميًا. كان هناك حوالي مائة عامل يعملون مع المقاول هناك. في المساء، عندما انتهى العمل، أبلغ المقاول غريس وآبي أنه سيدفع فقط في نهاية الأسبوع بعد خمسة أيام من العمل. أخبرته غريس أنه لم يكشف قبل تجنيدهم أنه لن يدفع إلا بعد خمسة أيام. لكن بعد توقف، قالت إنهم مستعدون للعمل طوال الأسبوع. وعملوا معه لمدة أربعة أيام أخرى. دفع لهم المقاول ألف وخمسمائة روبية فقط في نهاية الأسبوع. أخبر غريس وآبي المقاول أنه وفقًا للاتفاقية، كان عليه أن يدفع لهما ثلاثمائة وعشرين روبية يوميًا لمدة ثماني ساعات ؛ وبالتالي، لمدة خمسة أيام، كان عليهما الحصول على ما مجموعه ألف وستمائة روبية لكل منهما. لكن المقاول رفض الدفع، وأخبرهم أن مبلغ عشرين روبية في اليوم هو عمولته لتزويدهم بالعمل. احتجت غريس وآبي ورفضتا التوقيع على السجل، وأظهرتا أن المقاول دفع ثلاثمائة وعشرين روبية يوميًا. أخبروه أنهم كانوا سيفكرون في الأمر إذا أبلغهم عن اللجنة قبل توظيفهم للعمل.

أجاب المقاول أنه لم يكن من الضروري إخبار كل شيء في البداية. عند سماع منطق المقاول، ذهبت غريس وآبي إلى مركز الشرطة القريب ورويا القصة لمفتش الشرطة، وذهبا لرؤية المقاول. عند رؤية المفتش يتجه نحوه، هرب المقاول من مكتبه، تاركًا ألف وستمائة روبية لكل منهما على طاولته. أثناء جمع المبلغ، شكر آبي وغريس المفتش. أخبر ضابط الشرطة آبي وغريس أن هناك شخصيات مشبوهة في كل مكان وأن المرء بحاجة إلى محاربة مثل هؤلاء الناس. في رد، قالت غريس إن هناك مفتشي شرطة منتصبين أيضًا في المجتمع.

طوال الشهر التالي، عمل آبي وغريس في باناجي، عاصمة غوا، وكنسا ونظفا الطرق حيث كان هناك اجتماع عام سنوي للحزب الحاكم في المدينة. اجتمع المئات من عمال الحزب من مختلف أنحاء البلاد لأنشطة مختلفة، مثل تقييمات سياسات حزبهم وأدائه، والندوات، والاجتماعات لأكثر من أسبوعين. امتلأت الطرق والمطاعم والحانات والأماكن العامة والمعابد وبيوت الدعارة بعمال الحفلات في ساعات المساء.

بعد العمل، حوالي الساعة الخامسة والنصف، عندما كانت غريس وآبي في محطة الحافلات، في انتظار حافلة، اقترب منهما رجلان ضخمان، سياسيان. وقفوا بالقرب من غريس وأدلوا

بتعليقات مسيئة حول سروالها الجينز وقميصها وقبعتها. ابتعدت غريس وآبي عنهم ووقفا في زاوية محطة الحافلات. راقبهم آخرون في السقيفة المنتظرة هم والسياسيون.

"لا تقلق ؛ سأتدبر أمرهم إذا جاءوا وضايقوني مرة أخرى. أنت لا تفعل أي شيء، توقف". قالت غريس وطمأنت آبي.

بعد فترة، ذهب الرجلان إلى غريس ووقفا إلى جانبيها، محاولين وخزها بأكتافهما.

قال أحدهم أثناء محاولته إزالة قبعة غريس: "مرحبًا، تشوكاري". تحركت يده الأخرى فوق ثدييها. كان آبي يراقب إيماءات الرجل باشمئزاز.

بمجرد أن تحركت يده فوق ثدييها، ركلت غريس بين ساقي السياسي بساقها اليسرى. في غضون لحظة، شدته بيدها اليمنى، فسقط مسطحًا على الأرض، وضرب وجهه على الأرض بصوت عالٍ. حدث كل شيء في غضون جزء من الثانية.

"أيتها العاهرة"، صرخ رأس الباندانا الآخر، وحاول صفع غريس، وفي غضون لحظة، سقط هو أيضًا على الأرض بضوضاء شديدة، وضرب وجهه على الأرض.

أولئك الذين وقفوا هناك شاهدوا المشهد بأكمله بعدم تصديق تام. فجأة كانت هناك حافلة، واختفت غريس وآبي فيها.

قالت غريس لآبي بابتسامة: "احتاج هؤلاء السياسيون إلى دروس حول كيفية التصرف مع النساء".

نظر إليها آبي برهبة وإعجاب.

سأل آبي: "كيف تمكنت من ذلك".

"الأمر بسيط. حافظ على هدوئك في مثل هذه المواقف. راقب بدقة أولئك الذين يسيئون التصرف معك. بعد ذلك، اشعر بالقوة واعتقد أنه يمكنك إدارة الموقف. عندما يهاجمك شخص ما، استخدم ساقيك ويديك إلى أقصى حد بسرعة البرق والشراسة للدفاع عن نفسك. تلقيت بعض التدريب على الدفاع عن النفس من امرأة. نادرًا ما أستخدمه، فقط عندما يهدد شخص ما كرامتي ". قالت جريس وهي تبتسم.

بعد العشاء، غنوا العديد من أغاني الأفلام الهندية قبل النوم.

لكن آبي لم يستطع النوم. في حوالي الحادية عشرة، اتصل بنعمة، ولاحظ أنها أيضًا لم تنم.

اقترح آبي: "دعونا نغني بعض الأغاني الأخرى".

قالت: "بالتأكيد".

ثم استلقيا على السرير، ووضعا رأسيهما على الوسادة، ونظرا إلى بعضهما البعض، وغنيا معًا، وخلد آبي إلى نوم عميق بعد أغنيتين.

في اليوم التالي، أعد آبي قهوة السرير. ثم جلست غريس وآبي جنبًا إلى جنب واستمتعا بالقهوة.

اقترحت غريس: "آبي، كنت أفكر في القيام بجولة في بعض أجزاء غوا على الأقل ؛ سيكون الأمر مثيرًا للاهتمام".

"هذه فكرة رائعة. رد آبي: "أحب السفر معك".

"لذلك، دعونا نذهب يوم السبت. هناك حافلات سياحية. قالت غريس: "يمكننا حجز تذكرتين".

"بالتأكيد"، رد آبي بالتأكيد.

قالت غريس: "لكنك ستكونين ضيفتي الفخرية".

"ماذا سأفعل بالمال الذي أجنيه يوميًا ؟" تساءل آبي.

"احتفظ بها معك. قالت غريس: "أنت بحاجة إليها قريبًا".

"لماذا ؟ لماذا قلت الكلمة قريبًا ؟" سأل آبي.

قالت جريس مبتسمة: "يتخذ البشر قرارات بشأن حياتهم وأنشطتهم وفقًا للمواقف التي يوجدون فيها".

"أثارت إجابة غريس قلق آبي. لكن في غضون يوم، نسي ذلك. حجزت غريس تذكرتين على متن حافلة سياحية يوم السبت.

يوم السبت، بعد الإفطار، كانوا مستعدين. انطلقت الحافلة من حصن أغوادا، وحصلت غريس وآبي على مقاعد مجاورة تواجه نهر ماندوفي. استطاع آبي رؤية وجه غريس مقابل المياه الزرقاء للنهر.

قالت جريس: "آبي، لقد كنت أفكر في هذه الجولة لفترة طويلة لأن السفر معك دائمًا ما يكون ممتعًا".

"أنا أيضًا أستمتع بالسفر معك يا غريس".

شعرت آبي بتنفسها الناعم وحيويتها التلقائية في عينيها. كانت واقعة في الحب. تجاوز الحبيب جميع الحواجز وسعى إلى تحقيق الذات في العمل الجماعي. كان من الجميل أن ينظر آيب إلى وجه غريس الساحر. ولكن في الوقت نفسه، يمكن أن يشعر بالوحدة، وحزن لا يمكن تفسيره في مظهرها. وتساءل آبي لماذا شعرت غريس بالحزن.

قالت غريس فجأة: "آبي، أنا سعيدة جدًا معك".

"أعلم أنك سعيدة معي، غريس".

قالت آبي: "سعادتي لأنني أسافر معك، وأريد هذه الرحلة التي لا نهاية لها".

سرعان ما أدرك آبي أن جولتهم لم تكن لرؤية الأماكن والآثار ولكن فرصة للتجول في قلوب بعضهم البعض، وتجربة وجود بعضهم البعض، والبقاء معًا إلى الأبد.

أراد أن يمسك بيد غرايس ويخبرها، غرايس، أنا أحبك أيضًا، أنا أهتم بك، أحب أن أكون معك إلى الأبد، لكنه لم يكن لديه الشجاعة لفتح قلبه لها. كما كان آبي خائفًا من أن تعتقد غريس أنه شخص غير حساس لا يحترم كرامتها ؛ لذلك، أبقى رغباته داخله. كان بإمكانها حتى أن ترفض كلمات الحب التي قالها، كما يعتقد. كان خوفه يسحبه دائمًا إلى الوراء ويجبره على قمع التعبير بوضوح عن حبه لها، وكان على دراية بالموقف الذي لم يكن يفضي إلى سرده. كان لديه صراعات مستمرة، وسافر قلبه ورأسه في اتجاهين متعاكسين. كان من الضروري تسلق الشكوك وانعدام الأمن لهزيمتها، لكنه فهم أنه من الصعب التعبير عن مشاعره الحقيقية تجاهها.

أغاني الانفصال

كان هناك بعض الصمت بينهما. اعتقد آبي أن حب غريس كان خياله. كانت غريس شخصًا ناضجًا للغاية ؛ على الرغم من حساسيتها، إلا أنها كانت موضوعية ويمكنها تحليل الطبيعة الأساسية للمواقف والأحداث. قرر آبي أن نسب خياله ورغباته إليها أمر غير مناسب وغير مبرر. شعر بعدم الارتياح للتفكير في احتمالات علاقتهما وفكر في الابتعاد عنها. غيرت مصادفة مقابلتها في محطة حافلات كالانجوت حياته إلى الأبد. لكن في صباح أحد الأيام الغائم، يجب أن يختفي دون أن يخبرها حتى ببعض الأماكن البعيدة، ربما جبال الهيمالايا، ليصبح راهبًا. كانت تستيقظ لتحضير قهوة السرير وتجده مفقودًا ؛ كانت تتصل به مرارًا وتكرارًا. كانت تبحث عنه تحت المهد والحمام وخارج المنزل والمجتمع وحصن أغوادا. شعرت بالقلق، كانت تبحث عنه على شاطئ سينغويريم وعلى أمواج بحر العرب بكثير من الألم والحزن. غرايس المسكينة. لا، لن يضعها في محنة عميقة. لم يكن ليتركها. كان يبلغها حتى لو تركها، قائلاً إنه ذاهب إلى بلاد مجهولة لأنها لم تحبه.

لا، لم يخبرها أنها لا تحبه. قد يؤذي مشاعرها وسيجلب الألم لقلبها الجميل. لذلك، كان يقول إنه سيذهب بعيدًا ولا يحب البقاء معها. لا، لم يخبرها أبدًا أنه لا يريد البقاء معها لأنها كانت تبكي عندما تسمعه يقول مثل هذا الشيء المؤلم. لذا، أخبرها أنه ذاهب إلى جبال الهيمالايا، حيث سيتخلى عن العالم ويتأمل لسنوات في كهف. تنمو الشجيرات والنباتات من حوله، وتعشش الطيور على أغصانها، وتأتي الحيوانات وتبقى معه إلى الأبد. وسيكون بوذا.

لكنه لا ينبغي أن يسبب الألم في قلبها. كانت غريس تبكي إلى الأبد وتتجول هنا وهناك إذا تركها. لم يكن لديها أي شخص للعب الشطرنج معه ولشخص يغني الأغاني الهندية القديمة. شعرت آبي بالسوء لأنه لن يكون هناك أي شخص يمكنها مشاركة قهوة سريرها معه.

راودت آبي أفكار جامحة ومؤلمة وهو ينظر إلى غريس لكنه فوجئ برؤية عينيها تلمعان. ثم فجأة، نظرت إلى آبي، ابتسمت، ابتسامتها الجميلة.

"آبي، هل تستمتع بالنزهة ؟" تساءلت.

"بالتأكيد، هذه رحلة ساحرة. وأنت معي الذي يلهمني ".

استطاع آبي أن يرى عبّارات تتحرك في نهر ماندوفي، تفيض بالبحارة.

"انظر، الجميع يسافر. كل واحد لديه وجهة. الناس لديهم شخص عزيز جدا عليهم معهم أو في انتظارهم. قالت جريس وهي تنظر إلى آبي: "يحب الناس دائمًا السفر مع أحبائهم الذين يحبونهم ويعتزون بالحياة".

"أنت تتحدث دائمًا عن العلاقات الوثيقة في الحياة. من اللطيف أن أستمع إليك يا عزيزتي غريس ".

"الحياة تدور حول العلاقات ؛ إنها تدور حول التقارب مع شخص تريد مشاركة الحياة معه. الحياة تدور حول الارتباط العميق والعيش معًا،"كانت غريس تؤكد على الكلمة معًا.

"لا يمكنك أن تكون ناسكًا. لا يمكنك أن تعيش حياة وحيدة. إذا كنت لا ترغب في مشاركة حياتك، فليس هناك معنى في الحياة ".

"أنا أتفق معك، آبي. أنت شخص لديه أفكار غنية ومفاهيم نابضة بالحياة. أنت تفكر بصدق وتتحدث عن عقلك، على الرغم من أنك انطوائي قليلاً،" بالنظر إلى آبي، قالت غريس ثم ابتسمت.

"أنت صريحة يا عزيزتي غريس. أعلم أنني لست منفتحًا. أعلم، في بعض الأحيان، أنا لست منفتحًا. لكنني أعلم أنني يمكن أن أقع في حب امرأة أعجب بها وأعشقها، شخص مثلك. أعلم أنه يمكنني أن أعيش حياة كريمة معها، مع احترام حريتها ومساواتها ". كان آبي قاطعًا. نظرت إليه غريس في دهشة. لأول مرة، تحدث آبي عن مشاعره وقيم القلب والشخص الذي سيكون شريك حياته. كانت كلماته دقيقة ومليئة بالمعنى.

فجأة وصلوا إلى كنيسة بوم يسوع. كان مبنى مهيبًا، وكان مئات السياح يراقبون بدقة العمل المعقد في المبنى. تجول آبي وجريس ببطء في الداخل. على الجانب الأيسر من المذبح، تمكنوا من رؤية بقايا القديس فرانسيس كزافييه.

وقالت غريس: "كان لدى كزافييه التزام كبير بنشر المسيحية في الهند والصين".

وأضاف آبي: "مستوحى من رسالة المسيح، اذهب ووعظ، بدأ كزافييه رحلته الطويلة".

"الالتزام يغير كل شيء ؛ إنه يعطي معنى وهدفًا للحياة. بدونها، سوف يتجول المرء في جميع أنحاء العالم بحثًا عن لا شيء ".

نظر آبي إلى غريس. كانت تنظر إلى النعش الذي احتُجزت فيه جثة فرانسيس كزافييه.

"هذه حقائق تاريخية. ولكن إذا كان كزافييه قد عاش في عصرنا، فإن وعظه كان سيذهب سدى ؛ كان الناس سيعتبرونه متعصبًا. في هذه الأيام، ليس لدى الناس وقت للاستماع إلى مثل هذا الوعظ. إلى جانب ذلك، فقد الدين معناه. وقال آبي إن معظم الأديان تكافح من أجل البقاء، وخاصة المسيحية ".

"لم تصبح المسيحية فحسب، بل أصبحت جميع الأديان القائمة على الإيمان بالله مساعي لا طائل من ورائها. لقد وجد جميع الأذكياء أن الله ليس ضروريًا لحياة سعيدة وراضية. وعلقت جريس قائلة: "بدون الدين والله، تصبح الحياة أكثر معنى وسلمية".

سأل آبي: "كيف تميز البشر عن الله".

أجابت غريس: "البشر حقيقيون عند مقارنتهم بالله".

"أنا أتفق معك، غريس. يمكن للبشر أن يخلقوا هدفًا في الحياة، لكن الله ليس لديه هدف. ذات مرة، كانت عبادة الله هي الغرض الرئيسي في الحياة. الآن أصبح من الواضح أن العبادة هي نفي للحياة والهروب. لذلك، ألقينا الله في حاويات نفايات التاريخ ". حلل آبي.

"أعلى قيمة هي الثقة، جنبا إلى جنب مع الحب. أنت تطور الثقة في الشخص. هناك كرامة متأصلة في الحب والثقة. أنت تثق بشخص تهتم به ؛ أنت تحترمه وتحبه. إنها تمنحك ثقة هائلة "، أوضحت غريس.

"هل تثق بي ؟" وفجأة نظر في عينيها، سأل آبي.

"بالتأكيد، دعوتك إلى منزلي، والنوم على سريري معي. لا أحد في هذا العالم سيفعل مثل هذا الفعل. ما فعلته بك كان المثال الأسمى للثقة. قالت غريس: "لم أكن بارعة، ولم تكن هناك نية لتفكيكك".

نادى آبي: "غريس، عزيزتي غريس".

قالت غريس وهي تنظر إلى عيني آبي: "ربما اعتقدت أنني ساذجة".

"أبداً، أبداً."

قالت غريس: "لم أفكر أبدًا في خداعك أيضًا".

"كنت أعرف ذلك، ولا يمكنك أبدًا فعل ذلك".

"أعتقد أن السلوك غير المقبول لا معنى له. التملص والخداع والخداع والسلوك الاحتيالي شائعة جدا. ومع ذلك، فإنهم جميعًا يخلقون أحزانًا وتعاسة غير مرغوب فيها ".

لم يكن هناك تفاهة وتفاهة في كلماتها، وكان آبي يعرف ذلك.

"إيماني بك مطلق يا عزيزتي غرايس".

"إذن، أنت تخبرني أنك تثق بي، آيب"، أدلت غريس ببيان.

"أنا أعشقك"، ردة فعله المفاجئة، وانفجرت كلماته بثقة نادرة.

نظرت إليه غريس لمدة دقيقة وقالت في أذنه دون أن تلمسه: "أنا أيضًا".

أجاب آبي: "إنها موسيقى لأذني".

قالت جريس وهي تمشي إلى الأمام: "تعال، دعنا نذهب إلى النصب التذكاري التالي".

زاروا *كاتدرائية سانتا كاتارينا*. كان مبنى مهيب.

قال آبي: "انظر، كم من الناس قد كافحوا لبناء هذا المبنى".

"لكن ربما حصلوا جميعًا على أجر معيشي. إن خلق العمل هو علامة على التنمية، ويساعد الآلاف من الأسر على الهروب من الجوع والفقر والأمية واعتلال الصحة ".

قال آبي وهو ينظر إلى غريس: "لكن لا ينبغي أن يكون هناك أي استغلال".

"يجب أن تكون الأجور وفقًا لتكلفة الاحتياجات اليومية، مثل الاحتياجات الأولية والثانوية، ومرحلة مستوى معيشة الناس"، كانت غريس تحليلية.

وعلق آبي قائلاً: "كانت هناك حاجة إلى هذه الهياكل في تلك الأيام، لأنها يمكن أن توفر العمل للناس".

"أنت على حق. لكن في هذه الأيام، لا نحتاج إلى كنيسة أو مسجد أو معبد. نحن بحاجة إلى المدارس والكليات والجامعات والمستشفيات ومراكز الرعاية الصحية الأولية والبنوك ومراكز الكمبيوتر والمختبرات والصناعات. نحن بحاجة إلى التغيير وفقًا للوقت "، أوضحت جريس.

سأل آبي غريس: "كيف حصلت على مثل هذه الأفكار التنويرية".

"كنت أفكر، أحلل كل شيء من حولي. كل يوم يوفر لي فرصة تعليمية جديدة. وأتعلم من خلال الملاحظة والعمل،"أدلت غريس ببيان.

كانوا بالفعل في فناء كنيسة القديس فرنسيس الأسيزي.

"أنا معجب بفرانسيس الأسيزي كثيرًا. لقد كان ناشطًا بيئيًا عظيمًا ".

أدلى آبي ببيان: "كان ودودًا مع الطيور والحيوانات والنباتات والأشجار".

"كان فرانسيس رجلاً يتمتع بالكثير من التعاطف. نحن بحاجة إلى أشخاص يعاملون الآخرين بنفس الطريقة التي يعاملون بها أنفسهم. يريد البشر الاحتياجات الأولية والثانوية والحب والرعاية والحماية والمعاملة الكريمة. الحيوانات والطيور والنباتات والأشجار والأنهار والجبال والغابات والوديان والسافانا هي جزء لا يتجزأ من حياة الإنسان ".

"أنت تفكر بشكل مختلف. قال آبي: "لديك رؤية داخلية".

"أنت لا تعيش بالخبز وحده. قالت غريس: "أنا أؤمن بهذا المبدأ".

جلس غريس وآبي في الحديقة ؛ كان هناك نحل وعصفور وسناجب. غنت غريس أغنية فيلم هندي عن الحيوانات والطيور والزواحف والأشجار والأنهار والجبال ومكان البشر في الطبيعة.

سأل آبي: "كيف تعلمت هذا العدد الكبير من أغاني الأفلام الهندية".

"منذ الطفولة، كنت مفتونًا جدًا بالأغاني الهندية. يمكنني أن أتعلم عن ظهر قلب أغنية في غضون خمس دقائق. قالت غريس: "لقد كانت هدية طبيعية، وقد طورتها".

سأل آبي: "كم عدد الأغاني التي قد تعرفها".

"قد تكون مائة. كل أغنية تعطي تجربة مختلفة. معظمهم من الرومانسية الخالصة والانفصال. لكنها ترفعك إلى عالم مختلف من الحب والحنين إلى الماضي والحزن الخفيف والفرح والحيوية. أجابت جريس: "أعتقد أنه لا توجد لغة أخرى لديها مثل هذه المجموعة المتنوعة من الأغاني، والتي يمكن أن تسرق قلبك".

قبل ركوب الحافلة لزيارة مزرعة التوابل في وسط غوا، زارت غريس وآبي كنيسة سيدة الجبل وكابيلا *دي سانتا كاترينا*. مرت الحافلة عبر الضواحي والغطاء النباتي الكثيف والمزارع الصغيرة عبر التلال المتموجة. كان المشهد مذهلاً.

قالت جريس وهي تنظر إلى التلال: "يجب على البشر حماية البيئة".

وعلق آبي قائلاً: "المنظر البانورامي للمزارع والغابات من الحافلة لافت للنظر".

وقالت غريس: "لكن هناك بعض المحاجر والمناجم في غوا، والتي قد تدمر تدريجياً توازن البيئة".

نظر آبي إلى غريس في مفاجأة. اعتقد أن مفهوم غريس لكل قضية تتعلق بالمجتمع البشري والبيئة والوجود يختلف اختلافًا كبيرًا عن الآخرين.

قال لها آبي: "أنت تتحدثين لغة مختلفة يا غريس".

أجابت: "لدي نمط تفكير مختلف".

"لماذا ؟" كان آيب فضوليًا لمعرفة ذلك.

"أنا مختلف في أشياء كثيرة. لدي مقياس مختلف: الثقة بالناس، والعمل مع الناس، والتعبير عن حبي، وحتى تقييم الناس ". كانت كلماتها مليئة بالموضوعية والثقة.

رد آبي: "أنت مختلفة يا غريس ؛ هذه هي ملاحظتي"

قالت جريس: "هذا لأنك تعرفني، ولهذا السبب أثق بك، وأعمل معك، وأسافر معك، وأعيش معك".

تساءل آبي: "هل تحب مواصلة هذه العلاقة".

"لم لا ؟ أجده جيدًا، ويمنحني السعادة ؛ أعتقد أنك أيضًا تجده يستحق المتابعة "، علقت غريس.

انتشرت مزرعة التوابل على مساحة مائتي فدان من الأرض. كانت هناك توابل وأشجار فاكهة مختلفة مثل جوز الهند والجاك فروت والمانجو وجوز الأريكة والموز. يمكن للجداول

الصغيرة المتعرجة حول التلال أن تروي العطش الأبدي لكل شكل من أشكال الحياة داخل المزرعة، مما يخلق مساحات خضراء مذهلة وحيوية. بدت الأكواخ الصغيرة والأكشاك على ضفافها المبنية من الخيزران وحبال جوز الهند والقش مع القش أو أوراق جوز الهند المجففة المتشابكة قديمة ولكنها جذابة. كان للمزرعة العديد من المسارات الداخلية ؛ يمكن للسياح التجول والاستمتاع بالجمال الطبيعي. لقد كان بالفعل مشهدًا رائعًا للزائر. قادهم مرشد إلى المكان، وكانت هناك جسور صغيرة مقوسة فوق العديد من الجداول داخل المزرعة. استغرق الأمر حوالي ثلاث ساعات لغريس وآبي لإكمال التعرج، واستمتعا به. كان هناك غداء فاخر مع أطباق مختلفة محضرة من المنتجات الزراعية في انتظارهم.

وكان آخر مكان زاروه هو معبد مانغيشي المهيب داخل التلال. كانت هناك أضرحة غانيش وبارفاتي ملحقة بمجمع المعبد، وكان مئات المصلين يشاركون في العبادة داخل المعابد والأضرحة.

كانت رحلة العودة ممتعة. غنت غريس العديد من أغاني الأفلام الهندية لآبي، وانضم آبي إلى غريس في الغناء. كانت الأغاني بشكل أساسي عن الانفصال بعد تجربة الحب، وتساءل آبي عن سبب غناء غريس للأغاني عند الفراق.

"لماذا فضلت المزيد من الأغاني حول موضوع المغادرة هذه الأيام ؟" سألها آبي.

"في الواقع، بعد الحب، هناك دائمًا انفصال. لا تتحقق فرحة الحب إلا من خلال المغادرة. لكنك بحاجة إلى الصبر لتلقي الوداع. لا تشعر بالانزعاج أو الذعر، ويجب أن تنتظر الاتحاد الجميل مرة أخرى "، قالت غريس، وهي تنظر إلى آبي.

قال آبي: "لكنه يخلق الحزن، ألمًا لا يمكن تفسيره".

"الانفصال جزء لا يتجزأ من الحب. أوضحت جريس أن الحب لا يمكن أن يوجد دون فراق ؛ يجب أن يكون هناك ".

"ألا يخلق ذلك ألمًا في قلبك ؟" سأل آبي.

"بالتأكيد، ينزف قلبي عندما أفكر في الوداع. قالت غريس: "أتمنى لو لم يكن هناك".

نظر آبي إلى غريس وسألها: "هل لا تزال تؤلمك ؟"

"بالتأكيد، إنه يخلق معاناة ساحقة. لكن دعني أخضع لها، دعني أتذوقها بشجاعة وجرأة ".

لكن آبي لم يستطع فهم المعنى الحقيقي لما روته غريس. اعتقد أنه قد يكون له دلالات خفية من الأغاني التي غنتها، ولم ترغب غريس في إخباره بها. أدرك أيضًا أن غريس كانت صامتة لبعض الوقت وقلقة في صمت، وشعر آبي بالحزن إزاء انزعاج غريس وهدوئها. كان من الصعب عليه أن يتقبل أن قلب غريس يتألم لأسباب غير معروفة. قد يكون مفهومًا أو شعورًا أو فكرًا أو خوفًا أو حدثًا ؛ قد يختفي قريبًا ؛ حاول آبي مواساة نفسه.

كان الشهر التاسع لآبي مع غريس. ولمدة أسبوعين، بدأوا العمل في موقع بناء. كان العمل ثقيلًا ومرهقًا إلى حد ما، لكن الأجور كانت ممتازة، حيث دفع المقاول ثلاثمائة وخمسة وعشرين روبية يوميًا. أثناء عودتهم، اشتروا الأسماك والخضروات الطازجة من السوق لعدة أيام. ومرة أخرى، كان آبي في مزاج سعيد حيث لاحظ أن غريس لم تكن أكثر حزنًا ولا صمتًا. كان لدى آبي فرحة خاصة في القيام بجميع الأعمال في المنزل، والطبخ، والغسيل، وتنظيف المنزل. كانت برامج المنظمات المجتمعية التي يتم إجراؤها شهريًا حدثًا رائعًا وممتعًا. شاركت غريس وآبي في أعمال تنظيف الأحياء الفقيرة والتجمعات والبرامج الثقافية. استمرت حفلات الرقص والغناء والشاي وشكلت جزءًا من حياتهم.

لعبت العديد من ألعاب الشطرنج كل يوم. كان غناء أغاني الأفلام الهندية حدثًا منتظمًا بعد العشاء، وأحب آبي الانضمام إلى غريس في غناء جميع الأغاني التي غنتها، وأصبحت جميعها أغانيه المفضلة. لكنه شعر بالتعاسة ؛ لم يستطع وضع يديه على كتف غريس أثناء الغناء معًا ولم يستطع معانقتها عندما استيقظ في الصباح. شعر آبي بعدم السعادة لأنه لم يتمكن من زرع قبلة على خديها الجميل بعد فوزه في لعبة الشطرنج، أو أنه يمكن أن يلمس ويشعر بخواتمها الفضية على أصابع قدميها. أراد أن يخبرها بصراحة على وجهها، غريس، أحبك، وأحب أن أتزوجك. لكنه كان يعلم أنه سيكون هناك وقت يمكنه فيه لمسها وعناقها وتقبيلها وممارسة الجنس معها.

في إحدى الأمسيات، بدأ آبي في رسم صورة جديدة، وكانت غريس هي الموضوع. كان في الأسلوب التعبيري. كانت على اللوحة ثلاثة شخصيات من النعمة، واحدة مجردة تعبر عن مشاعر مندفعة. كانت الصورة الثانية صورة رمزية لغريس تعبر عن حزنها العميق. في الأغنية الثالثة، تغني غريس أغاني الانفصال المفضلة لديها. في جميع الأشكال الثلاثة، حاول آبي إبراز البنية النفسية للموضوع. ملأت التعبيرات الشخصية للعواطف اللوحة، على الرغم من أن الصور الجمالية أنتجت صراعات داخلية. صورت الألوان المذهلة ردود الفعل العاطفية الحية، واستقطاب نقاط الضعف الدماغية، وشدة الصراعات داخل الشخص. من خلال التركيب الديناميكي لثلاثة شخصيات، أظهرت اللوحة عدم قدرة البشر على التحكم في بيئتهم.

استغرق آبي حوالي شهر واحد لإكمال اللوحة. كان العنوان المعطى للفن هو الثالوث. وقعها آبي، آبي. وتحت التوقيع، كتب بحروف صغيرة: إلى النعمة مع الحب. بعد العشاء، أهدى آبي اللوحة إلى غريس، وشعرت بسعادة غامرة لاستلامها. علقت الصورة مع الصورتين السابقتين على الحائط ؛ كانت الصور الثلاث رائعة بنفس القدر بالنسبة لها.

"شكرا لك، عزيزي آبي، على الثالوث، قالت.

شعر آبي بالسعادة لسماع تقدير غريس. كانت موضوعية تمامًا. لكن القيمة المعطاة للوحة كانت ذاتية لأن الواقع كان تحليليًا ؛ تذكر كلمات غريس.

بعد تنظيف المنزل، غنت غريس أغاني الأفلام الهندية تكريماً لأبي. هذه المرة، كان الموضوع هو الحب، حب فتاة لصبي. كان الصبي أميرًا، وكانت الفتاة ابنة جندي في جيش الملك، الذي رأى الأمير من بعيد لكنه لم يتحدث إليه أبدًا، ولم يلمسه أبدًا. كانت لديها رغبة هائلة في الزواج منه. لم يعرف الأمير أبدًا أن مثل هذه الفتاة موجودة في مملكة والده. لكنها رأت الأمير، وعاش من أجلها، وكان حبها له شديدًا، لكنه لم يحصل على فرصة للازدهار. طلب آبي من غريس أن تغني الأغنية مرة أخرى حتى يتمكن من غنائها معها.

قال آبي لغريس بعد غناء الأغنية معًا: "الحب، في بعض الأحيان، لا يحقق هدفه أبدًا".

أجابت غريس: "هذه حقيقة عالمية".

"لماذا ؟" سأل آبي.

"الحب هو شعور ؛ له مراحل وألوان وألوان مختلفة. أجابت غريس: "يعتمد الوصول إلى الهدف على المرحلة التي يكون فيها حبك".

قال آبي: "لكن العشاق أحرار في تحديد المرحلة التي يجب أن يكون فيها حبهم".

"إنهم أحرار، لكن كلا العاشقين قد لا يكونان على نفس المستوى. قد يكون شخص واحد في الخطوة الأولى، لكن الشخص الآخر ربما يكون قد وصل بالفعل إلى القمة ".

علق آبي: "إذن، هناك صراع في الحب".

"هذا الصراع هو سبب الحزن. إنهم يجعلون من الصعب الوفاء بالوعود دون معرفة المرحلة التي يمر بها كل من العشاق، وعدم معرفة المرحلة العقلية للشخص الآخر. وقالت غريس: "قد يفترضون مواقف وأهداف قد لا يمكن الوصول إليها".

تساءل آبي: "لكن كيف نتحقق من بعد العشاق".

"هذه مهمة صعبة. وأوضح غريس أن المنعطف الذي يظهر فيه الحبيب يعتمد على خلفيته، واستقراره العاطفي، ونضجه النفسي، وشدة رغباته، وتوجهه نحو الهدف ".

نظر آبي إلى غريس في مفاجأة. إنها تعرف كل شيء، وتحلل كل شيء،

علق آبي: "تحليلك دقيق".

ردت غريس: "يجب أن يكون التحليل متزامنًا مع المشاعر والعذاب في عقل الشخص".

"هذا صحيح. قال آبي: "قد لا تكون المعرفة مفيدة".

"لكن المعرفة هي الكينونة"، كانت غريس مؤكدة.

"لماذا ؟" سأل آبي.

"عندما تعرف أنك واقع في الحب، تصبح الشخص الآخر. لكن الآخر قد لا يتطور مثلك، حيث قد يجهل الشخص الآخر حاجة الشخص الواقع في الحب ".

"هذا يعني بالنسبة لك، أنت وحبك متشابهان"، أدلى آبي ببيان.

أجابت جريس: "إذا رد الشخص الآخر بالمثل على نفس الطول الموجي، فلن يكون هناك تعارض".

قال آبي: "هذا مثالي".

"بالتأكيد، هذه هي المرحلة النهائية. لا شيء أبعد من ذلك. الشعور بالوحدة لا ينفصل. يتشاجر الأشخاص الذين يقعون في الحب لتحقيق تلك المرحلة. كل النضالات هي من أجل هذا التوحد. في نهاية المطاف، كل شيء واحد،"كانت غريس فلسفية.

فوجئ آبي مرة أخرى بسماع تعليق غريس.

"غريس، كيف جمعت مثل هذه الحكمة ؟" استفسر آبي.

وقالت غريس: "آبي، إنه ناتج عن مراقبة الناس، والعمل معهم، والتحليل والتفكير الشخصي، لكن التفكير غير ممكن دون ملاحظة".

"المعرفة تحليلية". حاول آبي التفسير.

"نعم، المعرفة تحليلية. لكنه مجرد مظهر من مظاهر شيء آخر. لا يمكننا فقط إنشاء المعرفة بدون قاعدة، بدون كائنات. عندما يكون هناك كائن، نقوم بتحليله وفقًا لمعيارنا الذاتي ونخلق المعرفة ؛ وبالتالي قد لا تكون المعرفة موضوعية بحتة، ولا يمكن أن تكون ذاتية بحتة. إذن، المعرفة هي التفسير. الحب مثل المعرفة. نحن بحاجة إلى تفسيره وفهم المراحل المختلفة منه. نقرر ما هي هذه الشرائح. الحب هو أقصى مدى للملاحظة. لكننا بحاجة إلى السماح لحبنا بالنمو والازدهار كحياة. خلاف ذلك، سوف تصبح راكدة "، حللت غريس.

تساءل آبي: "بالنسبة لك، أيهما أكثر بروزًا، الحب كحياة أو خبرة".

"الحب كالحياة والحب كخبرة تتعايش. ولكن لمعرفة الحب، نحتاج إلى تفسيره. بدون تحليل الحب، من المرهق إلى حد ما فهمه. في كل مرحلة من مراحل الحب بين الحبيب والحبيب، يوضحها الطرفان باستمرار. هذا التفسير ليس سوى مراحل الحياة المتنوعة. قد لا يكون جهدًا واعيًا، ولكنه ليس فاقدًا للوعي أيضًا. لذلك، الحب هو الحياة والخبرة، وهما يتعايشان في وقت واحد ".

"هل نحن نتاج مثل هذا التحليل ؟" سأل آبي.

"بالتأكيد، الوجود البشري نفسه تحليلي. اكتساب المعرفة هو جزء لا يتجزأ من تكتيكات البقاء على قيد الحياة، وهي تفسيرية بحتة. قالت غريس: "نحن نفسر المواقف والأحداث ونتصرف ونتصرف وفقًا لذلك".

أدلى آبي ببيان: "إذن، أنت تقول إن الحب تجربة حية".

"الحب ليس تحليليًا فحسب، بل هو أيضًا شعور من ذوي الخبرة، حقيقة واقعة. لهذا السبب يصبح جزءًا لا يتجزأ من الشخص. هذا هو السبب في أنه من الصعب العيش بدون حب. إنه الجوهر الداخلي للتجارب الكلية للإنسان، حيث يؤسس لعلاقة عميقة مع إنسان آخر بمشاعر وعواطف. بسبب الحب، يجد الناس صعوبة بالغة في كسر العلاقة. وهكذا تصبح أنماط التفكير الكاملة وشخصية الفرد نتاجًا للحب. بسبب هذا ؛ بعض الناس يبكون حتى وفاتهم إذا كان هناك انفصال بين العشاق "، قالت غريس وهي تنظر إلى آبي.

"إذن، لماذا الانفصال ؟" سأل آبي.

"هذا صراع يواجهه البشر. يمكننا أن نسميها القلق الوجودي "، قالت غريس.

عند سماع جريس، ظل آبي صامتًا لفترة طويلة.

استمرت غريس في الحزن والصمت طوال الأسبوع المقبل. تألم قلب آبي عندما رأى غريس. غرايس، ماذا حدث لك ؟ لماذا أنت حزين ؟ لماذا لا تتحدث عن مشكلتك ؟ ناقش آبي العديد من الأسئلة التي أراد طرحها عليها. لكنه شعر أن غريس ستكون بائسة إذا طرح مثل هذه الأسئلة.

في يوم سبت، كان آبي يعد الإفطار. جاءت غرايس ووقفت بالقرب منه. بدأوا يأكلون من المقلاة وهم واقفون. لاحظ آبي أن عيني غريس كانتا مبتلتين.

قال آبي: "غريس، تبدين مكتئبة".

قالت غريس: "أنا حزينة وقلقة".

"حول ماذا ؟" سأل آبي.

قالت غريس: "أنا أتخذ القرار الأكثر إيلامًا في حياتي".

"أنا لا أسأل ما هو هذا القرار، ولكن هل ستخبرني لماذا أنت حزين ؟ قال آبي: "عندما أراك حزينًا، يتألم قلبي".

قالت غريس: "أنا آسفة جدًا يا آبي، تشعر بالألم بسبب اكتئابي".

لم يطرح آبي أي أسئلة أخرى. كان يعلم أن غريس كانت تمر بصراعات داخلية هائلة، وتكافح من أجل اتخاذ قرارات شخصية.

قالت غريس لآبي: "آبي، دعنا نذهب إلى باناجي لتناول العشاء هذا المساء".

سأل آبي: "ما هي المناسبة الخاصة".

"ألم تلاحظ أنك أكملت للتو تسعة أشهر هنا ؟" ردت غريس بابتسامة.

"تتذكرين كل شيء صغير يا عزيزتي غريس".

"أحب أن أتذكر كل ما حدث بيني وبينك. وعلقت غريس قائلة: "وأنا أقدر تلك الحوادث".

ابتسم آبي.

"يرجى ارتداء بنطالك وقميص بأكمام طويلة مع ربطة عنق"، تقدمت جريس بطلب.

"هل هذه مناسبة كبيرة ؟" تساءل آبي.

"كل مناسبة معك رائعة. أحب أن أتذكر كل واحد في المستقبل "، أدلت غريس ببيان.

قال آبي بابتسامة: "لكنني أحب أن أكون ذلك المستقبل".

"بالتأكيد، لا يوجد أحد آخر، لكن عليك الانتظار بمفردك لبعض الوقت. قالت جريس: "سأعود إليك، وسنصنع معًا مستقبلًا".

لاحظ آبي أن عيون غريس مليئة بالضوء، وكانت مشرقة. لكنه لم يستطع فهم السياق الذي تحدثت فيه ؛ حتى معنى الكلمات التي نطقتها كان له دلالة مختلفة.

ارتدت جريس ساري كانجيبورام الحريري من جوسمر المحمر والأخضر وبلوزة بلا أكمام من نفس اللون والملمس. بدت جميلة إلى حد كبير ؛ شعرها الداكن القصير لمس شحمة أذنها الجميلة. وكانت تنضح بالأناقة والثقة. كانت غريس الشخص الأكثر جاذبية الذي قابله على الإطلاق، وكان آبي متأكدًا من ذلك.

"آبي، تبدو رائعاً. قالت غريس: "أنا أحب ذلك".

"تبدين رائعة يا عزيزتي غريس".

استقلوا سيارة أجرة إلى باناجي.

قالت غريس: "لقد حجزت مقعدين لنا في أعلى مطعم في المدينة"، عندما وصلوا إلى باناجي.

طاولة زاوية ذات مقعدين مخصصة لهم، وجلسوا وجهاً لوجه.

قالت غريس: "لقد حلمت بهذا اليوم لعدة أشهر، في الواقع لسنوات عديدة".

"سنوات عديدة ؟" شعر آبي بالدهشة.

"نعم، آبي، كل فتاة لديها حلم. الرغبة في تناول العشاء مع أكثر شخص ساحر قابلته في حياتها. قالت غريس بابتسامة: "بالنسبة لي، أنت ذلك الرجل".

قال آبي: "أشعر بالفخر".

كانت الأطباق لذيذة. وفاجأ آبي بملاحظة أناقة غريس في التعامل مع الشوكة والسكين والملعقة.

نظر آبي إلى غريس، وأحب مظهرها. نظر إلى عينيها وأنفها وشفتيها وخدودها وفكها وأذنيها ورأسها وشعرها. كانت يداها جذابتين، وكانت أصابعها جميلة بشكل رائع. غريس، أحبك، كوني معي دائمًا. أحبك لأنك امرأة عظيمة ذات كرامة رائعة وشجاعة لا مثيل لها وأناقة أبدية ونضج غير مرئي وحب لا نهائي وثقة لا يمكن تصورها. ستكون تجربة مرضية لقيادة حياة معك. قال آبي في ذهنه.

قالت غريس مبتسمة: "آبي، أنت تفتنني، ومستعدة تمامًا، ولا تتعجرف أبدًا، وتحترم دائمًا الآخرين وآرائهم، وذكية، ومراعية، ومستنيرة، وكريمة".

قال آبي: "أنا محظوظ لأنني قابلتك، على الرغم من أنني لا أعرف أي شيء عن خلفيتك".

"من الأفضل عدم معرفة خلفية شخص آخر. أنا أيضًا لست فضوليًا أبدًا بشأن سوابقك. وعلقت غريس قائلة: "أنا أحب الشخص، ليس بسبب الخلفية، وليس بسبب المظهر الخارجي، وليس بسبب الكلمات والوعود، ولكن بسبب كرامة الشخص".

"غريس، احترامي لك يتجاوز أي معيار. قال آبي: "إنه غير مشروط".

"العلاقة الإيجابية لا تتوقع أي شيء شخصيًا ؛ قبول أي احتمالات أمر لا مفر منه. قالت غريس: "إنها تجرؤ على تحمل الصدمات والآلام المفاجئة التي يسببها الحبيب والأحداث".

نظر آبي إلى غريس. ما هي هذه الصدمات والآلام المفاجئة التي يسببها الحبيب والأحداث ؟ فكر في كلماتها.

أمضى آبي وغريس حوالي ساعتين في المطعم وسارا في الشوارع. كانوا يعرفون كل زوايا وزوايا باناجي أثناء عملهم هناك لتنظيف الشوارع لمدة شهر تقريبًا. كان مئات الشباب في كل شارع، يحتضنون ويقبلون بعضهم البعض. بدت الأشجار على ضفة نهر ماندوفي سحرية تحت أضواء الشوارع، وغطت الظلال العشاق الصغار مثل مظلة عملاقة تحمي خصوصيتهم. في كل تقاطع، غنى الموسيقيون بشكل فردي أو في مجموعات أغاني حب عن أمراء وأميرات البرتغال في العصور الوسطى. رقصت الفتيات على لحن الموسيقى ؛ أولئك الذين وقفوا حولهم ألقوا العملات المعدنية على ورقة منتشرة في منتصف الدائرة. هزت الأجراس المربوطة حول خصر الفتيات، ورسمت بطونهن العارية بألوان ناعمة. كانت الغيتار والكمان الآلات الموسيقية الرئيسية، وعزف عليها الموسيقيون بشكل جيد.

ألقت جريس بعض العملات بينما كانت تقف بالقرب من امرأة تعزف على الكمان. كانت وحدها، وكان لموسيقاها لحن حزين. ربما كانت تلعب على الحب المفقود، علاقة فاشلة مع حبيب اختفى إلى الأبد. ارتدت عازفة الكمان تنورة ذات زهور زاهية، وكان قميصها أخضر مع خيوط ذهبية معلقة نحو الحجاب الحاجز.

عند تقاطع آخر، أعطت غريس بعض المال في كف فتاة راقصة. توقفت عن الرقص ونظرت إلى غريس ؛ ربما كانت في الرابعة عشرة من عمرها. كان لديها حجر صغير لامع على جانب أنفها.

قالت الفتاة: "أوبريغادو آنسة من أجل الكرم". وأضافت: "شكرًا لك، سيدتي، على كرمك".

قالت جريس وهي تحني رأسها: "الموسيقى ممتازة، وأنت رقصت جيدًا".

كانت هناك سفن بعيدة في بحر العرب مغطاة بمئات الأضواء.

تحدثت غريس وآبي عن الحب والعمل الجماعي والوفاء. استمعوا إلى بعضهم البعض بشغف وأحبوا أن يكونوا في صحبة الشخص الآخر.

بعد الوصول إلى المنزل، لعبوا مباراتين من الشطرنج. ثم غنت غريس العديد من أغاني الأفلام الهندية أثناء جلوسها على الكرسي المواجه لآبي. وحوالي منتصف الليل ذهبوا للنوم. أيقظت غريس آبي عندما كانت قهوة السرير جاهزة حوالي الساعة السادسة صباحًا. للإفطار، أعدوا العجة والخبز المحمص وشرائح الخضروات والعصيدة. مرة أخرى، وقفوا بالقرب من الموقد وبدأوا يأكلون من المقلاة. وجدوه أكثر جاذبية وراحة. كان لديها طريقة فريدة لمشاركة المشاعر ودفء العمل الجماعي. وضعت جريس قطعًا من الخبز المحمص مليئة بالجبن في فم آبي عدة مرات، وأخبرته أنه سيحب مذاقه. لم يحبها آبي فحسب، بل أعرب عن تقديره لها أيضًا. كان حضورها هو الأكثر حميمية وحنانًا ودفئًا الذي عاشه على الإطلاق. لقد أعجب بها دون أي تفسير.

بعد غسل الأطباق وتنظيف المنزل، اقتربت غريس من آبي ووقفت أمامه.

نادت: "آبي".

أجاب: "عزيزتي غريس".

قالت وهي تنظر إلى عينيه: "أريد أن أخبرك ؛ سأغادر هذا المكان".

وقف آبي ساكناً. للحظة، لم يستطع فهم ما كانت تقوله. شعر آبي بالصدمة ولم يكن لديه كلمات للتعبير عن ردود أفعاله. لبضع ثوان، كان صامتًا ولا يزال.

"غرايس". نادى بصوت منخفض.

"نعم، عزيزي آبي. سأتركك الآن. شكرًا لك على الحب والثقة،"كانت غريس مختصرة.

نظر إليها دون أن يعرف كيف يتصرف.

"سآخذ اللوحات الثلاث التي أهديتني إياها. قالت جريس: "جئت دون أي شيء ؛ الآن أعود فقط بهذه الهدايا الثمينة"، بينما أقوم بلف اللوحة واحدة فوق الأخرى.

"هل ستذهب. حقاً ؟".

"نعم، آبي. يرجى الاحتفاظ بهذا الغطاء معك. ليس لدي أي شيء آخر لأقدمه لك الآن "، قالت غريس وهي تعطيها الغطاء البني.

أخذها آبي منها ووقف ساكناً. دون أي مشاعر معبر عنها، شاهد غريس تخرج من المنزل. نظر إليها، وسار نحو شبه غشاء قلعة أغوادا واختفى.

الحبيب

شعر آبي بالوحدة والحزن والضياع ؛ تألم قلبه، شيء يخز في أعماقه. جلس على عتبة الباب لمدة ساعة تقريبًا، ولم يكن لديه ما يفكر فيه، وكان عقله فارغًا. نظر إلى الفراغ، وضرب الأرض بمفاصله وشعر بالغضب من نفسه.

بعد إغلاق المنزل، سار إلى محطة الحافلات وبحث عن غريس. كانت هناك أربع حافلات، وفتش آبي في كل منها. "غريس، نادى"، لكن لم يرد أحد. كان شباك التذاكر فارغًا تقريبًا، حيث لم يكن هناك سوى عدد قليل من الركاب. غرق قلبه بالقلق وخيبة الأمل.

تمتم: "إلى أين ذهبتِ يا عزيزتي غريس".

بينما كان يسير نحو الشاطئ، بدت الأجواء مظلمة دون أي زورق، وتذكر يومه الأول في كالانجوت. مرة أخرى، تذكر حديثها: "لا تقلق. يمكنك البقاء معي لليلة واحدة، وسأعطيك أجرة الحافلة ؛ يمكنك إعادتها إلي لاحقًا ". قال آبي في ذهنه: اتضح أن إحدى الليالي كانت تسعة أشهر.

على الشاطئ، تجول آبي لبعض الوقت. بدأ البحث عن غريس خلف القوارب، ما يقرب من خمسة وعشرين منهم. فجأة سمعها تنادي: "آبي، آبي"، ركض إلى المكان الذي جاء فيه الصوت، كان فارغًا، فارغًا مثل القشرة. تذكر آبي صوتها، الصوت الحلو لنعمته الحبيبة. "آبي، أنا مختبئ هنا ؛ يجب أن تحاول أن تكتشفني"، سمعها مرة أخرى تنادي باسمه. "غريس، حبيبتي غريس، أين أنت ؟" صرخ، ولم يكن هناك رد. كان بإمكانه سماع أصداء صوته وهو يختلط بأمواج البحر. هجر الشاطئ، ولم يشاهد صياد واحد في أي مكان. كونه يوم الأحد، كان عطلة بالنسبة لهم.

"غريس، اخرجي من مخبأك. أشعر بالسوء. من فضلك اخرج "، كان لصوته مسحة من القلق والخوف. بدا له الشاطئ غير معروف، وبدأ يركض على الشاطئ من طرف إلى آخر. ركضت الكلاب الضالة خلفه ؛ اجتاح الخوف آبي، وسقط على الرمال الرطبة. وقف حصن أغوادا العظيم على وجهه، وكانت الكلاب حوله مهددة. بعد أن تمكن من السيطرة على نفسه، قفز وركض وراء الكلاب. صرخ: "ابتعد".

مرة أخرى، فتش غريس داخل قوارب الصيد لمعرفة ما إذا كانت قد اختبأت داخل أحدها. قرر ألا تهاجمها الكلاب. قد تكون محمية من الكلاب لأنها كانت تمزح معه. كان واثقًا من أنها لا تستطيع تركه والتخلي عنه، لأنها كانت قريبة جدًا منه وعلى مدار الأشهر التسعة الماضية، أصبحت غريس لا تنفصل عنه. لم يستطع أن يتخيل عالمًا بدون جريس. لم يستطع

آبي التفكير في الذهاب إلى أي مكان بدون غريس ولم يستطع الشعور بالرغبة في تناول أي شيء بدونها. كانت النعمة ثمينة للغاية، جوهرة ذات سعر لا حصر له.

احترقت الشمس فوق رأسه، وكانت السماء صافية. كانت العديد من السفن في البحر تتحرك ببطء، ولمست الأفق ووقفت تلك الموجودة في الميناء.

في فترة ما بعد الظهر، شعر بالدوار بسبب الشمس حيث لم يكن هناك شيء لتغطية رأسه. تحرك نحو القوارب ووضع نفسه مستلقياً في ظل أحدها. جاء المساء، وكان بإمكانه سماع زئير الأمواج. اقترب الليل بسرعة، وكانت هناك أضواء على قلعة أغوادا. لكن الشاطئ كان في ظلام دامس. كان بإمكانه رؤية الكلاب تتقاطع في مجموعات، والتي قد تبحث عن الطعام.

شعر آبي بالوحدة. كان يعتقد أنه سيكون من الأكثر أمانًا أن تكون داخل قارب، وتسلق داخل قارب، والذي كان إلى حد ما في المنتصف. جلس لبعض الوقت في وحدة تامة، واستمع إلى هدير البحر، ولكن لم يكن هناك شيء سوى الظلام فوق البحر. كانت السماء صافية، وكانت النجوم مرئية. كان بمفرده، مع ملايين وملايين النجوم التي تراقبه وتحميه. كانت النجوم هناك لأنك لاحظتها. إذا لم تجدهم، فلن يكون هناك شيء لك، ولست متأكدًا من وجود أي شيء بدونك. لقد نسي كل شيء آخر ؛ كانوا خارج نطاق ملاحظته ووعيه. ثم نام آبي، وكان وحده لكن نعمته الحبيبة في وعيه.

استيقظ حوالي منتصف الليل، ورفع رأسه، ورأى مجموعة من الكلاب تنام على الرمال. قد يحمونه ؛ حتى العدو يمكن أن يصبح منقذًا في بعض الأحيان. كانت السماء صافية، وكان هناك المزيد من النجوم. وكان القمر المتضائل في الأفق الشرقي، فوق حصن أغوادا. كان هناك نسيم بارد من البحر الهادئ ولكن المظلم، وكان من اللطيف جدًا أن أكون على الشاطئ في منتصف الليل. وفجأة فكر في غرايس. أين أنت ؟ أفتقدك بشدة. أنا هنا حتى لا تهاجمك الكلاب. لا تتجول. إذا كنت في قارب، ابق هناك. عندما تظهر الشمس في الشرق، يمكننا العودة إلى المنزل معًا. سأعد قهوة سريرك، وسنجلس على الكراسي، نواجه بعضنا البعض ونتحدث. بعد قهوة السرير، يمكننا لعب الشطرنج أو الغناء معًا أغنية حب لكيشور كومار أو لاتا مانجيشكار. دعونا نصنع الإفطار والسندويشات والعجة وشرائح الخضار والعصيدة، ونقف بالقرب من طاولة المطبخ، ونأكل من المقلاة. لديه شعور خاص، فرحة التكاتف. يعد الوقوف بالقرب منك وتناول وجبة الإفطار تجربة رائعة. مرة أخرى، عزيزتي غرايس، مرة أخرى.

ربما لم تكن غرايس حقيقية. ربما كانت تجربة ريب فان وينكل. كان تأثير التسمم والهلوسة وصورتها هذه غير واقعي. إذا لم تكن حقيقية، فقد كانت الله. شخص مثل غريس لا يمكن أن يوجد، لأنها كانت مثالية في كل شيء. وبعيداً عن الخيال البشري، كانت رشيقة وذكية وموهوبة وناضجة وكريمة. يعتقد آبي أن كائنًا حيًا مثل غريس لا يمكنه المشي على هذه الأرض أثناء عد النجوم من زاوية إلى أخرى. لكنني أحب أن ألتقي بك مرة أخرى. اسمحوا

لي أن أجرب تلك التجارب الهلوسة التي مررنا بها معًا. كانوا رائعين جدا، متألقين ورائعين. المشي معك يحقق الرغبات غير المبررة، مما يخلق لحظات عالية من العمل الجماعي. لا يمكن للعقل حذفها. غرايس، أنت حقيقية بالنسبة لي، حتى لو كنت غير حقيقية ؛ على الرغم من أنك غير موجودة، إلا أنك تقف شامخة في قلبي.

أحب أن أقرأ أغاني حبك حتى آخر يوم في حياتي. تعال وابق معي. دعني أغنيها بفرح ؛ أحب أن أراك تبتسم، وأسمعك تغني، وتلعب الشطرنج معي. عودي. سنذهب إلى محمية الطيور، ونمشي على طول المسارات الجوهرية، ونجد أنواعًا جديدة من الطيور، ونغني أغاني حب جميلة حتى الخلود. هذه الأغاني لها سحر مختلف لأنها تتعمق في قلبي. غرايس، أنت غير واقعي بعد حقيقي ؛ أنت الله بعد الإنسان. لا يمكنك أن تكون غير واقعي كما كنت في اللحم والدم. كنا نطبخ معًا، ونأكل معًا، ونمشي معًا، ونعمل معًا. لقد أخبرتني بقصص عن الحب والانفصال والألم والقلق ؛ لقد كنت أكثر إنسان أصيل قابلته على الإطلاق.

آبي، عزيزي آبي، سمعها تناديه. غرايس، أنا هنا. دعنا نذهب لتناول العشاء. إنه على شرفك. غرايس، ماذا سأفعل بالمال الذي لدي ؟ احتفظ بها معك. ستحتاجه لاحقًا. غرايس، لقد حذرتني من هذا الانفصال، والكارثة الوشيكة، والمصائر المتصادمة. لكنني فشلت في فهمك. لقد طلبت مني الذهاب إلى مومباي، مما يثنيني عن البقاء معك إلى الأبد. لقد تنبأت بمستقبلي.

كانت الكلاب تتحرك، وكان واحد أو اثنين ينبحان. وكانت هناك أضواء بعيدة بعض الشيء. شخص ما كان يتحدث. كان الصيادون مستعدين للذهاب إلى أعماق البحار مع بزوغ فجر يوم جديد لهم.

"مهلا، من هناك ؟" سأل أحدهم.

"من ؟" تم استجواب شخص آخر.

أجاب الأول: "يبدو أنه رجل في القارب".

يمكن لآبي أن يعد من سبعة إلى ثمانية رؤوس. نهض ونزل من القارب.

"هل كنت نائماً ؟" سأل أحدهم.

أجاب آبي: "نعم".

"لا يوجد مكان آخر للنوم ؟" سأل الصياد.

"جئت إلى الشاطئ. بدت الكلاب مهددة، ولم تستطع العودة، ولجأت إلى القارب. نام داخل قاربك، على الرغم من أنه كان صعبًا "، روى آبي، وأراد أن يقول الحقيقة.

مع وجود المشاعل في أيديهم، نظر إليه ثمانية أشخاص بفضول.

"هل أنت بأمان ؟ هل هاجمتك الكلاب ؟" كان الصيادون قلقين على سلامته.

"كنت بأمان. قال آبي: "خلال الليل، قاموا بحمايتي من خلال النوم حول القارب".

من خلال الاستماع إليه وهو يتحدث، ضحك الصيادون.

"الآن، هل ستتمكن من العودة بمفردك ؟" سأل أحدهم.

أجاب آبي: "بالتأكيد، محطة الحافلات قريبة".

"يمكننا الوصول إليك في محطة الحافلات. قال أحد الصيادين: "تعال معي".

تبعه آبي. مشيا معاً.

قال الصياد: "إنها الثالثة صباحًا، والمشي بمفرده أمر خطير".

"شكرًا لك على لطفك. نأسف على المشكلة. أتمنى لك يومًا رائعًا مع صيد رائع "، قال آبي وهو يصافح الصياد عندما وصل إلى محطة الحافلات.

"مع أطيب التمنيات. أتمنى لك رحلة آمنة. قال الصياد:"حظاً موفقاً".

كانت الحافلة الأولى إلى مومباي في الساعة السادسة صباحًا ؛ من الجدول الزمني المعروض، فهم آبي. جلس في غرفة الانتظار لبعض الوقت. رأى شاحنتين متوقفتين خارج محطة الحافلات وسار نحوهما.

قال آبي لسائق الشاحنة: "من فضلك خذني إلى مومباي".

أجاب سائق الشاحنة: "ليس إلى مومباي، بل إلى بيون".

"حسناً. قال آبي: "دعني أذهب معك إلى بيون".

قال سائق الشاحنة: "خمسمائة دولار".

"أوافق. قال آبي. قال آبي: "سأدفع المال عند الوصول إلى بيون".

"تم. لكن أخبر الشرطة بالحقيقة. اقترح سائق الشاحنة: "إذا لم تقل، فسأقول".

لم يقل آبي أي شيء. لم يكن يريد أن يكذب أيضًا. إذا قال سائق الشاحنة إنه راكب، فقد اعتقد أنه على ما يرام.

كان سائق الشاحنة رجلاً ضخماً في منتصف العمر، وكان هناك جلال في قيادته ؛ مساعده، شاب ذو شارب ثقيل، جلس بجانبه. كان آبي بالقرب من النافذة، وكان ترتيب المقاعد متوافقًا.

"في كل رحلة، نوصل شخصًا ما حتى نحصل على شركة ؛ الأموال التي نكسبها ثانوية. بالمناسبة، إلى أين أنت ذاهب ؟" سأل السائق.

أجاب آبي: "سأذهب إلى بيون".

"بيون مدينة كبيرة. قال السائق: "إذا أخبرتني بالموقع الذي تذهب إليه، وإذا كان هذا المكان بالقرب من الطريق السريع، فيمكنني توصيلك إلى هناك".

"سأذهب إلى هناك لأول مرة. أجاب آبي: "لا أعرف أي شيء عن المدينة".

"يبدو الأمر مضحكًا للغاية. أردت الذهاب إلى مومباي. وعلق الشريك السائق قائلاً: "الآن أنت ذاهب إلى بونه، ولا تعرف أي شيء عن المدينة".

"أنت على حق. بعد الوصول إلى هناك، سأتجول وأكتشف المناطق المختلفة. أوضح آبي: "دعني أرى المدينة أولاً".

"إذن، أنت متجول. أنا أيضًا كنت متجولًا لسنوات عديدة. عندما كنت في العاشرة من عمري، غادرت منزلي في قرية في بيهار. ثم لمدة خمس سنوات، تجولت في جميع أنحاء شمال الهند. بعد ذلك، انضممت إلى سردارجي كمساعد له في شاحنة لمدة عشر سنوات ".

أدلى آبي ببيان: "إذن، لقد كنت سائقًا لسنوات عديدة".

"نعم. أنا سعيد لأنني قابلت السردارجي ؛ كان من البنجاب، سيخي، رجل رائع. عاملني مثل ابنه وعلمني القيادة. انظر إلى هذه الصورة. إنها لسردار رانبير سينغ. سافرت معه آلاف الكيلومترات ". عرض صورة مؤطرة، فوق النافذة، بجانب مقعد السائق.

"حسناً. هذا هو سردار رانبير سينغ "، وهو ينظر إلى صورة رجل شرس ذو لحية وعمامة، كما قال آبي.

"نعم، كان سردار رانبير سينغ معلمي ؛ أصلي له يوميًا لحمايتي من المخاطر والحوادث. قيادة الشاحنة عمل خطير. إلى جانب ذلك، كل ضابط شرطة في الطريق يريد الحصول على رشوة. في ماديا براديش وراجستان، هناك داكويت. بعضها خطير، لكن بعضها ودود وغير ضار. لكن أخطر الناس هم السياسيون ".

كانت الشاحنة لا تزال في المناطق الساحلية لغوا، وكان هناك العديد من أشجار جوز الهند على جانبي الطريق السريع. في الصباح الباكر، بدوا غامضين. كانت الشاحنات والحافلات والسيارات تسير في اتجاهها المعاكس. كان اقتصاد غوا يعتمد في المقام الأول على السياحة ؛ كان آبي يعرف ذلك.

"من أين أنت ؟" سأل السائق آبي.

"أنا من كاليكوت. لكن خلال الأشهر التسعة الماضية، كنت في غوا "، أجاب آبي

"ربما كنت تعمل هنا ؟" استفسر السائق.

أجاب آبي بكلمة واحدة: "نعم".

"كمساعد، عملت مع معلمي لمدة عشر سنوات حتى بلغت الخامسة والعشرين. ذهبت معه في جميع أنحاء الهند وباكستان وبنغلاديش ونيبال. عاملني معاملة حسنة. نادرًا ما سترى شخصًا جيدًا مثل سردار رانبير سينغ. كان لديه قلب من ذهب "، قال السائق وهو يتنهد.

"أين هو الآن ؟" سأل آبي.

"لم يعد معلمي بعد الآن. قال السائق بصوت منخفض: "لقد قتلوه أمام عيني".

لم يرد آبي، وكان هناك صمت طويل. كان السائق يركز بشكل كامل على قيادته.

"نحن ذاهبون إلى دلهي. سيستغرق الأمر عدة أيام للوصول إلى هناك. في الطريق، نأخذ بضع ساعات من الراحة، وفي الليل، ننام. لقد تعلمت من التجربة أن النوم الجيد ليلاً ضروري للقيادة الخالية من الحوادث. بعد أن أقود لمدة ست ساعات متواصلة، أرتاح، وسيقود لمدة ثلاث ساعات متواصلة. قال السائق عن مساعده:"لديه رخصة قيادة".

"بعد الوصول إلى دلهي، نأخذ إجازة لمدة يومين. مرة أخرى، نبدأ رحلة العودة، وفي غضون شهر، نقوم برحلتين إلى غوا. لدي منزل في فايشالي، على الجانب الآخر من نهر يامونا. فيشالي جزء من دلهي "، توقف السائق لبعض الوقت، ثم سأل: "هل ذهبت إلى دلهي ؟"

قال آبي: "نعم".

"أين ؟" استفسر السائق.

قال آبي: "لقد درست هناك، في المعهد الهندي للتكنولوجيا".

"يا إلهي، أنت مهندس من معهد ماساتشوستس للتكنولوجيا. إنها جامعة مرموقة لدرجة أن واحدة فقط من كل مائة ألف تحصل على القبول. لم أكن أعرف أنك رجل ذكي ومتعلم. صرخ الشريك السائق: "أنا سعيد للغاية بمقابلتك".

قال آبي: "يسعدني مقابلتك".

"لدي ابنتان. كلاهما يريدان أن يصبحا مهندسين. الأكبر يبلغ من العمر أربعة عشر عامًا وفي الصف التاسع ؛ والأصغر عشر سنوات ؛ وهي في الصف الخامس. يحلمون بالذهاب إلى معهد ماساتشوستس للتكنولوجيا لعلوم الكمبيوتر ".

"من الجميل أن يكون لديك أحلام. يجب أن يكون لدى الأطفال خطط طويلة الأجل لدراستهم العليا. قال آبي: "يجب أن تشجعهم".

"بالتأكيد، إنه حلمي. [NEUTRAL]: أحب ابنتي. إنهم متميزون في دراستهم. أنا متأكد، في يوم من الأيام، سيكونون مهندسين، يعملون مع شركات ذات شهرة عالمية "، أعرب السائق عن رغبته.

علق آبي: "أنا متأكد ؛ إذا كانت لديهم رغبة قوية، فيمكنهم تحقيقها".

بدأوا في تسلق غاتس الغربية. ضاق الطريق السريع، والقيادة شاقة، وتحركت الشاحنة ببطء متعرجة داخل الغابة. توقف السائق عن الكلام وركز بالكامل على القيادة. كان آبي يعرف غاتس الغربية، المعروفة أيضًا باسم ساهيادري، التي تحمي ساحل مالابار، بدءًا من جنوب غوجارات وتنتهي بالقرب من كانياكوماري. استغرق الأمر ما يقرب من ساعتين لعبور سلسلة الجبال. كانت الساعة السابعة صباحًا بالفعل عندما وصلوا إلى الطرف الجنوبي الغربي من هضبة ديكان. أوقف السائق الشاحنة بالقرب من مطعم على جانب الطريق وأيقظ مساعده من سبات عميق. تناولوا جميعًا وجبة الإفطار هناك، وعرف آبي أنه كان يوم الاثنين ووجبة طعامه الأولى بعد الإفطار مع غريس صباح الأحد.

بدأ السائق تشغيل الشاحنة مرة أخرى.

"تختلف القيادة في السهول عن القيادة على الطرق الجبلية. كان معلمي سائقًا رائعًا، ويمكنه القيادة في أي مكان مع إيلان. كان مختلفاً. التقيت به عندما كنت في الخامسة عشرة من عمري. كان يعلم أنني يتيم، وأعطاني منزلًا. كنت هندوسيًا ؛ كان سيخيًا، لكنه لم يميز أبدًا بين الأديان. لكنه قُتل، بسبب دينه "، قائلاً إن السائق توقف عن التحدث لبعض الوقت.

راقبه آبي وهو يقود. بدا مهيبًا، وكانت حركة يديه دقيقة. لم ينظر أبدًا إلى الجانب، ولا أكثر من ثانية.

"لماذا ومن قتله ؟" سأل آبي.

"ما زلت أطرح هذا السؤال كل يوم. كان سردار رانبير سينغ يقود سيارته من مومباي إلى دلهي، ودخل دلهي. بعد يوم واحد من اغتيال حارسها الأمني أنديرا غاندي، رئيسة الوزراء. في الحادي والثلاثين من أكتوبر عام ألف وتسعمائة وأربعة وثمانين، رأينا حشدًا صغيرًا قادمًا بالسيوف والقضبان الفولاذية. حلقوا بالشاحنة وطلبوا من السردرجي الخروج. كانوا يعرفون أنه سيخي من لحيته وعمامته. أوقف الشاحنة وركض. لكنهم أمسكوا به، تغلبوا عليه. وأمام عيني، حطموا رأسه. ما زلت أتذكر المشهد، ووجهه الملطخ بالدماء. بكيت بصوت عالٍ وطلبت منهم قتلي أيضًا. لم يقتلوني لأنني لم أكن من السيخ. صفعني قائدهم مرارًا وتكرارًا، وطلب مني الترشح. غالبًا ما أتذكر وجهه، الرجل الذي صفعني. لقد رأيت صورته عدة مرات في الصحيفة. كان زعيم حزب المؤتمر. في وقت لاحق، علمت أنه بعد إطلاق النار على أنديرا غاندي من قبل حارسها الشخصي، اندلعت أعمال شغب، وذبح عدة آلاف من الأبرياء ". مرة أخرى، كان هناك صمت طويل.

استمع إليه آبي دون إبداء أي تعليقات.

تابع السائق: "لقد أحرقوا الشاحنة".

"من كانوا ؟" سأل آبي.

"كانوا جميعًا من العاملين في حزب المؤتمر، بقيادة قادتهم المحليين. كانوا يطاردون السيخ، السيخ الأبرياء، الذين لا علاقة لهم بقتل أنديرا غاندي. قتل أعضاء الكونجرس هؤلاء أكثر من ثلاثة آلاف سيخي في دلهي وحدها. وانتشرت المذبحة إلى أكثر من أربعين مدينة وبلدة في جميع أنحاء الهند. ذبح أكثر من عشرة آلاف سيخي. لقد أنقذوني لأنني كنت رام ياداف. كنت يتيمًا من قرية نائية في تشامباران، واعتنى بي سيخي محب ومهتم. بالنسبة لي، كان أفضل إنسان قابلته على الإطلاق. لكن أعضاء الكونغرس المجانين ذبحوه بتحطيم رأسه ". كان هناك حزن عميق في صوته.

"لقد كانت، في الواقع، قصة مأساوية. وعلق آبي قائلاً: "ما كان ينبغي أن يحدث ذلك".

"لم يكن ينبغي أن يحدث ذلك ؛ أتمنى كل يوم عندما أرى صورة معلمي. لقد عملت كمساعد له لمدة عشر سنوات ؛ كانت أفضل أيامي. كان قد فتح حسابًا مصرفيًا لي وأودع راتبي الشهري. اشتريت هذه الشاحنة قبل خمس سنوات بهذا المال وبقرض من نفس البنك. كان معلمي إلهًا بالنسبة لي "، بدا السائق حزينًا.

"ساردار رانبير سينغ، كان معلمك رجلاً صالحاً. أحييه ".

"لقد كان بالفعل رجلاً صالحاً. علمني قيمًا عظيمة. انظر إلى مساعدي، جاويد خان ؛ التقطته من طريق أغرا. لم يكن لديه مكان يذهب إليه. وهو أيضًا يتيم. على مدى السنوات الثماني الماضية، كان معي. لقد فتحت حسابًا مصرفيًا له. سيشتري شاحنته خلال السنوات العشر القادمة "، تحدث السائق عن مساعده، الذي كان نائمًا بعد الإفطار.

كانت الساعة حوالي العاشرة صباحًا، وأوقف رام ياداف الشاحنة بالقرب من متجر شاي على جانب الطريق. كان لديهم شاي ساخن هناك مع السمبوسة. بعد استراحة لمدة خمس عشرة دقيقة، جاء دور جاويد خان للقيادة. لاحظ آبي أنه كان سائقًا ممتازًا. جلس رام ياداف بالقرب من آبي على المقعد الأوسط وبدأ في النعاس. الآن كان هناك صمت مطلق في الشاحنة.

بدت حقول قصب السكر في كولهابور خضراء وخصبة مع حقول الأرز وقصب السكر ؛ أعطت أشجار المانجو والجاك فروت وجوز الهند نسخة طبق الأصل من مالابار. كانت المنحدرات الشرقية للسهيادري قاحلة حتى سانغلي، وهي بلدة نابضة بالحياة بالقرب من هضبة ديكان. فدان من مزارع الكروم والعناية بسكر القطن وحقول الفول السوداني المنتشرة على جانبي الطريق السريع. حوالي الساعة الواحدة مساءً، توقفوا في مطعم بالقرب من محطة الوقود وسط مزرعة موز. بعد ملء الخزان بالديزل، تناولوا طعام الغداء. ثم، مرة أخرى، بدأ رام ياداف القيادة.

"عدد كبير من سياسيينا مجرمون. لقد فشلوا في دستورنا. نحن ننتخب ممثلينا ؛ كان معظم وزرائنا ورؤساء وزرائنا يائسين وفاسدين، باستثناء نهرو. كان الشخص الوحيد الذي فكر بجدية في تقدم البلاد دون أسباب أنانية. عمل مع أشخاص من خارج الأديان والطائفة والعقيدة

واللون واللغة والخلفية العائلية. من خلال إنشاء أفضل جامعاتنا، مثل IITs و IIMs، وضع الأساس للهند المعتمدة على الذات. غير نهرو وجه بلدنا من خلال بناء جميع السدود الرئيسية وتشجيع المزارعين والعمال ورجال الأعمال والصناعيين. أصر على المساواة في الوضع للمرأة وهدم النظام الأبوي بشكل كبير من خلال الرموز الهندوسية. كان نهرو هو السبب في إزالة الجوع والفقر من المناطق النائية في البلاد، حيث كان صاحب رؤية وشخصًا من الجماهير. كان لنهرو إخفاقاته. لكنهما لم يكونا جادين مقارنة بمساهمته لشعب الهند ".

"ما قلته واقعي". نظر آبي إلى السائق بمفاجأة. كان على دراية جيدة بتاريخ الهند وأوضاعها الاجتماعية والسياسية.

قال السائق فجأة: "قد تتساءل لماذا أتحدث أثناء القيادة".

قال آبي: "نعم، أعرف ذلك".

أصر السائق: "حسنًا، أخبرني بالسبب".

"هناك سببان. الأول هو أنه يجب ألا تغفو أثناء القيادة ".

"هذا رائع. أخبرني معلمي أن أفعل ذلك لأنني أنام إذا كنت أقود باستمرار لأكثر من ست ساعات. انظر، جافيد هذا، لا ينام أبدًا أثناء القيادة. قال رام ياداف وهو ينظر باستقامة: "إنه مختلف ؛ إنه أفضل مني".

قال آبي: "أنت تقود جيدًا".

"من فضلك لا تمدحني. قد أصبح متغطرسًا وفخورًا بمهاراتي. وقد يؤدي ذلك إلى كارثة "، ناشد رام ياداف.

قال آبي: "أنت على حق".

أصر السائق: "ما هو السبب الثاني".

"لديك الكثير من التجارب الغنية. تريد مشاركتها مع الآخرين. تجاربك لها قصة إنسانية، وهناك الكثير لتتعلمه منها. يساعدني بالفعل على التفكير في العلاقة الإنسانية. هناك ضرورة لمساعدة الأشخاص الذين يعانون من صعوبات، وخاصة الأطفال ". أوضح آبي. وأوضح آبي بعد توقف: "إنه يتحدث أيضًا عن عبث العنف السياسي والكراهية الدينية والإعدام خارج نطاق القانون".

"أنت على حق. يميل العقل إلى الثقة عندما تتحدث إليه باستمرار. عقلك يثق بك ويؤمن بكل ما تقوله للعقل. أخبر عقلك بالحقيقة حول الحب والعدالة. لا تحرض العقل أبدًا على الكراهية والعنف والانتقام لتتجنب تطور العقل إلى شر. بمجرد أن تصبح شريرًا، تبقى في تلك المرحلة، ولا يوجد مفر أو مخرج منها. العديد من السياسيين خبيثون ويفشلون في العودة إلى الخير ؛

يفكرون في الانتقام والاغتصاب والقتل. كل شخص نلتقي به هو مثلك ومثلي. لديهم حقوق معينة وكرامة متأصلة ؛ لا يمكن لأحد أن ينتهكها، ونحن نحترم الآخرين لأنهم بشر. ستقودك إلى حب الإنسانية وقبول الجميع، ونسيان خلفيتهم. قال السائق: "العدالة ليست سوى حب للبشرية".

تعمقت كلماته في قلب آبي. ما قاله كان حكمة واحتوى على قيم عميقة. لم يكن من الضروري أن تكون رئيس الوزراء للتحدث بحكمة. غالبًا ما كان رؤساء الوزراء والوزراء والسياسيون يكرهون الإنسانية ؛ لقد قسموا الناس بسبب وجودهم وخلقوا العنف من أجل البقاء. لقد قادوا حشودًا من الغوغاء من حولهم ؛ نشروا الكراهية والصراعات ؛ كان الموت والدمار مساهماتهم. كلماتهم قوية ؛ يمكنهم التأثير على الملايين وتحويلهم إلى اعتناق الشر. يصبح الأتباع متحمسين ومستعدين للكراهية والقتل في أي موقف لأنهم يكرهون الحقيقة للبقاء في عالم من الوهم.

حوالي الساعة الرابعة مساءً، دخلوا ضواحي بوني. بعد نصف ساعة بالسيارة، أوقف رام ياداف شاحنته.

"يمكنك النزول إلى هنا. تبعد محطة السكك الحديدية حوالي عشرة كيلومترات من هنا. قال الشريك السائق: "يمكنك السفر معنا إلى دلهي إذا كنت ترغب في ذلك".

قال آبي وهو يأخذ النقود مقابل خمسمائة روبية من جيبه: "سأنزل هنا". قال أثناء إعطائه للشريك السائق: "أتعابك".

"لا، لا ينبغي أن آخذ المال منك. لقد كنت ضيفنا. إلى جانب ذلك، تعلمت أشياء كثيرة منك. لقد ألهمتني لتشجيع بناتي في تعليمهن العالي. وأصر الشريك السائق على أنه "يرجى الاحتفاظ بالمال معك".

"أنا أعطي هذا المال كهدية لمزيد من الدراسة لبناتك. إنها هدية صغيرة. من فضلك اقبلها ".

"بالتأكيد. سأخبر آشا وأوشا أنني التقيت بك ؛ لقد ألهمت بناتي لمتابعة الدراسات العليا. شكرًا لك على كرمك "، أثناء قبول النقود التي قالها رام ياداف.

"شكراً لك. علق آبي قائلاً: "لقد استمتعت بالسفر معك".

قال السائق ولوح في وجه آبي: "أراك لاحقًا".

نظر آبي إلى الشاحنة حتى اختفت عن نظره. ثم أخذ عربة أوتوماتيكية إلى محطة السكك الحديدية. هناك حجز غرفة في نزل للإقامة. كانت الغرفة نظيفة ومرفقة بحمام ومرحاض. تناول آبي عشاءه في مطعم قريب، وعند عودته، غسل ملابسه ونام حتى اليوم التالي ؛ لم يرغب في النهوض من السرير حيث كانت هناك رغبة مفرطة في البقاء في السرير وكان آبي خائفًا مما إذا كان يعاني من الهوس السريري. ونام حتى الظهر وحلم بنعمة.

بعد الغداء، خرج وتجول في المدينة بالحافلة في مواقع مختلفة حتى وجد لوحة اسم: قاعة لويولا: كلية التدريب اليسوعية. نزل إلى هناك ووقف بالقرب من البوابة. كان بإمكان آبي سماع الغناء من الداخل، وهو ترنيمة مألوفة، اعتاد آبي على غنائها كطالب في سانت جوزيف خلال القداس. مشى إلى الأمام ووقف ممسكًا بالبوابة، وتعمقت الأغنية في قلبه.

يا يسوع، المس قلبي.

اشفني واجعلني كاملاً ؛

يا يسوع، المس قلبي.

ساعدني في رؤية هدفي مرة أخرى ؛

شوائبي تجعلني أجثو على ركبتي ؛

يسوع يرى دائما احتياجاتي.

وقف آبي عند البوابة، وفجأة أخذه عقله إلى مدرسته، وشعر بتغيير في قلبه كما لو أن يسوع لمس قلبه. "يا يسوع، المس قلبي"، تلا النشيد مرارًا وتكرارًا. ثم سار آبي إلى محله، على بعد حوالي اثني عشر كم من هناك، يفكر في الصلاة ؛ يسوع يلمس قلبه. ربما قرأها مائة مرة على الأقل حتى وصل إلى غرفته.

في تلك الليلة نام آيب متأخراً جداً. تذكر أيام دراسته في سانت جوزيف وحول اليسوعيين الموهوبين والمتعلمين والمجتهدين والمبتكرين وحرة التفكير. الكتاب والموسيقيون والصحفيون وصانعو الأفلام والممثلون والمفكرون والتربويون والفلاسفة والناشطون والأخصائيون الاجتماعيون والشعراء والرسامون والمتجولون والمتشردون والمحامون والأطباء والفنانون وعلماء الفيزياء الفلكية. كانوا ينتمون إلى جمعية يسوع، وهي جماعة دينية كاثوليكية أسسها إغناطيوس لويولا وأصدقاؤه الستة في مونمارتر، باريس، في خمسمائة وأربعة وثلاثين. جميعهم، باستثناء فرانسيس كزافييه، كانوا طلابًا في جامعة باريس وأطلقوا على أنفسهم رفقاء يسوع. كان كزافييه أستاذاً في جامعة باريس. منح البابا بولس الثلاثة إغناطيوس وأصدقائه الإذن بأن يصبحوا كهنة. واقتناعا منهم بأن إصلاح الكنيسة الكاثوليكية بدأ مع الأفراد، أخذوا نذر الفقر والعفة والطاعة. أنشأوا أكثر من مائة مدرسة وكلية وجامعة في جميع أنحاء أوروبا، وحصلوا على لقب أساتذة المدارس في أوروبا، في غضون فترة قصيرة. احترمهم آبي لأن اليسوعيين لم يكونوا خائفين من أي شيء وشجعوا وعلّموا فلسفات متنوعة في مؤسساتهم التعليمية، حتى الإلحاد. كثير منهم لم يخافوا من دحض وجود الله، كما هو مذكور في الكتاب المقدس.

في صباح اليوم التالي، استقل آبي حافلة إلى قاعة لويولا. كان فتح البوابة تجربة مثيرة بالنسبة له، حيث كان عالمًا جديدًا. رأى حدائق بين المباني ذات المظهر الرصين المتاخمة للأشجار

الخضراء والملاعب. لم يكن هناك صلبان وتماثيل في الخارج، بل كان هناك صمت في كل مكان، شامل وموسيقى في القلب. كانت هناك كنيسة كبيرة على الجانب الأيمن من المدخل، وكان بإمكانه رؤية الكثيرين في تأمل عميق. مشى إلى الأمام واستطاع أن يرى ممرات طويلة تواجه الحدائق. على جانبه الأيسر كان هناك باب كبير وبطاقة اسم: الأب. جو كزافييه، S.J. وتحته كتب: رئيس الجامعة.

بين العازبين

وقف آبي أمام الباب لبضع ثوان. ثم ضغط على الزر واستطاع سماع شخص ما من الداخل يقول: "تفضل بالدخول". فتح آبي الباب. كانت غرفة واسعة، وكانت هناك طاولة كبيرة، وخلفها، كان بإمكانه رؤية شخص ما جالسًا.

قال آبي: "صباح الخير يا أبي، أنا إبراهيم بوثين". "أقربائي وأعزائي يدعونني آبي".

وقف الرجل الذي يرتدي سروالاً أسود وقميصاً أبيض. لاحظ آبي أنه كان رجلاً طويل القامة، يزيد طوله عن ستة أقدام. "صباح الخير أيها الشاب"، صافح آبي، رد الكاهن التحيات.

"آبي، من فضلك اجلس"، الأب. طلب جو من آبي أن يجلس في مقعده.

"الأب. جو، أنا هنا لأعبر عن رغبتي في الانضمام إلى جمعية يسوع،"كان آبي صريحًا

نظر إليه الكاهن لبضع ثوان لتقييم نيته.

"آبي، هذا قرار خطير. تحتاج إلى التفكير في إيجابيات وسلبيات رغبتك. يجب عليك تقييمها وتحليل سبب رغبتك في الانضمام إلى جمعية يسوع. أريد أن أحبطك إذا لم تفكر في الأمر بدقة ".

"أنت حر في التشكيك في نواياي. لكن لا يمكنك محو رغبتي العميقة ".

"آبي، يأتي العديد من الشباب إلى هنا ويعبرون عن رغبتهم القوية في الانضمام إلى جمعية يسوع. نرسلهم مرة أخرى، ونطلب منهم العودة بعد عام. ومع ذلك، فإنهم يختبرون بقوة نفس الحنين، الحنين الذي لا يهدأ، بعد عام، أمنية قوية للغاية، يمكنهم نسيان كل شيء في الحياة وسماع دعوة يسوع ؛ نحن نقبلهم. لكي تصبح عضوًا في جمعية يسوع، تحتاج إلى ثلاث سنوات على الأقل من التدريب، ولكي تصبح كاهنًا، قد تضطر إلى الخضوع لعشر سنوات من التعليم المكثف. أوضح الكاهن أن يسوع يدعو يسوعيًا ".

"أبي، لقد درست في مدرسة يسوعية لمدة اثني عشر عامًا. علمني القراءة والكتابة والحساب والتفكير المنطقي. لقد تشربوا فلسفة الحياة في داخلي، وكنت حرًا في قبول أي فلسفة وجدتها عقلانية ومقنعة. لقد شجعوني على توسيع مواهبي لأصبح إنسانًا أفضل ".

"لا بأس. إنها حقيقة عالمية مع اليسوعيين ورسالتهم ورؤيتهم. نحن مسؤولون عن تثقيف كل شخص على اتصال بنا. نحاول تحويل هذا الشخص إلى إنسان مفكر. هنا أريد أن أسألك، ما هي مكالمتك الخاصة ؟ كيف ترد بالمثل على دعوة يسوع ؟ كيف تعرف أن هذه الدعوة من يسوع ؟" كان الكاهن صريحًا جدًا.

"عندما ولدت، دعاني جدي يسوع لأنني أشبه الطفل. في المدرسة، كنت إبراهيم، اسمي المعمودي. في المدرسة الثانوية، كنت أرغب بشدة في أن أصبح مثل اليسوعيين في مدرستي. لقد فتنوني. لم أفكر بجدية في يسوع. لقد اتبعت إيماني، الذي تلقيته من جدي وجدتي. قال آبي: "لم يكن لدي أي رؤية ليسوع أو أي ارتباط خاص به".

"يبدو الأمر مثيرًا. تبدو صادقًا في كلماتك. قد لا يكون لدى طالب المدرسة الثانوية أي مشاعر خاصة تجاه يسوع. لم يكن عليه ذلك. لا يمكن أن يأتي شعورك الخاص، إن وجد، إلا لاحقًا بعد تأملات عميقة. يجب أن ينتج عن التفكير العقلاني والتقييم وتحليل الحياة. لا ينبغي أن يكون الانضمام إلى جمعية يسوع قرارًا صبيانيًا ؛ يجب أن يكون نتاجًا للتعبير المعقد والخالي من العاطفة للدماغ بدلاً من القلب. نحن اليسوعيون نؤمن بقرار خالٍ من الصدمة النفسية " . أوضح جو.

"أنا أؤمن بالأسباب والتفكير المنطقي. [NEUTRAL]: أنا قادر على مناقشة الإلحاد والإلهية مع الأشخاص الأذكياء. وأنا متأكد من أن تفكيري في نواياي للانضمام إلى جمعية يسوع لا يعتمد على ما إذا كنت مؤمنًا أم ملحدًا. أعتقد اعتقادا راسخا أن الإلحاد والإلحاد غير عقلانيين لأنهما لا يستطيعان إثبات وجود الله أو دحضه. أوضح آبي أن مفهوم الوجود لا معنى له فيما يتعلق بالله ".

"إلى حد ما، أتفق معك، آبي، لأنه لا معنى لإثبات أو دحض وجود الله. مثل هذه المناقشات لا علاقة لها بالله. بالمناسبة، هل ستتمكن من المجيء إلى هنا غدًا في نفس الوقت ؟ سأطلب من اثنين من رفاقي اليسوعيين مناقشة رغبتك في الانضمام إلى جمعية يسوع معك. أحدهما هو الأب ماثيو كادان، عميد كلية التدريب اليسوعية، والآخر هو الأب سيلفستر بينتو، مدير التدريب.

في اليوم التالي، وصل آبي إلى قاعة لويولا في نفس الوقت. كان الأب كادان والأب بينتو في انتظاره، وقادوه إلى غرفة مؤتمرات يمكن أن تستوعب حوالي عشرة أشخاص. كان ترتيب الجلوس أنيقًا ومريحًا، وكانت الغرفة تحتوي على نوافذ كبيرة.

"آبي، مرحباً. أنا ماثيو "، بينما كان يصافح آبي، قدم الأب كادان نفسه.

قال آبي: "سعدت بلقائك أيها الأب كادان".

قال الأب بينتو: "أنا سيلفستر".

قال آبي: "مرحبًا أيها الأب بينتو".

قال الأب كادان: "آبي، مرحبًا بك في الاتصال بنا بأسمائنا الأولى".

أجاب آبي: "بالتأكيد".

شعر آبي أنه في منزله معهم. فكر كما لو كان يعرفهم منذ سنوات. أخبر ماثيو وسيلفستر آبي عن والديهما وخلفيتهما الاجتماعية والتعليمية وحياتهما وعملهما في جمعية يسوع. فهم آبي أن ماثيو حاصل على درجة الدكتوراه في الأنثروبولوجيا من جامعة براون ونشر العديد من الدراسات حول التطور البشري. حصل بينتو على درجة الدكتوراه في الرياضيات من جامعة برينستون.

أخبرهم آبي أن والديه، أساتذة الجامعات، كانوا ملحدين، على الرغم من أنهم ولدوا كاثوليكيين. لقد غرسوا فيه قيم الحرية والمساواة والعدالة الاجتماعية، مثل الكرامة الإنسانية، أهم فائدة يجب الاعتزاز بها. فيما يتعلق بالدين، كان أجداده مصدر نفوذه. ومع ذلك، اعتقد آبي أن مفهوم الله تطور وفقًا للوضع البشري السائد لأن الله لا يمكن أن يكون افتراضًا ثابتًا أو فكرة. بالنسبة له، يجب أن تكون فكرة مقنعة تتغير وفقًا لاحتياجات البشر.

سأله سيلفستر: "آبي، من فضلك استمر في إخبارنا عن خلفيتك".

تحدث آبي عن تعليمه في سانت جوزيف، واجتماعاته مع اليسوعيين وتأثيرهم على حياته، ودراسته في المعهد الهندي للتكنولوجيا في دلهي، وتخرجه من جامعة نانيانغ، وأبحاثه حول الذكاء الاصطناعي.

تساءل ماثيو: "هل تعتقد أن الذكاء الاصطناعي يمكن أن يسيطر على البشر يومًا ما".

"تظهر الأبحاث في العديد من الجامعات أن الذكاء الاصطناعي ليس لديه دافع للإنجاز، مثل البشر. على الرغم من أن الذكاء الاصطناعي يمكن أن يخلق المعرفة ويطورها ويعالجها، وغالبًا ما يكون أكثر من مائة أو ألف ضعف من البشر، إلا أن افتقار الذكاء الاصطناعي إلى دافع الإنجاز قد لا يسمح له بالحكم على البشر ".

طرح ماثيو سؤالاً: "هل من الممكن للبشر والذكاء الاصطناعي العمل معًا كفريق واحد لتحقيق التقدم البشري".

"التقدم والتطور للبشر فقط، فالقيم هي شاغل إنساني فقط. يمكننا إضافة المزيد إلى الذكاء الاصطناعي، لكن الذكاء الاصطناعي لا يمكن أن ينمو بشكل طبيعي ؛ أكبر عيوبه. لا يمكن للذكاء الاصطناعي التفكير بشكل مستقل، لأنه يفتقر إلى الاستدلال الواضح بحس جمالي. ليس لديها تعاطف ومشاعر أخرى، لذلك فهي ليست ذكاء في حد ذاتها ولكن ذكاء لكل حادث. لا يمكن للذكاء الاصطناعي أن يبتسم ويضحك ويبكي من القلب لأنه يفتقر إلى الوعي والضمير. لا يوجد بها ألم، لا أحزان، لا قلق. نحن البشر يمكن أن نعبر عن الفرح في لقاء المقربين والأعزاء والسعادة في صحبة الحبيب. يمكننا معانقة شخص آخر بالحب. وكل هذه الحساسيات والمشاعر البشرية تفتقر إلى الذكاء الاصطناعي، وهو مجرد آلة. يمكن أن يهزم أفضل لاعب شطرنج إذا تمت برمجته وعزف البيانو بشكل أفضل من أفضل عازف بيانو. لكن الذكاء الاصطناعي لا يمكن أن يكون مؤلفًا موسيقيًا أفضل من موزارت وبيتهوفن وباخ وشوبان

وبرامز وتشايكوفسكي، لأنك تحتاج إلى مشاعر إنسانية لتأليف الموسيقى والاستمتاع بها. هاملت، أزهار النرجس، آنا كارنينا، الرجل العجوز والبحر، مائة عام من العزلة، الطريق الجائع، المرأة في الكثبان الرملية، تشيمين وشاكونتالام هي أمثلة ممتازة على الإبداع البشري. بيتا، شيفا الراقص، وبوذا النائم من إلورا هي أعمال فنية فريدة من نوعها. لا يمكن للذكاء الاصطناعي أن يرسم تحفة أفضل من الموناليزا، والعشاء الأخير، والليلة المرصعة بالنجوم، والفتاة ذات القرط اللؤلؤي، والصراخ، والحقيقة العارية، وغرنيكا. يفشل الذكاء الاصطناعي في أن يصبح إلهًا، ولكن يمكن أن يظهر مثل هتلر وستالين وماو وبول بوت وعيدي أمين وموسوليني، لأن العنف هو نقيض الحب. لذلك، يمكن للبشر تشكيل الذكاء الاصطناعي، لكن العكس بالمعنى المطلق مستحيل ". أوضح آبي.

سأل ماثيو: "تقصد أن البشر هم الأسمى".

قال آبي: "بالتأكيد، لا يمكن لأي ذكاء أن يتجاوز الذكاء البشري في الكون المرصود".

"لم لا ؟" سأل بينتو.

قال آبي: "لأن البشر حقيقيون".

"آبي، هل يمكنك الانتظار لمدة عشر دقائق من فضلك ؟ قال ماثيو: "دعونا نناقش مع الأب جو".

انتظر آبي لبعض الوقت.

ثم دخل بينتو وماثيو مع جو.

قال جو: "آبي، إذا كنت ترغب في ذلك، يمكنك الانضمام إلى مرحلة ما قبل التجديد، كمقدم طلب، لمدة عام واحد، بدءًا من الغد، في كلية التدريب لدينا".

"بالتأكيد يا أبي. أجاب آبي: "سأكون هنا صباح الغد".

في ذلك المساء، اشترى آبي ستة أزواج من السراويل والقمصان وغيرها من الأشياء الضرورية وحقيبة سفر. في صباح اليوم التالي، وصل إلى قاعة لويولا وكان جو وماثيو وسيلفستر ينتظرونه عند المدخل.

قال جو وهو يصافح آبي: "مرحبًا بك في كلية التدريب اليسوعية".

أجاب آبي: "شكرًا لك يا جو".

رحب به ماثيو وسيلفستر وقاد آبي إلى قسم ما قبل التجديد في الكلية. لقد كان عالمًا جديدًا لآبي. كان هناك خمسة عشر شابًا، من جميع أنحاء البلاد، لمرحلة ما قبل التجديد، وكان ماثيو هو المحافظ، الذي قدم آبي للجميع. كانوا خريجين أو خريجين بعد التخرج ولديهم رغبة قوية

في أن يصبحوا يسوعيين. كان لدى الجميع مقصورات مستقلة وسرير وخزانة حائط وطاولة وكرسيين.

فقط بعض البنود في الجدول الزمني لم تكن مرنة. كان الاستيقاظ في الساعة الرابعة والنصف صباحًا. كانت خمسة وثلاثين إلى ستة للتأمل الشخصي داخل المقصورة. بعد ذلك، لمدة نصف ساعة، قراءة الأدبيات الروحية المكتوبة بشكل رئيسي من قبل أعضاء جمعية يسوع. ساعة واحدة من الساعة السادسة والنصف كانت للقداس الإلهي في الكنيسة، تليها نصف ساعة لتناول الإفطار وثلاثين دقيقة من وقت الفراغ. ثم كانت ساعة واحدة للقراءة والخطابة، وساعة أخرى للمناقشة الجماعية، وخمس عشرة دقيقة من الاستراحة. كانت هناك ساعة واحدة لمقابلة المحافظ بموعد مسبق تليها خمس عشرة دقيقة من التأمل. كان وقت الغداء من الساعة الواحدة إلى الواحدة والنصف، ثم ما يصل إلى الساعة الثالثة والنصف كان للعمل الشخصي، واستراحة الشاي التالية لمدة نصف ساعة. كانت هناك ساعة واحدة للألعاب والرياضة في الهواء الطلق، ومن خمس إلى ثماني ساعات، كانت للعمل الفردي. كان العشاء في الساعة الثامنة والنصف من الثامنة والنصف كان وقت فراغ. كانت تسعة إلى عشرة صلاة شائعة في الكنيسة، والنصف ساعة التالية للعمل الشخصي، وست ساعات للراحة.

في أيام العطلات والأحد، كان هناك المزيد من وقت الفراغ والوقت الشخصي. كان صباح السبت للعمل المجتمعي، وقاموا بتنظيف المبنى بأكمله في فترة ما بعد الظهر حتى الساعة السادسة. كانت أيام الأحد للنزهات والاستجمام والمسرحيات والاحتفالات. كانت أيام الأعياد الهامة للبطولات والأفلام والبرامج الثقافية والاستمتاع. في البداية، وجد آبي التكيف مع الجدول الزمني صعبًا بعض الشيء، لكنه استوعبه تدريجيًا، وبالنسبة له، كانت هذه خطوته الأولى ليصبح يسوعيًا. كانت قراءة الأدب الروحي من قبل العديد من اليسوعيين المثاليين تجربة مثيرة. قرأ عشرة كتب عن إغناطيوس لويولا وفرانسيس كزافييه وأرنوس باديري وماتيو ريتشي وبيتر كليفر وسيباستيان كابين وبيدرو أروبي. ألهمت حياة وأعمال أرنوس باديري آبي. ولد أرنوس في عام 1681 في ولاية سكسونيا السفلى بألمانيا، وجاء إلى ولاية كيرالا في عام 1700. كان اسمه الحقيقي يوهان إرنست هانكسليندين، وأطلق عليه المالايالييون اسم أرنوس. تعلم المالايالامية والسنسكريتية وكتب العديد من الكتب والمقالات الشعرية في كليهما، بما في ذلك بوتن بانا، ملحمة عن حياة يسوع. في قاموسه المالايالامي، شرح الكلمات باللغة السنسكريتية والبرتغالية. كانت قواعده النحوية للمالايالامية هي الأولى من قبل أجنبي. مستوحاة من الثقافة والروح الهندية، نشر أرنوس كتابًا عن القواعد السنسكريتية والعديد من المقالات اللاتينية عن الفيدا والأوبنشاد. اعتبره ماكس مولر مصدر إلهام.

اختبر آبي الإلهام من هؤلاء الرجال وأفكارهم ورسالتهم. لقد شجعوا آبي وخلقوا رغبة لا تهدأ في معرفة المزيد عن رفاق يسوع. لقد رعى حبًا للمجتمع الذي أسسه إغناطيوس لويولا ؛ تحول الجندي إلى سحر وجد يسوع في كل شيء.

كانت جلسات الخطابة اليومية مثمرة للغاية. كان جميع المرشدين الستة عشر، والحاكم، والكهنة الآخرين حاضرين لمثل هذه الأحداث. كان على المرشدين أن يتحدثوا عن موضوع لمدة ثلاث دقائق لكل منهم. ثم فتحت الجلسة للمناقشة وتقييم الموضوع والأفكار وأسلوب التحدث. كانت الجوانب المركزية للمناقشة هي الإلقاء والتأثير وقوة إقناع الجمهور. والجميع شارك فيها بشكل كامل، مما جعل العملية مثرية وقوية. ساعدت جلسات الخطابة آبي على فهم رفاقه وشخصياتهم. إلى حد كبير، كان تقييم كل متحدث وتحليله عادلاً وموضوعياً، ولم يكن أحد يحقد على أي متحدث أو مقيم.

شجع المحافظ المتقدمين على قراءة مقطع مكتوب لمدة خمس دقائق قبل الجمهور في جلسات القراءة العامة. قاموا بتقييم القراءة بناءً على النطق وتدفق التسليم والوضوح والتأثير. سمح لهم بالوقوف أمام الآخرين دون خجل وخوف. كانت القراءة فنًا يمكن أن يثير إعجاب الجمهور وينقل رسالة قوية. ساعدت التصحيحات التي أجراها الآخرون آبي على التواضع واحترام رفاقه وتحسين مواهبه.

كان لقاء ماثيو تجربة منعشة حيث كان إخلاصه في نقل الأفكار والآراء رائعًا. على الرغم من أنه كان عالمًا أنثروبولوجيًا، إلا أن ماثيو كان مستشارًا متميزًا، وشهد آبي حرية مطلقة في مناقشة مشاكله ومخاوفه وقلقه.

قام الأب جو، رئيس الجامعة، بتدريب المتقدمين على التأمل. ساعدهم جو على الجلوس بشكل مريح وإزالة كل المخاوف والرغبات والقلق والقلق والأفراح وحتى السعادة من أذهانهم.

قال جو كمقدمة: "يصبح العقل حرًا من أي تفكير، بدون حدود". وأضاف جو: "تدريجياً، ينفصل العقل عن الجسم".

استغرق آبي بعض الوقت لتعلم الدروس اللازمة. ولكن، في كثير من الأحيان، أثناء التأمل، أصبح مليئًا بشخص غريس وذكرياتها. وجد آبي أنه من المستحيل إنسانيًا إزالة غريس من أفكاره وفصل نفسه عنها، وكان من الصعب إلى حد ما التأمل دون التفكير فيها. ناقش آبي الأمر مع جو. قال إن مشاعره وذكرياته المتكررة عن غريس كانت طبيعية تمامًا. كانت سنوات عديدة من التدريب المستمر والممارسة المستمرة ضرورية للتأمل دون وضع أي شيء في الاعتبار.

لذلك، كانت الوساطة ترفع العقل من الجسد دون أن يكون هناك أي إحساس أو تصور أو خيال أو حكم، وأخيرًا، تجربة الذات تمامًا. تصبح واحدًا مع الكون، واحدًا مع الفراغ.

حاول آبي لبضعة أشهر أن يفعل ما أمر به جو. لكنه لم يستطع التركيز، وكانت غريس هناك باستمرار أمامه. مرارًا وتكرارًا، ناقش آبي الأمر مع جو. أخيرًا، أخبره جو أنه حتى يسوع لا يستطيع التوسط دون تشتيت كامل. لقد جربه الشيطان عدة مرات، حتى خلال أربعين يومًا من التأمل في الصحراء. لذلك، طلب جو من آبي ألا يخيب أمله.

أبلغ آبي جو أنه يعتبر غريس صديقته الحميمة وغالبًا ما شعر أنه لا ينفصل، وأصبح جزءًا من حياته. قال رئيس الجامعة إن وجود صديق من الجنس الآخر أمر طبيعي، ورؤيتها المتكررة في الصلوات والتأمل لم تكن خطأ. حاول آبي التفكير بعمق دون التركيز على أي شيء، لكن غريس بقيت في قلبه وعقله.

أخيرًا، أخبر جو آبي أن يتأمل في غريس، ومظهرها، وجمالها، ونظراتها، وقيمها، وكلماتها، وضحكها، وابتسامتها، وأحزانها، ووجودها ذاته. يمكن أن تكون أهداف تأمل آيب. "استمتع بحضورها في حياتك، وعانقها وأبقها بالقرب من قلبك. قال جو: "النعمة هي آبي". جرب آبي التقنية الجديدة التي اقترحها جو لعدة أيام معًا. غيرت تصوره للوساطة والصلاة والوحدة مع الكون. يمكن أن يكون آبي مع حبيبته غريس لساعات معًا، وعانقها وقبلها في تأمله. كانت التجربة الأكثر إثارة بالنسبة له.

أوضح الأب جو أن القديسة تريزا من أفيلا استخدمت نفس الأساليب في وساطتها. اعتبرت يسوع زوجها الحبيب، وعانقته، وقبلته، ومارست الجنس معه أثناء تأملها. غالبًا ما عانت تيريزا من هزة الجماع مع يسوع، وحملت تيريزا يسوع لساعات معًا على سريرها. يمكنها البقاء مع يسوع دون طعام وشراب لعدة أيام في التأمل العميق والصلاة، والاستمتاع بحميميتها الجنسية معه. أوضح الأب جو: "الفرح الجنسي ليس مفهومًا فضائيًا، وهو جزء من تأمل وصلاة اليسوعيين".

جرب آبي تقنية تيريزان في تأمله، وكانت النتيجة مرضية، حيث لم يكن هناك تضارب في المصالح في ذهنه. كان يشعر دائمًا بالراحة. لم تكن العلاقة الحميمة الجنسية في التأمل فظاظة بل لامبالاة. كان إحساسًا مبتهجًا بالحب مع النعمة، وهو نفس شعور مريم المجدلية مع يسوع أو القديسة تريزا من أفيلا مع يسوع. وهكذا، أصبحت العلاقات الجنسية مع غريس جزءًا لا يتجزأ من حياة آبي الروحية، والتي كانت أيضًا في كل مكان في حياة كل يسوعي آخر. إن تجنب مثل هذه الأفكار من شأنه أن يؤثر على الحياة الدينية المتوازنة.

قال الأب جو: "إن الحياة الدينية بدون مشاعر جنسية أو أفكار مكبوتة ستؤدي إلى بيئة روحية متبخرة". وأصبح آبي ثرثارًا مع غريس أثناء تأملاته واستمتع بحميميتها.

تجول آبي حول الحدائق الشاسعة في وقت فراغه ووجد أن لويولا هول بها العديد من الأقسام الأخرى إلى جانب مرحلة ما قبل التجديد. كان هناك حوالي عشرين شابًا مبتدئين في مبنى آخر، يخضعون للتدريب لمدة عامين. كان لديهم كنيسة صغيرة وقاعة طعام مختلفة ولم يكن لديهم تفاعلات كبيرة مع الطامحين. ولكن بالنسبة للألعاب والاحتفالات مثل عيد الميلاد وعيد الفصح ويوم إغناطيوس ويوم الاستقلال ويوم الجمهورية وديباوالي، اجتمعت الحفلات التمهيدية والمبتدئين.

كان هناك أيضًا منزل للتراجع في قاعة لويولا، حيث كان اليسوعيون يتمتعون بشعبية كبيرة كواعظين للتراجع واعتبروا حديثين في التفكير. وصل العديد من الكهنة والراهبات من مختلف الأبرشيات والتجمعات الدينية إلى هناك للتراجع لمدة ثلاثة أيام وسبعة أيام وخمسة عشر يومًا وثلاثين يومًا على التوالي. أولئك الذين حضروا الخلوات لم يختلطوا أبدًا مع الشعارات والمبتدئين.

كانت الألعاب والرياضة في الهواء الطلق إلزامية للجميع، حيث كانت المشاركة في مثل هذه الأنشطة ضرورية لصحة العقل والجسم. منذ البداية، لعب آبي كرة السلة، وكان هناك لاعبون بارزون بين الطامحين والمبتدئين. مع الممارسة المستمرة، طور آبي مهاراته. كان هناك ملعب للكرة الطائرة، وكان العديد من المبتدئين لاعبي كرة طائرة استثنائيين. على الرغم من وجود ملعب تنس في الحديقة، إلا أن اللعبة لم تكن شائعة.

تخلل الصمت المطلق أثناء الإفطار والغداء والعشاء باستثناء أيام الأحد وأيام الأعياد. قرأ أحد الطامحين بصوت عالٍ بعض المقاطع من الكتب عن القديسين أثناء الوجبات. كانت هناك احتفالات في أيام الأعياد، وكان الجميع يتحدثون ويشاركون مشاعرهم وقصصهم. كان الطعام المقدم مغذيًا ولذيذًا ولكنه ليس مكلفًا. حافظ اليسوعيون على نمط حياة بسيط، دون طعام وملابس باهظة الثمن، حيث أظهرت رؤيتهم ورسالتهم إحساسًا بالتفاني في رعاية الفقراء والمحرومين. غرس التعاطف أفعالهم وأنشطتهم.

كان الغناء والعزف على الآلات الموسيقية جزءًا لا يتجزأ من الصلاة المشتركة. يغني الجميع تقريبًا أو يعزف على الآلات الموسيقية أو الكمان أو الغيتار أو البيانو. تعلم آبي الدروس الأساسية من العزف على البيانو من سيلفستر، وفي غضون ستة أشهر، بدأ العزف على البيانو في صلاة جماعية. كان هناك أيضًا الكثير من الغناء خلال القداس اليومي، وهو احتفال لليسوعيين. لكن في بعض الأحيان، فكر آبي في النعمة أثناء القداس، وبقيت معه حتى غنت الجماعة الترنيمة الأخيرة.

في صباح كل يوم سبت، خرجت جميع المرشحات، المبتدئات بما في ذلك الكهنة، للعمل الاجتماعي التطوعي في الأحياء الفقيرة والقرى المجاورة ودور المسنين ودور الأطفال والنساء المهجورات. عمل الجميع حتى الساعة الواحدة مساءً. كان العمل مع الناس جزءًا أساسيًا من تكوين وحياة اليسوعيين. "أن تحب الناس كما أحبك يسوع" كان مبدأهم. عمل آبي في منزل للمسنين خلال الشهرين الأولين. ساعد كبار السن والضعفاء والمعاقين في التنقل. كانت مهامه الرئيسية هي غسل ملابسهم، وتنظيف المنزل، وإعطاء كبار السن حمامًا، وتشذيب شعرهم، وحلق لحاهم، ومساعدة الأطباء والممرضات. كان في مجتمع فقير للأشهر الثلاثة التالية، يساعد الناس على بناء منازلهم، وتنظيف المجاري، وتعليم الأميين القراءة والكتابة. لطالما استمتع آبي بمثل هذا العمل، وشعر به مع الناس. غالبًا ما يتذكر حماس غريس لتنظيم الناس والعمل معهم في حي أغوادا الفقير. كانت غريس يسوعية حقيقية.

كانت بعد ظهر يوم السبت مخصصة لتنظيف مباني لويولا هول بأكملها، وشارك الجميع، بما في ذلك جو وماثيو وسيلفستر، في تلك الأنشطة. اعتبر اليسوعيون تنظيف جميع المباني ومبانيهم واجبًا دينيًا. يمكنهم إكمال جولة من التلميع في غضون شهر. في أيام الأحد، ذهبوا للنزهات والذعر، وكان طهي الطعام في الهواء الطلق جزءًا من النزهة، وكان آبي في كثير من الأحيان الطاهي، وكان الجميع يقدر مواهبه في الطهي. كانت ممارسة الألعاب، وخاصة الشطرنج والخربشة والبطاقات، منتشرة على نطاق واسع. استطاع آبي هزيمة العديد من رفاقه في لعبة الشطرنج، لكنه وجد أن سيلفستر لعب ألعابًا مثالية.

عندما كان حراً، رسم آبي لوحات، وفي جميع الصور تقريباً، كانت غريس موضوعه. رسم وجهها الكروبي من الذاكرة، بشكل رئيسي بأسلوب انطباعي، وكان لكل منهم سحر أثيري. عرض آبي ثلاث من لوحاته على جو، وأخبر آبي أنه إذا كان بإمكانه تغطية الرأس، فستبدو الصورة مثل لوحة مريم العذراء. كما اقترح رئيس الجامعة، رسم آبي صورتين لغريس بخردة رأس زرقاء خفيفة. أعجب الآباء جو وماثيو وسيلفستر باللوحة، ووضعوا إطارًا لأحدهم، وعلقوها بجانب المذبح بعلامة اسم، مريم العذراء المبتسمة. أرسل رئيس الجامعة الصورة الثانية إلى مقاطعة جمعية يسوع. أرسل على الفور إلى آبي ملاحظة مفادها أنه أحب اللوحة بشدة، وأنه علقها في الكنيسة، وأطلق عليها اسم مريم العذراء في بيون. كان الآباء جو وماثيو وسيلفستر سعداء بتلقي رسالة التهنئة من المقاطعة، وأعطوها لآبي مع الكثير من الثناء.

بالنسبة لآبي، كان عام واحد على وشك الانتهاء. لقد حان الوقت له لتقييم أيامه في قاعة لويولا. مثل جميع الطامحين الآخرين، أجرى مناقشة مطولة مع الآباء جو وماثيو وسيلفستر. لقد حان الوقت لهم ليقرروا ما إذا كانوا سينضمون إلى المبتدئ ليصبحوا يسوعيين. كانوا أحرارًا في المغادرة إذا لم يكونوا مهتمين بمواصلة الحياة الدينية. اضطروا جميعًا إلى التراجع لمدة أسبوع. كان ينفق في التأمل والصلاة تحت إشراف كاهن. أثناء التأمل والصلاة، كانت غريس دائمًا موجودة في ذهن آبي. ناقش الأمر مع الكاهن، الذي كان يساعده في انسحابه، وأخبر آبي أنه بحاجة إلى اعتبار وجه غريس كوجه مريم المجدلية. بعد أسبوع، شعر آبي بالانتعاش والحيوية الروحية. كان يعلم أن الاحتفاظ بالنعمة في قلبه وعقله إلى الأبد ليس ضد الروح الروحية اليسوعية. يمكن لآبي أن يحول النعمة إلى مريم المجدلية لأنها ترمز إلى الحب الكامل ليسوع. أخبر آبي جو وماثيو وسيلفستر أنه يريد الانضمام إلى المبتدئ ليكون يسوعيًا. كان لجميع المرشحات مناقشات شخصية مطولة مع المعلم المبتدئ، الكاهن الذي يعتني بالنمو الروحي للمبتدئين وتكوينهم.

كان اليوم قبل الأخير هو صلاة الجماعة، وصلى الجميع من أجل المجندين الراغبين في الانضمام إلى المبتدئ. من بين ستة عشر من الطامحين، قرر اثنا عشر شخصًا المشاركة، وانسحب آخرون. كان اليوم الأخير للاحتفالات. كان هناك قداس كبير مع الغناء، ثم أعلنه رئيس الجامعة عطلة.

قرر آبي أخيرًا الانضمام إلى المبتدئ ليصبح عضوًا في جمعية يسوع. كان المبتدئ لمدة عامين ؛ في نهاية العامين، كان ينطق نذر الفقر والعفة والطاعة. كان الفقر هو رفض امتلاك أي ثروة مادية، والعزوبة للابتعاد عن العلاقات الجنسية والبقاء غير متزوج، والطاعة، والاستعداد لطاعة توجيهات رؤسائه دون شك. أخبر الأب لوبو، المعلم المبتدئ، المبتدئين أن "النذور تهدف في النهاية إلى خدمة الناس بإيثار، لأنها تخلق التزامًا برفاهية الناس، لأن الناس هم مركز اليسوعيين وكل شيء لمجد الناس الأكبر من خلال يسوع". فكر آبي في كلماته لفترة طويلة. آمنت غريس بمثل هذه الالتزامات، وكانت حياتها تهدف إلى رفاهية الناس، على الرغم من أنها ربما لم تسمع عن المبادئ اليسوعية.

انضم آبي ورفاقه الأحد عشر إلى المبتدئ. حصل أنتوني لوبو، الأستاذ المبتدئ، على شهادة الدراسات العليا في علم النفس من جامعة بوني ودكتوراه في اللاهوت من لوفان. كان رجلًا لطيفًا، دائمًا ما يكون مراعيًا ومشجعًا، وشعر آبي على الفور أنه في منزله معه. كان هناك خمسة عشر مبتدئًا في السنة الثانية وإجمالًا سبعة وعشرين، وطور آبي صداقة عميقة مع الكثيرين.

كان الجدول الزمني الذي أعقب ذلك في المبتدئ مشابهًا إلى حد ما لجدول ما قبل التجديد، ولكن كان هناك المزيد من الوقت للتأمل والتأمل والصلاة الشخصية. استمر العمل الاجتماعي التطوعي كجزء لا يتجزأ من تدريب المبتدئين، وأعرب آبي عن الكثير من الحماس والالتزام في كل عمله مع المحتاجين. كان لدى المبتدئين الوقت للقاء والتحدث مع المعلم المبتدئ مرة واحدة في الأسبوع أو كلما شعروا بالحاجة إلى الاجتماع والتحدث معه. ساد صمت روحي عميق في فترة التدريب ليلاً ونهارًا إلا في ممارسات الغناء والموسيقى المجتمعية. بدأ آبي العزف على البيانو خلال القداس، وقدره المعلم المبتدئ.

وجد آبي أن لوبو كان لاعب شطرنج جيد، ولعب معه في أيام العطلات والأعياد. كان لوبو هائلاً مثل غريس في لعب الشطرنج.

كان الأب سيلفستر عازف كمان بارزًا وكان سيد الجوقة. كما أنه عزف على البيانو دون عناء. مرة واحدة كل أسبوع، كانت هناك ممارسات تحت توجيهاته الكورالية لمدة ثلاث ساعات. شارك فيه جميع المبتدئين والسيد المبتدئ. استمرت برامج الخطابة أسبوعيًا، حيث اعتقد اليسوعيون أن الخطابة جزء أساسي من عملهم.

كانت الحياة في فترة التدريب هادئة وهادئة. تعمقت أجواء الصلاة في قلب آبي، وحمل نعمة داخله حتى في الكنيسة. كانت صورتها مغطاة بقطعة قماش زرقاء تزين جدار الكنيسة، ونظر إليها بإعجاب وحب غير منقوص خلال القربان المقدس. سيطرت غريس على أنماط تفكيره ورؤاه وأصبحت مركز تأمله. مرت الأيام والأشهر ؛ نمت نعمة في المكانة والشدة، وانزلق آبي إلى عالم حيث شخصان فقط، نعمة وهو. تحول آبي مثل تريزا أفيلا، وكانت النعمة هي يسوعه.

في السنة الثانية، قبل الشهر الماضي بقليل، كان هناك برنامج تراجع لمدة شهر واحد للمبتدئين الاثني عشر لإعدادهم للنذور الثلاثة، وكان المعلم المبتدئ واعظ التراجع. لقد كان خروجًا عن الحياة اليومية للتفكير العميق والصلاة لمدة ثلاثين يومًا. كانت إحدى أهم قواعد الوساطة لمدة شهر واحد هي أن جميع أولئك الذين خضعوا للتمرين الروحي التزموا الصمت لمدة أربع وعشرين ساعة كل يوم طوال الثلاثين يومًا. لقد انفصلوا عن أفراد المجتمع الآخرين ليعيشوا حياة من التكفير عن الذنب والصلاة. كل يوم، كانوا يتأملون في التمرين الروحي للقديس إغناطيوس لويولا.

كانت هلوسة أحداث حياة يسوع، من ولادته في مذود في بيت لحم حتى الموت على صليب خارج أورشليم، جزءًا من التأمل. كان واعظ التراجع كاهنًا شابًا تلقى تدريبًا من مركز التأمل اليسوعي في لونافالا. في بعض الأحيان، شعر آبي أن خلق الأوهام، التي ليس لها صحة منطقية وقاعدة تاريخية، كان له نتائج عكسية على النمو الروحي القوي، وقضى آبي الكثير من الوقت في التحدث مع غريس.

اعترف المبتدئون بشكل فردي أمام المعلم المبتدئ كجزء من تراجع لمدة شهر واحد. كان الاعتراف الذي تم الإدلاء به حول ما إذا كانوا قد كسروا الوصايا العشر. خلال الاعتراف، سأل السيد المبتدئ آبي عما إذا كان قد أقام علاقات جنسية مع امرأة، واعترف آبي بأنه لم يمارس أي علاقة جنسية مع رجل أو امرأة. قال المعلم المبتدئ إن الجنس جزء لا يتجزأ من حياة الإنسان، وأقام الاتحاد علاقة جميلة مع امرأة. كانت السعادة المستمدة منها لا مثيل لها، لكن اليسوعيين امتنعوا عن وجود علاقة حميمة جنسية مع الآخرين.

اعترف آبي للسيد المبتدئ بلقائه مع غريس، ودعوتها للبقاء معها، ومشاركة سريرها ووعده. بقي معها لمدة تسعة أشهر ونام على نفس السرير بجانبها، ولم يلمسها أبدًا، حتى عن غير قصد. كانت التجربة الأكثر تحديًا التي مر بها آبي في حياته. أخبر آبي المعلم المبتدئ أنه غالبًا ما يرغب في ممارسة الجنس معها، لكنه سيطر على أعمق رغباته وتغلب على مشاعره، محترمًا معتقدات غريس بناءً على وعده لها. اعترف آبي بالسيد المبتدئ الذي أحبه واحترمه غرايس أكثر من أي شخص آخر. كانت في ذهنه باستمرار، حتى أثناء الوساطة والصلاة والقدّاس المقدس، وفكّر فيها إلى الأبد. ملأت النعمة عقله أكثر من يسوع.

قال المعلم المبتدئ: "لم يكن هناك شيء خاطئ في البقاء مع غريس". كما أخبره أن "الحب بين الرجل والمرأة ثمين دائمًا. كانت مريم المجدلية صديقة حميمة ليسوع. يقول البعض أن يسوع أقام علاقات جنسية مع مريم. حتى لو مارسوا الجنس، كان ذلك شأنهم الخاص، ولسنا أحداً للحكم عليه. كان ليسوع كل الحق في الوقوع في حب مريم المجدلية، وكان لمريم المجدلية نفس الحق في الوقوع في حب يسوع. عبر جنسهم عن حبهم والتزامهم واتحاد قلوبهم الدائم. لم يكن لدى يسوع نذر العفة. ولكن إذا كان يسوع قد لمس مريم المجدلية عن قصد، دون إذنها، لكان ذلك خطأ، وانتهاكًا لحقوق مريم ".

سأل آبي: "إذن، هل تعتقد أن الجنس بين شخصين يحبان بعضهما البعض ويحترمان بعضهما البعض ليس انتهاكًا للوصايا العشر".

"كتب موسى الوصايا العشر ونسبت إلى الله لبني إسرائيل الهاربين من مصر. كان ذلك لنية وسياق معينين. كانت الوصايا العشر للأشخاص الذين عاشوا قبل ستة آلاف عام، بشكل أساسي غير مهذب وغير متحضر. كانت النية الرئيسية لموسى هي إبقائهم تحت السيطرة، لتقليل الاقتتال الداخلي والقتل. الآن تغيرت الأوقات، وتغيرت القيم. أجاب الكاهن: "لقد تغير تصور ما هو جيد وما هو سيء".

"تقصد أن تقول، إذا أحب كل من المرأة والرجل بعضهما البعض، واحترما بعضهما البعض ووثقا ببعضهما البعض، فلا حرج في ممارسة الجنس بينهما"، أدلى آبي ببيان.

"الجنس هو تعبير عن الحب والثقة والاحترام والكرامة. إذا لم يكن هناك انتهاك لهذه القيم، فإن الجنس يؤسس لعلاقة فريدة".

اعترف آبي: "لم أمارس الجنس مع أي شخص، ولا حتى مع غريس، لأنها لم تتوقع ممارسة الجنس معي، على الرغم من أنني كنت أتوق إلى ممارسة العلاقة الحميمة الجنسية مع غريس عدة مرات".

"في مثل هذه السياقات، لا يمكنك ممارسة الجنس مع امرأة. الجنس هو فعل نكران الذات. إنها العلامة المثالية للحب والثقة. إذا كانت هذه مفقودة، فإن الجنس ينتهك حقوق وكرامة الشخص الآخر. أكد لوبو.

"الآن، هناك سلام في قلبي. قال آبي: "لم انتهك أبدًا حقوق غريس، ولم أهين ثقتها أبدًا، ولم أقم أبدًا بتدنيس كرامتها".

"آبي، أنا معجب بك. أنت رجل صادق ويمكن أن تصبح يسوعيًا أصيلًا".

عرف آبي في نهاية فترة التدريب أنه سيعلن نذرًا بالفقر والعفة والطاعة ليصبح يسوعيًا. من خلال أخذ نذر العزوبة، فإن اليسوعي يتجنب عمدا أفراح الجنس. سواء كانت ممارسة الجنس جيدة أو سيئة لم تكن هي المشكلة، ولكن اتخاذ قرار متعمد لقيادة الحياة دون التمتع بملذات الجنس كان له أهميته في حياة اليسوعيين. لم يعتقد اليسوعيون أبدًا أن الجنس خطيئة أو أن عدم ممارسة الجنس فضيلة، لكن العزوبة كانت طريقة حياتهم. تذكر آبي نعمته الحبيبة. يمكنها التحكم في رغباتها وقيادة حياة الزهد دون حتى أن تأخذ نذر العذرية. كانت غريس متفوقة بكثير على أي يسوعي.

كان هناك فرح نادر في قلب آبي بعد أن اعترف للسيد المبتدئ. الآن، كان للنعمة معنى جديد في حياته، وفكر في النعمة في كثير من الأحيان في تأملاته وصلواته وكتلته المقدسة، وشعر بالسعادة لأنه يتذكرها دائمًا، وأصبحت أكثر قيمة من يسوع، أنقى من العذراء مريم.

ملحدو الله

كان المبتدئ تجربة ممتعة لآبي، حيث كان هناك جو من الحرية وبيئة خالية من مخاوف الخطيئة. في السنة الثانية، بدأ آبي لوحة جديدة ؛ كان أسلوبًا تعبيريًا ؛ كان الموضوع هو مريم المجدلية تلتقي بيسوع مباشرة بعد قيامته وتعانق ربها القائم من الموت. استمر العمل لعدة أشهر. اعتقدت مريم المجدلية أن يسوع سيعود من وفاته، وبقيت بالقرب من مكان دفنه ليلا ونهارا. لم يكن لدى أي من تلاميذ يسوع الذكور الرغبة والشجاعة ليكونوا هناك حيث كانت مريم المجدلية. كانت وحيدة ليلاً ونهاراً. أخيرًا، ظهر لها يسوع. أراد آبي تصوير تلك اللحظات الحميمة في لوحته.

اعتقد آبي أن مريم المجدلية استمرت في إقامة علاقات حميمة مع يسوع حتى بعد قيامته. أراد كلاهما أن يكونا معًا، حيث لم يكن هناك وعد بينهما بعدم لمس الآخر عن قصد. أحب يسوع والمجدلية بعضهما البعض، ووثقا ببعضهما البعض، وأحبا لمس بعضهما البعض ومداعبة بعضهما البعض. وظلوا في عالم خاص بهم.

لتوعية المبتدئين بالتطور العلمي في الأنثروبولوجيا، والمعنى القانوني والاجتماعي للخطيئة، والتحليل الفلسفي والنفسي لمفهوم يسوع، نظمت المبتدئة حلقة نقاش. كان حول تطور الإنسان العاقل، ومفاهيم الخطيئة، ويسوع ؛ استمرت المداولات لمدة ثلاث ساعات تقريبًا. بدأ ماثيو ملاحظاته بمفهوم الخطيئة. نشأت الفكرة عندما لم يتمكن أي مجتمع مدني من التحكم في السلوك البشري وتشكيله. كتب بعض الكهنة قواعد السلوك داخل مجموعة أو مجتمع ونسبوها إلى كيان كامل القوة. بالنسبة لهم، كان كائنًا، كلي القدرة، كلي المعرفة، كلي الحضور. ذكر قاسي، شرس، انتقامي، مستعد للضرب، يراقب الجميع، تصرف مثل أبوفيس، شيفا، زيوس، يهوه، والله. أراد الكهنة السيطرة على الناس والسيطرة عليهم من خلال خلق الخوف. أي إغراء عقلي أو عمل ضد تعليماتهم أصبح خطيئة، فعل ضد الله. عندما ظهر المجتمع المدني وازدهر بعد قرون عديدة، وضع البشر قواعد تسمى القوانين الجنائية والمدنية المناسبة للحفاظ على المجتمع خارج الله. لقد حلوا محل الخطيئة والكهنة والله، لحظة غاليليو. ظهر صراع بين الخطيئة والقوانين المدنية، مما ألقى هيمنة الخطيئة في سلة المهملات. أراد المجتمع المدني تفسيرًا علميًا للواقع أدى بهم إلى الحصول على الحرية، وبالتالي رفض استغلال الكهنة وإخضاعهم وقهرهم. أصبحت الخطيئة مفهومًا غير عقلاني للبشر المستنيرين لأنها تتناقض مع الحقائق وتنتهك كرامة الإنسان. كان كل شيء عن الإيمان غير قابل للتحقق وغير معقول، وهو إدراك غني بأن أولئك الذين تخلوا عن فكرة الخطيئة من الحياة الشخصية والمجتمع والمجتمع أصبحوا أحرارًا ومتساوين مع الآخرين، ويمكنهم الوقوف ضد الإكراه والغزو.

بعد تحليل قصير، سأل أحد المبتدئين عما إذا كان لمفهوم الخطيئة مكان في مجتمع متحضر.

الخطيئة تمثل العبودية واللاعقلانية. لم يكن البشر بحاجة إلى الله لوضع قوانين وقواعد للبشر لأنهم كانوا عقلانيين. رفض البشر، الذين يتمتعون بالذكاء والقدرة على وضع القوانين وفقًا لكرامتهم المتأصلة، مفهوم الخطيئة بناءً على الاحتياجات الاجتماعية والتقدم العلمي. أولئك الذين صنعوا فكرة الخطيئة لم يكن لديهم وعي بالعالم الأوسع والعلم. كانوا في كون ثابت ولم يتمكنوا من التفكير في أي شيء يتجاوز الخلق، إخضاع البشر. عالم خالٍ من مفهوم الخطيئة لديه وعي أفضل بحقوق الإنسان والمساواة، خاصة بالنسبة للنساء والأطفال. إلى جانب ذلك، لم تسمح الخطيئة أبدًا للمجتمع المدني بالازدهار. بسبب سعيهم العلمي، اكتشف البشر أن الله لم يخلق الكون ؛ عالم بلا خطايا أصبح عالماً بدون الله. لقد كان وعيًا علميًا فلسفيًا، تنويرًا. مساهمة الله في ازدهار الإنسان لا شيء، في حين ساهم العلم والفلسفة بشكل كبير في تعريف المجتمع المتحضر.

لخص آبي ما قاله المتحدث وسأل عما إذا كان الله وعلم التطور قد خلقا انقسامًا في حياة اليسوعيين.

نقيض الخطيئة يعارض طغيان الكهنة ودكتاتورية الله. كان البشر نتاج التطور. كل ما لاحظوه من حولهم كان في طور التطور، وهو أمر طبيعي وحتمي. لم تكن هناك خطة ثابتة للعملية التطورية. البشر، أيضًا، تطوروا دون أي خطط مقررة مسبقًا. من أوسترالوبيثكس إلى الإنسان العاقل، كان التطور تدريجيًا دون أي تصميم. كان هناك عدة أنواع من البشر، وكان الإنسان العاقل من بينهم. لقد خلقوا مفهوم الله، كائن غير شخصي يجلس في السماء مع المجرات والنجوم والشمس والقمر والنباتات والحيوانات والبشر. عندما تصور البشر الله ككائن فردي، ظهر مفهوم الخلق والسيطرة والعبودية والقمع والفداء والمجد. كانت تلك أفكارًا غير علمية أنتجها أشخاص جاهلون بالعلم، لم يكن لديهم وعي بالكون الذي عاشوا فيه. بسبب العلم وخلق المعرفة، بزغ فجر التنوير حيث بدا مفهوم الله غير ذي صلة. رحب اليسوعيون بالفلسفات والعلم المستنير ورفضوا الخرافات. لقد دافعوا عن رفاهية الإنسان وتقدمه وتقدمه. أعلن اليسوعيون أنه من الضروري حذف الله من الكون. قبول الحقائق لم يؤد إلى انقسام في حياتهم.

تساءل مبتدئ آخر عما إذا كان ماثيو يعني أنه لا يوجد إله ولا خلق.

لا يمكن أن يكون الله حقيقة موضوعية. كان مفهوم الله ذاتيًا انبثق من الخوف والخيال. وهكذا نتج مفهوم الله عن تفاعل ذاتي وموضوعي. لاكتساب المعرفة، فسر البشر كائنًا ما، لكن لم يكن لديهم وعي دقيق بكائن ما. لا يمكن أن يوجد كائن ككائن في العقل، وبالتالي، لاحظ الأفراد صورة الكائن، والتي لم تكن الكائن المحدد. لذلك، كانت المعرفة التي تلقوها من الكائن غير مكتملة، وتجاوزوها وحللوها. من الاستقراء والاستدلالات، خلقوا المعرفة. كانت المعرفة التحليلية مقيدة بالمكان والزمان والمفهوم. إذا لم يراقب الفرد، لم تكن هناك معرفة. يجب أن تكون معرفة الله نتيجة للتحليل التجريبي، وليس الاستدلال المجرد. لكن لم يكن هناك إله

تجريبي، وخلق البشر إلهًا بناءً على احتياجات الإنسان وحالاته. كان الخلق مستحيلًا كما هو الحال عندما خلق الله ؛ شكك في وجوده ككائنين أبديين لا يمكن أن يكونا موجودين معًا. إلى جانب ذلك، أظهر الخلق قيود الله، والتي كانت غياب الله.

أراد مبتدئ آخر أن يعرف ما إذا كان يسوع مجرد رمز، وليس فردًا.

أكد ماثيو أن مفهوم يسوع كان مجرد رمز. كل ما جعل ما يسمى بيسوع الإنجيل قد لا يكون مناسبًا وصالحًا ومقبولًا للعالم الحديث. رفض البشر في الوقت الحاضر ولادة العذراء، والسحر الذي قام به يسوع، مثل تحويل الماء إلى خمر، وإقامة لعازر من بين الأموات، وأخيراً القيامة. تم إنشاء هذه القصص المذهلة بشكل صريح للأشخاص المضطهدين والمُهزومين لمنحهم الأمل. كانت قصصًا مستعارة من الآشوريين والسومريين واليونانيين والمصريين والرومان والهنود، وأخيراً منحوتة كإيمان من قبل القديس بولس. لم تكن قصصه ذات صلة في العصر الحديث. لكن اليسوعيين آمنوا بيسوع في سياق محبته للبشرية والعمل الخيري والتعاطف والعدالة. لقد استوعبوا تلك القيم وعملوا من أجل رفاهية الإنسان. كانت رؤية ورسالة اليسوعيين مبنية على تلك القيم، وليس على شخص يسوع، الذي كان أسطورة.

سأل آبي كيف يمكن لماثيو أن يفسر مفهوم يسوع كإله.

كان يسوع إنسانًا، لكن القديس بولس أراد أن يجعله إلهًا. لم يقابل بولس يسوع أبدًا، لأنه لم يكن لديه سوى دليل شائعات على يسوع. كانت الأناجيل، المكتوبة بعد حوالي مائة عام من وفاة يسوع، تعتمد على القيل والقال. لم يكن لدى بولس أي دليل تاريخي عن يسوع. خلال تلك المائة عام، خلق العديد من الناس العديد من الأساطير حول يسوع، كما كان اسم يسوع مألوفًا في فلسطين في تلك الأيام. كان هناك واعظون ومعلمون ومعالجون ونشطاء وسحرة ومتعصبون وقادة وأنبياء ومقاتلون ضد الرومان، الذين ربما كان لهم اسم يسوع. قام كتاب الإنجيل بتدوين قصص أشخاص مختلفين تحت اسم واحد. أطلقوا على شخصية هذا الدمج اسم يسوع. كانت فترة مائة عام طويلة، خاصة في القرن الأول، حيث لم تكن هناك مرافق لتسجيل أحداث الحياة بدقة كما حدثت. حتى اليوم، واجه البشر ارتباكًا هائلاً حول الأحداث في فترة محددة، على سبيل المثال، خمس سنوات. عندما يحلل العلماء تاريخ الحدث، الذي حدث خلال تلك السنوات الخمس، يحصلون على نتائج متناقضة. لم يعرف المسيحيون الأوائل من هو يسوع. ما تعلموه هو رموز الخير والتعاطف ورفاهية الإنسان. كان مفهوم يسوع بالنسبة لليسوعي هو نفسه. كان ماثيو قاطعًا.

فكر آبي بعمق في ما قاله الأب ماثيو وشعر بالسعادة حيال ذلك. كان يعتقد أن لحياته معنى في هذا السياق ولم يكن يضيعها باسم الأساطير والسحر.

سرعان ما بدأ آبي ورفاقه في الاستعداد لنذورهم عند الانتهاء من عامين كمبتدئين. بعد الإعلان عن الوعود، سيتم تسميتهم أعضاء في جمعية يسوع. لإعطاء المبتدئين صورة واضحة عن

وجهات النظر اللاهوتية المختلفة حول يسوع، دعا المعلم المبتدئ الأب توماس كيزهاكن، وهو يسوعي شاب، لتقديم حديث تشاركي مع المبتدئين. حصل المتحدث على درجة الدكتوراه من إنسبروك وتحدث عن الإلحاد في المسيحية.

في السنوات الأولى، كانت المسيحية حركة للمضطهدين والمقهورين وأفقر شرائح شعب فلسطين وسوريا واليونان وتركيا وروما ؛ بدأ كيزهاكن حديثه. كانت حركة ضد الأغنياء والحكام الأقوياء وآلهتهم القاسية. استندت المبادئ الأساسية للحملة إلى قصص يسوع، المعروفة باسم الأناجيل. ولكن في القرنين الثامن عشر والعشرين، عندما أصبحت المسيحية دين الظالمين، ظهرت حركة أخرى داخل المسيحية، مستوحاة من نيتشه وكافكا وهايدغر وكامو وسارتر وغيرهم من المفكرين، والتي كانت تسمى الحركة الملحدة في المسيحية. في إنجيل الإلحاد المسيحي، أكد توماس ألتيزر، اللاهوتي، أن "موت الله نهائي، وقد حقق في تاريخنا إنسانية جديدة ومحرّرة". وصف ألتيزر الله بأنه "عدو البشر لأن البشرية لم تستطع أبدًا الوصول إلى أقصى إمكاناتها أثناء وجود الله".

كيف ميز كيزهاكن يسوع عن الله ؟ تساءل آبي.

بالنسبة للملحدين، لم يكن يسوع إلهًا بل إنسانًا صالحًا. كان هذا هو سبب إرنست هاملتون، "الكلمة التي قصد بها يسوع أن يكون إنسانًا، ويساعد البشر الآخرين، ويعزز البشرية".

ماذا أطلق هؤلاء اللاهوتيون على حركتهم ؟ سأل مبتدئ.

أطلقوا على حركتهم اسم اليسوعية، والتي كان أساسها في الأناجيل. لكن أولئك الذين آمنوا باليسوعية رفضوا مفاهيم المسيح والله.

ما هي معتقدات اليسوعية ؟ سأل مبتدئ آخر.

لم يكن لليسوعية أي علاقة بالمسيح، وكانت فلسفتها المركزية هي إنكار المسيح كإله. لقد فصلوا يسوع عن المسيح. بالنسبة لهم، كان يسوع حقيقيًا، وكان المسيح أسطوريًا. ولكن بالنسبة لهم، كان يسوع هو المصدر والمعنى والمثال للحياة الجيدة. وأكدوا أنه من المتوقع أن يسعى الناس جاهدين من أجل رفاهية المجتمع وتقدمه، مثل اليسوعيين.

سأل آبي عما إذا كان اليسوعيون يؤمنون باليسوعية.

غير اليسوعيون موقفهم تدريجياً. بالنسبة لهم، كان يسوع رجلاً صالحًا. لم يكن المسيح، وبالتالي، ليس الله، خالق الكون. قد يكون يسوع أسطورة، ولكن ما كان مهمًا هو الفكرة من حوله الموضحة في الأناجيل. تطور مفهوم العدالة بناءً على وعظه وتطور في الألفيتين السابقتين. كان مفهوم العدالة لأمبيدكار وجون راولز ومايكل ساندل ونيلسون مانديلا أقرب إلى مفهوم يسوع. دافع اليسوعيون عن الحقوق، واحترموا الأفراد، وحافظوا على كرامة الإنسان دون النظر في فكرة امتلاك الذات، والتي كانت جوهر العدالة واليسوعية.

وفجأة فكر آبي في غريس وما قالته: "العدالة ممكنة دون امتلاك الذات. إن مزايا الشخص وقدراته وقدراته ومواهبه وخلفيته وفضائله ليست معايير للعدالة. إنها، في الواقع، تستند إلى مفهوم الكرامة الإنسانية ".

ما هو الموقف الأساسي لليسوعية من العدالة ؟ استفسر مبتدئ آخر.

كان المبدأ الأساسي لليسوعية هو الحب. كان هذا هو الإيمان الأساسي لليسوعيين. لكن اليسوعية ترفض إلهًا كلي القدرة. أجاب المتحدث.

كان ما إذا كان اليسوعيون قد رفضوا إلهًا كلي القدرة سؤالًا آخر.

لم يكن الله شخصًا، بل رمزًا، فكرة لليسوعيين. "عندما ترفض ألوهية المسيح، فإنك تقبل إنسانية يسوع ومحبته. لا يمكن للمسيح الإلهي أن يحب ؛ فقط يسوع البشري يمكنه أن يحب الآخرين ".

كيف ربط اليسوعية باليسوعيين ؟" سأل شخص من الجمهور.

صنع القديس بولس المسيح. كان المسيح صيغة لاهوتية ولا علاقة له بيسوع الناصري. كان يسوع البشري متطرفًا، وكان تأثيره على البشرية والثقافة منتشرًا. أشار كارل رانر، اللاهوتي اليسوعي والأستاذ في جامعة إنسبروك، إلى اليسوعية على أنها تركز على الحياة وتقلد حياة يسوع. يقول بعض الناس إن رانر توفي كملحد. أجاب كيزهاكين.

"هل تبشر الكنيسة برسالة يسوع بصدق ؟" سأل آبي.

أجاب الكاهن: "يقول أوين فلاناغان، الأستاذ في جامعة ديوك، إن الكنيسة لا تؤيد وعظ يسوع بصدق، لأنها تحاول ترقيته كإله".

هل كان يسوع الله ؟

لا. كان يسوع إنسانًا، مثل أي شخص آخر. قبل المزيد والمزيد من اليسوعيين هذا الموقف. إذا رفعت يسوع إلى الألوهية، فأنت تحاول الهروب من يسوع الفعلي. اقرأ الأناجيل، وستجد أنه كان إنسانًا من لحم ودم ولم يدعي أبدًا أنه كان الله. في ألمانيا، طبق يوهان إيكبورن الطريقة النقدية الحديثة لقراءة الأناجيل. وجد أن مؤلفين مجهولين كتبوا الأناجيل بعد أكثر من مائة عام من وفاة يسوع ؛ تمثل الأناجيل الأساطير والخرافات. وفقًا للودفيج فيورباخ، كان الإله المسيحي بناءًا بشريًا قمعيًا. لذلك، الإيمان بالله ليس سوى إيمان الرجل بإنسان مستبد. وأوضح المتحدث أن فيورباخ أصر على أن الإيمان بالله ليس شيئًا خارج الإنسانية، وأن "فكرة الله حرمت المسيحيين من الثقة بالنفس".

هل كان يسوع لاجئًا ؟ كان هناك سؤال آخر من الجمهور.

وفقًا لقصة الإنجيل، كان يسوع لاجئًا. عندما كان طفلاً، أخذه والداه إلى مصر لطلب اللجوء. ربما كان المصريون جيدين تجاه يسوع ومريم ويوسف. ربما بقوا في مصر لبضع سنوات. كان هناك ملايين الأشخاص في هذا العالم من المهاجرين والمشردين وطالبي اللجوء. أيدت اليسوعية الحاجة إلى التعاطف مع المشردين والمهاجرين.

هل كان يسوع ملحدًا ؟ سأل آبي.

ربما كان يسوع ملحدًا. لقد اختلق مؤمنًا للعمل مع اليهود الأرثوذكس. يتكون جوهر الإلحاد اليهودي وكريستينا من غياب الله ؛ كما أكد ستيفان هوكينغ، "السماء خرافة". نظرية داروين للتطور حطمت تمامًا فكرة الخلق، وأثبتت نظرية الانتقاء الطبيعي عدم وجود دليل علمي على وجود الله. اعتبر فرويد أنه "لم تكن هناك حاجة لتبرير الإلحاد لأن حقيقته كانت بديهية". بالنسبة للبابا، كان أدولف هتلر "معجزة الله"، وبالتالي، قبلت الكنيسة الكاثوليكية النازية بسهولة كأسلوب حياة ورفضت إدانة الهولوكوست. أدى هذا الموقف إلى رفض العديد من الناس لله والمسيح والدين في أوروبا والولايات المتحدة. وهكذا، رفض الإلحاد المسيحي المسيح. لقد آمنت فقط بيسوع البشري، الذي لم يكن الله. أعطى هذا الموقف الأمل للشباب. أصبحت الحياة ذات مغزى عندما اختبروا الاستقلالية والعدالة والأمل. كان هذا هو موقف المزيد والمزيد من اليسوعيين. وقال المتحدث في ملاحظاته الختامية.

في ذلك المساء، لفترة طويلة، فكر آبي في الفكرة التي أبرزها كيزهاكن. لقد كان حديثًا مقنعًا وكان له تأثير بعيد المدى على ذهنه. كان الإيمان بيسوع حقيقة تحليلية بالنسبة له، وكان يسوع إنسانًا. آمن اليسوعيون باليسوعية، الإيمان بيسوع البشري، الذي لم يكن المسيح، وليس الله.

كان آبي ورفاقه يتراجعون لمدة أسبوع صامت قبل أداء النذور. كانت النعمة رفيقته الدائمة أثناء التأمل والصلاة، وفرح في حضورها بالعزف على البيانو. أخيرًا، جاء ذلك اليوم عندما كان آبي وأصدقاؤه ينطقون بالعهود ليصبحوا أعضاء في جمعية يسوع. كانت هناك كتلة عالية، وكانت مقاطعة اليسوعيين هي الكاهن الرئيسي ؛ قاد سيلفستر الجوقة. قبل أداء القسم مباشرة، قدمت المقاطعة ملاحظة تمهيدية:

"أيها الإخوة الأعزاء، اليوم ستصبحون أعضاء في جمعية يسوع. أحثكم على التفكير في يسوع والسعي ليكون مثله. افتح قلبك، واحتفل بالحياة لتكون مثل يسوع. إذا كنت تريد الحب، فامنح الحب ؛ إذا كنت تريد الحقيقة، فكن صادقًا ؛ إذا كنت ستحصل على الاحترام، فامنح الاحترام. ما تعطيه للآخرين سيعود إليك في طيات عديدة، وتصبح مثل يسوع ".

قبل العرض، ركع جميع المبتدئين أمام المذبح. قرأ الأب الإقليمي الصلاة، وكررها المبتدئون، مع نذر الفقر والعفة والطاعة. أصبح آبي يسوعيًا، مثل الأب الإقليمي ولوبو وجو وماثيو وسيلفستر وأنتوني وكيزهاكان. خلال عظته، قال لوبو: "بعض الرحلات لا تحتاج إلى طرق

ولكن إلى قلب راغب فقط". وقال كذلك، "الديهم الاستعداد لمساعدة وخدمة أشخاص مثل يسوع".

في ملاحظته، قال ماثيو: "أحب الناس، لكن الحب الذي تعبر عنه، لا ينبغي أن يكون مثل البحيرة، حيث تتجمع المياه دون أي منفذ. دع حبك يكون تيارًا متدفقًا يروي عطش العديد من الناس في كل مكان. حب اليسوعيين يتوسع باستمرار، ولا يركز على شخص واحد ".

كملاحظة ختامية، ذكر سيلفستر: "يمكن أن تكون هناك مسافة لا حصر لها بين الرجل وحبيبته. أحب المسافة، وأنت تثري حبك من خلال تجربة حبيبك بين ذراعيك. بالنسبة لليسوعي، يسوع هو حبيبته ".

سأل الأب الإقليمي عما إذا كان أي يسوعيين جدد يريدون التحدث، وقال آبي: "أحبوا بعضكم البعض كما تحبون أنفسكم هي أصعب مهمة. ولكن عندما أرى نفسي في الآخر، يصبح الاهتمام بهذا الشخص مهمة أسهل. وعندما أحب الشخص الآخر، يكون هذا الشخص بداخلي ". أثناء حديثه، استطاع آبي أن يشعر برائحة النعمة التي اختبرها عدة مرات عندما وقف بالقرب منها في المطبخ، بالقرب من الموقد، ولعب الشطرنج معها، وغناء أغاني الأفلام الهندية أثناء الجلوس بجانبه. القرب الدقيق عندما سافرا معًا في حافلة أو عبارة أو نائمين بجانبها. تقلصت المسافة بينه وبين غرايس، وأصبحت جزءًا من حياته. قبل مغادرة الكنيسة، نظر آبي إلى صورة غريس، ورسمها بغطاء رأس أزرق، العذراء المغرية، معلقة بجوار المذبح مثل مريم العذراء.

أعلن رئيس الجامعة اليوم عطلة. في المساء، قام آبي ورفاقه بمسرحية من فصل واحد، قام يسوع بإطعام الجموع، ولعب آبي دور يسوع. لو كانت غريس هناك، لكان قد طلب منها المشاركة في المسرحية كمريم المجدلية، ومساعدة يسوع في توزيع الطعام على الحشد.

في غضون أسبوع من حفل أداء اليمين للمبتدئين، أجرى الأب الإقليمي مناقشة مطولة مع جميع اليسوعيين الجدد. بعد نطق العهود، كان من الممارسات المنتظمة إرسال الأعضاء الجدد من أجل "الوصاية"، والعمل مع الناس، والتدريس في المدارس والكليات التي تديرها جمعية يسوع لمدة عام واحد أو العمل في المجتمع المفتوح. كانت الخيارات هي العمل مع الناس في الأحياء الفقيرة، وسكان الأرصفة، والمهجورين، والمتشردين، ومن لا صوت لهم، والمضطهدين، والمقهورين، والمشردين. ذهب البعض إلى مؤسسات تديرها منظمات تطوعية، مثل دور الأطفال وملاجئ الأرامل والمعاقين جسديًا وفكريًا. يتمتع الأفراد بحرية اتخاذ القرارات وفقًا لخياراتهم. أراد اليسوعيون أن يكونوا مع الناس، المستغلين، يتقاسمون أعبائهم ويساعدونهم على التغلب عليها. يعيش الكثيرون حياة متواضعة، وكانوا نشطاء وألهموا الناس من الخلف. متأثرين بفلسفة باولو فريري وسيباستيان كابن وصموئيل ريان، فهم اليسوعيون معنى الفقر والأمية واعتلال الصحة. لم يكونوا أبدًا جزءًا من الفخامة والراحة،

فقد رفضوا رفض الطبقة المنبوذة ليكونوا واحدًا مع الإنسانية التي تعاني، وتحقيق لاهوت التحرير والشيوعية.

انتقل آبي إلى مسكن جديد يسمى مركز العمل المجتمعي. قام الأب توماس فاداكين، وهو كاهن يسوعي وخريج دراسات عليا في العمل الاجتماعي من نيرمالا نيكيتان، بإدارة المركز. شارك آبي وعدد قليل من الآخرين في أعمال خيرية مختلفة في أجزاء مختلفة من المدينة والمناطق الريفية. كانت المهام الرئيسية لهؤلاء اليسوعيين هي مساعدة أفقر شرائح المجتمع، ولا سيما العثور على عمل لهم، وتوفير الغذاء والمأوى والملبس وتعليم الأطفال والرعاية الصحية الأولية. قام فاداكين بتنسيق جميع الأنشطة بشكل لا تشوبه شائبة.

قام اليسوعيون الجدد بتغيير مكان عملهم كل ثلاثة أشهر لتوفير تجارب متنوعة لأولئك المشاركين في التنظيم المجتمعي. كان أحد أسباب عمليات النقل هذه هو امتناع اليسوعيين الشباب عن تطوير اهتمام شخصي لا مبرر له بالأشخاص الذين كانوا يعملون معهم. إلى جانب ذلك، يمكنهم تشكيل انفصال كامل عن أي شيء يحبونه أو يريدون القيام به. كانت المفرزة قيمة يعتز بها اليسوعيون بشكل فردي وجماعي، ورثوها عن إغناطيوس لويولا.

فضل آبي الذهاب إلى مجتمع مفتوح من العمال المهاجرين. نظرًا لأن بوني كانت مدينة سريعة التطور، ظهرت العديد من الصناعات في القرى المجاورة. كان الآلاف من العمال المهاجرين من جميع أنحاء الهند مشغولين ليلاً ونهاراً في أنشطة بناء المجمعات الصناعية والمباني والشقق والفيلات في جميع أنحاء المدينة الآخذة في التوسع. كان الاقتصاد مزدهرًا بسبب العولمة والتصنيع والتحرير.

عمل العديد من العمال المهاجرين من UP و Bihar و Bengal و Assam و Orissa في جميع أنحاء المدينة. لكن مرافق المعيشة المقدمة لهؤلاء العمال كانت غير كافية على الإطلاق. بقي عدد كبير منهم على الأرصفة والأكواخ على جانبي مسارات السكك الحديدية والطرق السريعة. كما تجول عدد كبير من العمال العائمون في مواقع البناء في المناطق الأكثر فقراً في المدينة، بحثاً عن سكن مع أسرهم. كان معظم العمال يعيشون حياة بائسة ولكن أفضل مما كان يمكن أن يكون في بيهار وأوب وأوتاراخاند.

بدأ آبي في زيارة العائلات لتحديد فداحة جوعهم وفقرهم في المناطق الأكثر حرمانًا. بعد الذهاب إلى حوالي مائة عائلة، تمكن من تحديد موقع حوالي ثماني عائلات، لم يكن لديهم سوى القليل جدًا من الطعام لإطعام أنفسهم لأن جميعهم كانوا عائلات تعيلها نساء. هؤلاء النساء لم يكن لديهن عمل ولا مصدر رزق. لأسباب مختلفة، لم يتمكنوا من ترك أكواخهم بحثًا عن عمل أو التقاط الخردة من هنا وهناك لبيعها لتجار الخردة وكسب لقمة العيش. كان لدى تلك العائلات الثماني أحد عشر طفلاً صغيراً ؛ وكانت ظروفهم مثيرة للشفقة. قام الأب

فاداكين بجمع المواد الغذائية للأطفال والنساء من خلال وكالة راعية. ووافقت الوكالة على تزويدهم بالغذاء بانتظام حتى لا يعاني الأطفال من الجوع.

وفي الوقت نفسه، بحث آبي عن عمل للنساء في تلك العائلات واتصل بأستاذ في كلية محلية للخدمة الاجتماعية. وعدت رادها ماني، الأستاذة المسؤولة عن الأنشطة الميدانية، آبي بأنها ستزور تلك العائلات مع طلابها، وفي غضون يومين، زارت رادها ماني العائلات. عرّفها آبي والطلاب المرافقين له على النساء في تلك العائلات الثماني، وأجرى الأستاذ محادثة طويلة معهم. في غضون أسبوع، أبلغت ماني آبي أنها وجدت عملاً لجميع النساء في منظمة تعرف باسم مركز التوظيف الذاتي للمرأة كعاملات بدوام كامل لتعبئة الحبوب والعدس في ثلاثة مراكز تجارية في المدينة. نظرًا لعدم وجود بالغين في العائلات، فقد احتاج الأطفال إلى الأمان. كان هناك أربعة أطفال دون سن الخامسة، وبقية الأطفال تتراوح أعمارهم بين ست وعشر سنوات. ساعدت رادها ماني آبي على قبول جميع الرضع في مرفق رعاية نهارية تديره المؤسسة البلدية وأنغانوادي ومدرسة حكومية محلية.

في غضون شهرين، تمكن آبي من زيارة حوالي ثلاثمائة وخمسين عائلة ومساعدة حوالي أربعين امرأة ورجل للحصول على عمل أو تمكينهم من تطوير مرافق العمل الحر. نظرًا لوجود الآلاف من العائلات المهاجرة دون سكن مناسب وعمل ورعاية صحية ومرافق تعليمية، وضع آبي خطة مفصلة لمساعدتهم في طلاب العمل الاجتماعي. أرسلت رادها ماني حوالي عشرة طلاب للعمل مع آبي مرتين في الأسبوع كجزء من تنمية مهاراتهم وعملهم الميداني. أظهر هؤلاء الطلاب الذين يخضعون لبرنامج ماجستير في العمل الاجتماعي لمدة عامين التزامًا كبيرًا. لقد وعدوا آبي بمواصلة العمل مع السكان المهاجرين حتى في غيابه. قامت كلية العمل الاجتماعي بتخطيط وتطوير مشروع عمل ميداني مدته خمس سنوات لصالح مجتمع المهاجرين في غضون أسبوعين. دعت الكلية آبي ليكون عضوًا في الهيئة التنسيقية.

بحلول منتصف الشهر الثالث، وجد آبي تسع عائلات ؛ هاجر جميع المسلمين من أحمد آباد، ولاية غوجارات المجاورة. كان لدى العائلات أطفال صغار، لكن لم يكن لدى أي منهم أفراد بالغون من الذكور. وجد آبي تسع نساء ناضجات وتسعة وعشرين طفلاً ؛ بعض الأطفال ليس لديهم آباء. اجتمعوا معًا، وبقي جميع الأشخاص الثمانية والثلاثين بالقرب من مسار السكك الحديدية، تحت شجرة كبيرة، في العراء. كانت حالتهم يرثى لها، حيث لم يكن لديهم ما يأكلونه، ولم يكن لدى الأطفال سوى القليل من الملابس، ولم يكن لديهم مكان للنوم. عانى بعض الأطفال من الحمى والسعال والبرد والطفح الجلدي، وكانوا جميعًا في ظروف بائسة. أصيب العديد من الأطفال والنساء بحروق وجروح على أجسادهم، ولم ير آبي أبدًا أطفالًا ونساء في مثل هذا الوضع المأساوي. كان الموت يلوح في الأفق. ومع ذلك، لم تكن النساء على استعداد للتحدث مع الغرباء، ووجد آبي صعوبة في معرفة حالتهن الفعلية. إلى جانب ذلك، ارتدت جميع النساء الحجاب، ولم يكن مرئيًا سوى وجوههن وأصابعهن.

أبلغ آبي رادها ماني على الفور، ومع مجموعة من الطالبات، وصلت في غضون ساعة. أجروا مناقشة مطولة مع النساء والأطفال. ثم أخبرت رادها آبي أن النساء والأطفال كانوا لاجئين من أحمد آباد فروا من أعمال الانتقام والعنف وأعمال الشغب في غوجارات. ذبح المتعصبون الدينيون جميع رجالهم. كان آبي قد قرأ عن عمليات القتل الجماعي، التي وقعت في ولاية غوجارات في الأسبوع السابق. كانت الأخبار حول المذبحة لا تزال تتدفق من بعض الصحف والقنوات التلفزيونية، لكنه لم يعتقد أبدًا أنها ستكون بهذه الشدة.

قال آبي: "إنهم بحاجة إلى رعاية طبية فورية وطعام وملبس ومأوى".

"بالتأكيد، لكن علينا إبلاغ الشرطة على الفور بخطورة الوضع"، قائلة إن رادها اتصلت بالشرطة.

في غضون عشر دقائق، وصلت الشرطة من مركز الشرطة المحلي وشرطة السكك الحديدية. كان هناك ثلاث نساء من الشرطة، وتحدثن إلى النساء. ثم تحدث مفتش الشرطة مع شرطة السكك الحديدية.

قالت شرطة السكك الحديدية لآبي ورادها: "سيتم نقلهم من مسار السكك الحديدية".

قال آبي لمفتش الشرطة: "إنهم بحاجة إلى رعاية طبية فورية وطعام وملابس".

أجاب المفتش: "يجب ألا تتدخل ؛ يمكن للشرطة التعامل مع هذه القضية بشكل جيد للغاية".

قال آبي: "لكن هذه أزمة إنسانية".

"أطلب منك مغادرة المكان على الفور. خلاف ذلك، أحتاج إلى اعتقالك للتدخل في عمل الشرطة"، كان المفتش قاسيًا.

على مضض، غادر آبي المكان. كان المفتش يتحدث مع راضي.

أبلغ آبي فاداكين بالحادث، وفي اليوم التالي، ذهب كلاهما لرؤية اللاجئين. لكنهم لم يتمكنوا من تحديد موقعهم في أي مكان. ذهب آبي وفاداكين إلى مركز الشرطة للاستفسار عن اللاجئين. اضطروا إلى الانتظار لمدة ثلاث ساعات لمقابلة مفتش الشرطة.

قال فاداكين لمفتش الشرطة: "سيدي، نحن مستعدون لتوفير ما يكفي من الطعام والملابس لهؤلاء النساء والأطفال".

أجاب مفتش الشرطة: "يمكن للحكومة توفير الغذاء والملبس والرعاية الطبية والتعليم والمأوى لجميع الناس في الهند".

قال فاداكين: "سيدي، نحن نتحدث عن هؤلاء اللاجئين من أحمد آباد".

"من أخبرك أنهم من أحمد آباد ؟ جاؤوا من مراد آباد في ولاية أوتار براديش. كان هناك شجار بين طائفتين مسلمتين. وأوضح مفتش الشرطة أن هذه القضية لا علاقة لها بولاية غوجارات ".

كان يطبخ القصص. أخبرته رادها أن هؤلاء النساء والأطفال المسلمين كانوا من أحمد آباد، ضحايا المذبحة.

"سيدي، من أي مكان هم، هم في حالة سيئة. نحن مستعدون لمساعدتهم. وقد وافقت بعض الوكالات الراعية على توفير الغذاء والملابس والرعاية الطبية لهم لعدة أشهر معا ".

"يجب ألا تتدخل في عمل الحكومة. يمكنكما مغادرة المكان على الفور."

"سيدي،" أراد فاداكين أن يقول شيئًا.

صرخ مفتش الشرطة: "أخبرتك أن تغادر". "نحن ندرك أن المسيحيين لديهم ما يكفي من الأموال. تحصل على ملايين الروبيات كل شهر من أوروبا وأمريكا. أنت تعطي الطعام والملابس والرعاية الطبية للفقراء لإغرائهم بالمسيحية وتحويلهم. التبشير هو دافعك. اخرج من هنا. عد إلى روما. صرخ مفتش الشرطة: "إذا رأيتك مرة أخرى، فستكون خلف القضبان".

لم يكن فاداكين وآبي يعرفان ما يجب القيام به. أرادوا البحث عن النساء والأطفال الجرحى، اللاجئين. سيهلكون إذا لم يحصلوا على الطعام والرعاية الطبية على الفور ؛ الفكرة تطارد آبي.

أجرى آبي مكالمة مع رادها، وكان هاتفها مشغولاً. نظرًا لعدم وجود مكالمة رد، اتصل بها مرة أخرى بعد ساعة، ورن، لكنها لم ترد عليه. بعد ساعة، اتصل بها آبي مرة أخرى، وكانت رادها على الجانب الآخر.

قالت رادها: "مرحبًا إبراهيم".

"مرحبًا، بروفيسور ماني ؛ قام شخص ما بنقل النساء والأطفال من أحمد آباد إلى مكان مجهول. قال آبي: "نحن بحاجة إلى العثور عليهم ومساعدتهم".

"انظر، إبراهيم، لقد تلقيت تعليمات من مدير كليتي لا أحتاج إلى التدخل في أنشطة الشرطة والسلطات الحكومية. أنا آسف، لا أستطيع مساعدتك في هذا الصدد،"أجابت رادها.

قال آبي: "لا بأس".

لكن الرد على رادها كان صادماً. بصفتها العمل الميداني المسؤول عن كلية العمل الاجتماعي، كان عليها أن تساعد في إعادة تأهيل اللاجئين المسلمين، الذين كانوا ضحايا للعنف والتعذيب والحرق والقتل الجماعي.

هاجم مسلمون في أحمد أباد وسورات ومدن وبلدات أخرى في غوجارات مستخدمين البنادق والسيوف والقنابل والهراوات والغوغاء والمتعصبين الدينيين. هدم وحرق منازل المسلمين ومبانيهم ومؤسساتهم وأماكن عبادتهم. واستمر العنف المتقطع. وقع الرجال والنساء والأطفال ضحايا للكراهية الدينية، وكانت عمليات الاغتصاب الجماعي شائعة في المدن. وفقًا لصحفيين ومراقبين محايدين، قتل الأصوليون الدينيون أكثر من ألفي شخص خلال المذبحة، وفقد حوالي مائتي شرطي يحمون المسلمين حياتهم. نزح أكثر من مائة وخمسين ألف شخص أو أجبروا على الفرار من ولاية غوجارات. ألقى الصحفيون والمراقبون والقضاة المتقاعدون المحترمون باللوم على الدعم الضمني لحكومة غوجارات لمثيري الشغب. وقال بعض المراقبين: "لم تفعل الحكومة شيئًا لقمع العنف". ووجد بعض الصحفيين أن "الغوغاء العنيفين حملوا قوائم الناخبين لتحديد أماكن العائلات والأحياء المسلمة". عرف آبي أن النساء اللواتي رآهن على مسار السكك الحديدية في اليوم السابق كن من أحمد آباد، كما أكدت رادها ماني بعد التحدث مع النساء.

غلي رأسه، وانفجر قلبه ؛ أراد آبي معرفة مكان هؤلاء النساء والأطفال. مرة أخرى، ذهب إلى مسار السكك الحديدية. بعد الاستفسار عن اللاجئين للعديد من أصحاب المتاجر والمقيمين في المحليات المجاورة، وجد آبي أنهم لم يكونوا على علم بهؤلاء النساء والأطفال. من يهتم بألم وآلام ضحايا أعمال الشغب في غوجارات، وخاصة مجموعة من الغرباء ؟ لم تكن موجودة بالنسبة لهم لأنهم لم يتفاعلوا وجهاً لوجه. لم يشعر هؤلاء التجار بالقلق من مذبحة أكثر من ألفي شخص على يد المتعصبين الدينيين، لأنهم لم يعرفوا الضحايا أبدًا. رفض الناس التعاطف مع المذبوحين عندما كان شخص ما يسعى لتحقيق قدر أكبر من المجد من خلال تنظيم القتل الجماعي، الذي كان يسيطر على الشرطة والبيروقراطيين ويمكن أن يؤثر على حكومة مجاورة. تغلبت الأفكار على آبي وأخضعت مشاعره. ولكن يجب أن يكون هناك علاج، مخرج. كانت الضحية بحاجة إلى معرفة أن بعض الناس مستعدون لمساعدتهم وأنه يجب عليهم الاستمرار في العيش. إن أمكن، احتاج المجرمون الذين يقفون وراء العنف والاغتصاب إلى المقاضاة والعقاب، إلى جانب العقل المدبر للمذبحة. قرر مساعدتهم على البقاء على قيد الحياة. خطط آبي عقلياً لجميع المواقف والإمكانيات لإنقاذهم ومساعدتهم على العيش.

أثناء سيره عبر مسار السكك الحديدية لمدة ساعة تقريبًا، لاحظ آبي صبيًا يبلغ من العمر حوالي اثني عشر إلى أربعة عشر عامًا يجمع الخردة، على بعد قليل، على الجانب الآخر من مسار السكك الحديدية. عبرها آبي ووصل إلى مكان الصبي. بمجرد أن رأى الصبي آبي، بدأ يركض، وكانت حقيبته تتدلى من جانب إلى آخر على ظهره. تفوق آبي على الصبي في غضون خمس دقائق بالركض بشكل أسرع وسأل الصبي لماذا كان يركض. أجاب أنه يعتقد أن آبي كان من شرطة السكك الحديدية ويخشى من ضرب لا يرحم. كما أخبره أنه من بيهار، أسوأ مكان يعاني من الفقر في البلاد. جمع الخردة من خطوط السكك الحديدية من أجل لقمة العيش على مدى السنوات الأربع الماضية. جاء والداه وإخوته الثلاثة إلى بونه بحثًا عن عمل.

سقط والده من مبنى متعدد الطوابق وكسر عموده الفقري. كان طريح الفراش لمدة ثلاث سنوات ولم يتلق أي تعويض من شركة البناء التي كان يعمل فيها. حملت والدته الطين والطوب إلى مواقع البناء، لكن أجرها كان غير كافٍ لطعامهم.

سأل آبي عن مكان إقامته، وأخبره الصبي أنه بقي على بعد حوالي خمسة وعشرين كم من هناك على أرض قاحلة، حيث لا توجد مرافق، مثل المياه المنقولة بالأنابيب أو ضوء الشارع أو المرحاض أو حتى الطريق. عاش مئات المهاجرين من البنغال وبيهار هناك مثل الماشية. لم يذهب الأطفال إلى المدرسة أبدًا، حيث لم تكن هناك مدارس. كل يوم، يأتي الصبي إلى المدينة ويجمع الخردة من مسار السكك الحديدية، وهو ما كان وفيرًا حيث ألقى الركاب كل شيء على مسار السكك الحديدية. يمكن أن يلتقط كيسًا مليئًا بالنفايات بحلول المساء، ويبيعه لتجار الخردة، ويستقل القطار إلى مكانه في المساء. اضطر الصبي إلى إطعام والده وشقيقيه الأصغر سناً ومساعدة والدته في جلب المياه من الجداول البعيدة.

سأل آبي لماذا لم يعودوا إلى بيهار ؟ أجاب الصبي أنهم سيموتون لأنه لا يوجد شيء يأكلونه في بيهار. إلى جانب ذلك، حول الفساد الهائل والخروج على القانون والعنف بيهار إلى جحيم حي. استفسر آبي عما إذا كانت الشرطة قد قبضت عليه، وأخبره الصبي أن الشرطة ألقت القبض عليه عدة مرات وتعرض للضرب المبرح من قبلهم، حيث كانوا يستمتعون بضرب الأطفال والأشخاص العاجزين. كان العديد من رجال الشرطة هؤلاء ساديين. حصلوا على أجور منخفضة وعوملوا كعبيد من قبل رؤسائهم، وضرب رجال الشرطة كل من أمسكوا به، متجاهلين خرق القانون من قبل الأقوياء والأغنياء ولم يجرؤوا أبدًا على لمسهم.

سأل آبي الصبي عما إذا كان قد رأى مجموعة من النساء والأطفال في نفس المكان في اليوم السابق. أجاب الصبي أنه رأى بعض النساء في الحجاب وأكثر من عشرين طفلاً. كانت هناك هزة في قلب آبي وشعاع من الأمل في أنه سيتمكن من العثور عليهم. استفسر آبي عما إذا كان الصبي يعرف أين ذهبوا، وأجاب الصبي أنه رأى شاحنتين للشرطة ودفعت الشرطة جميع النساء والأطفال داخل السيارة.

"هل شاهدت الحادث بأكمله ؟" سأل آبي.

قال الصبي: "هربت من مرأى الشرطة لأنني كنت خائفاً من أن يتمكنوا من الإمساك بي والتخلص مني معهم في صخرة الشيطان".

"هل تعرف أين تم نقلهم في سيارة الشرطة ؟" سأل آبي.

"هناك مكان مقفر على بعد حوالي خمسة وأربعين كم من هنا، مليء بالصخور والشجيرات الشائكة والصبار. عادة ما تقوم الشرطة بإلقاء الأشخاص غير المرغوب فيهم هناك، وخاصة المتسولين المسنين ومرضى الجذام، الذين هم على وشك الموت ".

شعر آبي بهزة في رأسه. كان التخلص من الأشخاص غير المرغوب فيهم والمسنين والمرضى وغير المنتجين ليموتوا موتًا بائسًا يتجاوز فهمه.

"هل سبق لك أن ذهبت إلى هناك ؟" سأل آبي.

"لم أكن أبداً. يُعرف هذا المكان باسم صخور الشيطان ؛ ذهب عدد قليل منها إلى هناك. أجاب الصبي: "أولئك الذين كانوا هناك في الليل يقولون إنه لا يوجد سوى هياكل عظمية بشرية".

كان ذلك انتهاكًا خطيرًا لحقوق الإنسان. ألقت الشرطة بالناس العاجزين في الصحراء للموت، ولم يكن أحد مسؤولاً. قد تدعي الشرطة أنها كانت تجهل مثل هذه الحوادث، وربما ذهب بعض الناس إلى هناك عن طيب خاطر للموت. قد يكون هذا هو العذر الذي كانت الشرطة والبيروقراطيون يجهزونه. كان الأمر على ما يرام بالنسبة لبعض السياسيين والمتعصبين الدينيين.

سأل آبي: "كيف تصل إلى هناك".

"تقع صخور الشيطان على بعد حوالي عشرين كم من المكان الذي نقيم فيه. قال الصبي: "أنت بحاجة إلى سيارة للوصول إلى هناك".

ثم أخبر آبي باسم قريته ووصف كيفية الوصول إلى صخور الشيطان لأن الصبي وثق به عندما سأل عن عائلته. عاد آبي إلى مقر إقامته وناقش مع فاداكين ؛ بدأ كلاهما في صخرة الشيطان في شاحنة كبيرة. كانوا يحملون بعض الطعام والماء والبطانيات والملابس والأدوية. كان الطريق في حالة فظيعة، وكانت القيادة قاسية. كيف يمكن للشرطة الوصول إلى صخرة الشيطان للتخلص من البشر غير المرغوب فيهم ؟

كانت الساعة الثانية بعد الظهر.

قال فاداكين: "نحتاج إلى الوصول إلى هناك في أسرع وقت ممكن".

"نعم. قال آبي: "نحن بحاجة إلى إنقاذ هؤلاء النساء والأطفال من الموت".

"مثل هذه الأشياء تحدث في كثير من الأحيان. وقال فاداكين: "إن حكومة غير حساسة تفلت من مسؤوليتها".

"تهرب الحكومة لأنه لا توجد مقاومة قوية ؛ فقط عدد قليل من الناس يتحدون الحكومة. هناك العديد من المتملقين، ليس فقط في البيروقراطية ولكن أيضًا في الصحف والتلفزيون. قال آبي: "بعضهم يعبدون المجرمين".

قال فاداكين: "عندما يتم تشجيع البيروقراطيين والمحامين والصحفيين الأقوياء وإغرائهم ليكونوا محسوبين على أساس الدين والمال والراحة، لا يجرؤ الكثيرون على الدفاع عن العدالة".

"لقد قدس المجرمون قتل أقلية ضعيفة، ولم تشهد البلاد مثل هذه الإهانة من قبل. لكنني متأكد، على المدى الطويل، أن القانون سيقبض عليهم ويعاقبهم ".

"أولاً، يجب معاقبة المسؤولين عن الجرائم المروعة. يجب أن يكون درسًا للأجيال القادمة والسياسيين الجانحين الذين يحرضون على العنف باسم الدين ويذبحون العاجزين. أولئك الذين يقتلون النساء والأطفال لا يستحقون الرحمة أبدًا،" كان فاداكين صاخبًا للغاية.

"هؤلاء السياسيون يعرضون دولة ثيوقراطية، ويخلقون عدواً، من المفترض أن يقف ضد هدف الأغلبية لتحقيقها، ويقولون لهم إن القضاء على الأقلية أمر حتمي للوصول إلى وجهتهم، حيث سيكون كل شيء سماويًا. قال آبي: "المجرمون من غوجارات يقترحون مثل هذه الجنة".

حوالي الساعة الخامسة مساءً، وصلوا إلى صخرة الشيطان. غرقت قلوبهم، ورأوا هؤلاء النساء والأطفال. كان بعض الأطفال فاقدين للوعي، وكان آخرون يبكون وفي حالة يائسة دون ماء وطعام.

أطعمهم فاداكين وآبي، وكان هناك ما يكفي من الماء للشرب. تم تغطية جميع الأطفال بالبطانيات ونقلهم إلى السيارة، وحملهم آبي وفاداكين واحدة. أخبروا النساء وأقنعوهن بأنهن سيأخذنهن إلى حيث يشعرن بالأمان والأمان. كان استيعاب جميع الأشخاص الثمانية والثلاثين في الشاحنة شاقًا، وبدأوا رحلة العودة في غضون ساعة. في حوالي التاسعة، وصلوا إلى مركز العمل المجتمعي. على الفور، نقلوا أربعة عشر طفلاً وامرأتين إلى المستشفى. وصلت طبيبتان وطبيب ذكر إلى المركز لفحص بقية الناس بدقة.

نظرًا لعدم وجود منطقة محمية بما يكفي للنوم، قام آبي وفاداكين بتحويل الكنيسة إلى مهجع، وتم ترتيب أسرة مؤقتة للجميع. تم استدعاء ثلاث ممرضات من المستشفى لرعاية النساء والأطفال ليلاً.

في اليوم التالي، نقل آبي وفاداكين اللاجئين إلى منشأة للنساء والأطفال، يديرها فريق من الزوج والزوجة من منظمة علمانية. كان لدى المنشأة برامج توظيف للنساء اللواتي يمكنهن كسب رزقهن من خلال العمل. اتخذ فاداكين ترتيبات لتوفير التعليم لجميع الأطفال في سن الذهاب إلى المدرسة.

كان آبي في حالة من النشوة. لم يعتقد أبدًا أنه يمكنه إنقاذ حياة ثمانية وثلاثين شخصًا من الموت الحتمي. احتفل آبي بذلك في قلبه لعدة أيام معًا وشعر بفرح داخلي حتى عندما كان نائمًا. وحدد المسؤولية عن تلك المأساة الإنسانية للحكومة. ومع ذلك، كان يدرك أن النخب الحاكمة يمكنها بسهولة غسل أيديها مع تلاشي قضايا الإبادة الجماعية وانتهاكات حقوق الإنسان من وعي الناس في غضون فترة قصيرة. لم يرغب الكثيرون في متابعتها لأنهم كانوا يخشون تحدي حكومة قاسية ووحشية.

فعل آبي ذلك بسبب إلهامه من غريس. قد يصف العمل الذي أنجزه مع الشرطة في فاداكين بأنه مشكوك فيه، لكن آبي يمكن أن يهزم نوايا الشرطة. كانت مساعدة الصبي في جمع البقايا من أجل بقاء عائلته رائعة. كان بإمكان الشرطة البحث عن آبي، لكن لم يكن لديهم أدنى فكرة أنه نقل هؤلاء النساء والأطفال من جناح المحكوم عليهم بالإعدام، أوشفيتز قليلاً. نظرًا لعدم وجود دليل على إلقاء الضحايا في صخرة الشيطان من قبل الشرطة، لم تستطع الشرطة إلقاء اللوم على أي شخص لإنقاذهما. لكن آبي لم يرغب في أي نزاع مع الشرطة، لأن المتعصبين كانوا قادرين على القضاء عليه.

إيما

كان قلب آبي يصرخ من أجل غرايس. لم يكن شعورًا مفاجئًا ولكنه ثوران منذ فترة طويلة. كانت تلك هي المشاعر المكبوتة التي تختمر تحتها، وكانت إحساسًا حارقًا، أثرًا من ماضيه، ولم يستطع اليسوعيون محو آثار أقدامها المطبوعة في قلبه. كان تأثير اليسوعيين قويًا ولكنه عابر في حياته، لكن تأثير غريس كان استثنائيًا، وغالبًا ما غمره انطباعها على حياته بذكريات دائمة. كان من الصعب عليه إلى حد ما التخلي عن صورتها من عقله والتخلي عنها من حياته. تطورت إلى إحساس متواصل بروحه، وترددت صدى جميع أفعاله بأفكارها. لم تسمح غريس أبدًا لعقله أن يكون بطيئًا، وعانى من الأرق لعدة أشهر.

"غرايس، أين أنت ؟" بكى آبي.

كان بإمكانه سماعها تنادي: "آبي، لقد بحثت عنك منذ أن تركتك. لا أستطيع تحمل الوحدة، غيابك ".

"غريس، عودي ؛ أخبريني أين أنت. يمكنني الوصول إليك في أقرب وقت ممكن ".

"أنا في انتظارك ؛ من المؤلم أن أكون بعيدًا عنك"، كانت كلماتها صاخبة وناعمة.

حاول آبي السيطرة على عقله المتنافر، لكنه فشل. يوماً بعد يوم، ليلة بعد ليلة، وشهور بعد أشهر، فكر في غريس، وفتشها، وبكت روحه عليها. أصبحت الحياة واهية بالنسبة لآبي. لكن روحه المنهارة تعافت عندما تعديت غريس على قلبه تمامًا. في أحلامه، لوح لغرايس، لكنه اعتقد أنها لا تستطيع تمييز الرفعة، لأنها ربما شعرت أنها كانت تتدلى من أوراق النخيل.

شعر آبي بالتعاسة، وشعر بالصدمة. انتهى عامه الأول من العمل المجتمعي، والتقى فاداكين وأخبره أنه مكتئب للغاية. فوجئ فاداكين برؤية حالته واستفسر عن سبب كونه مقفرًا وكئيبًا.

قال فاداكين: "كنت أفكر في أنك كنت تشارك بشكل كامل في العمل المجتمعي وتحاول مساعدة الناس على الهروب من الجوع والفقر والبؤس والعجز، ولكن ربما كان لديك وقت محبط".

"لقد شاركت مع الناس والمجتمع والمؤسسات. أحب العمل مع الناس طوال حياتي ".

"إذن ما الذي يأكلك ؟" سأل فاداكين.

"قد تعرف ؛ لقد كنت أقيم مع شخص يعرف باسم غريس في غوا لمدة تسعة أشهر تقريبًا. قال آبي: "على الرغم من أنني لم ألمسها أبدًا، إلا أنني كنت مغرمًا بها بشدة ؛ لقد احترمتها وأردت أن أكون معها حتى نهاية حياتي".

"هذا طبيعي. كل يسوعي لديه تاريخ من المشاركة مع امرأة كصديق لا ينفصل. لكن الجميع تقريبًا تركوا الحبيب وبدأوا حياة جديدة لمجد البشر الأعظم. هو مساعدة المجتمع على الحصول على حياة أفضل. كان هدفنا هو السعي من أجل رفاهية الإنسان " ، كان فاداكين توضيحيًا في رده.

"أنا أعرف ذلك. أنا أيضاً تركت كل شيء. يمكنني ترك جريس إلى الأبد. لكنني أجد الأمر صعبًا، صعبًا جدًا. حتى في أحلامي، تعود إلي ؛ الأيام والليالي مليئة بذكرياتها وأفكارها. لا أستطيع تركها. قال آبي: "أنا أقدر ذاكرتها، وأستمتع بقربها".

"إنه شعور جميل، إنساني بالكامل. يجب أن تستمتع بذكرياتك عن غريس. لا تحاول فصلها عنك. إنها أنت "، حلل فاداكين.

"أنت تفهمني. لكن مشكلتي هي أنني أحب النعمة أكثر بكثير مما أحب يسوع "، كان آبي صريحًا.

"آبي، هذا أمر طبيعي أيضًا. إنه بشري. يسوع هو المثل الأعلى، وليس الشخص. هذا المثل الأعلى هو روحنا المتحركة للعمل من أجل التقدم البشري والتنمية ".

"أخبرني بما يدور في ذهني. يمكنك قراءة قلبي. قال آبي: "أفضل الحياة بالنعمة على الجنة مع يسوع".

"آبي، الجنة ليست سوى مفهوم للحياة الجيدة. أجاب فاداكين: "هذه هي جنتك إذا كنت مع غريس".

قال آبي بصراحة: "أريد أن أترك جمعية يسوع لأكون مع النعمة".

"أقترح أن تأخذ إجازة من جمعية يسوع وتبقى مع النعمة طالما تريد. ثم عد، إذا كنت ترغب في العودة. قال فاداكين: "وإلا، فاستمتع بسمائك مع حبيبك".

أجاب آبي: "كيف يمكنني أن أشكرك على انفتاحك وفهمك لمشاعري ونواياي وشوقي".

"آبي، جميع اليسوعيين مثلك. أنت أيضًا يسوعي بعد أخذ نذورك. نحن جميعًا نعمل من أجل رفاهية الإنسان ونحاول فهم الإنسان ككيان شامل. سعادتك، وفائك، والغرض من الحياة، ومجمل البشرية مهمة لجمعية يسوع. أنت شخص لديه مشاعر وعواطف وحب وثقة وأحزان وقلق وقلق واكتئاب ووحدة وسعادة وفرح. نحن بحاجة إليك كإنسان. أينما كنت، ومهما فعلت، نحن سعداء بك. لكن قابل المقاطعة وناقش الأمر معه "، اقترح فاداكين.

شعر آبي بالارتياح وشعر بسعادة نادرة. استعد لمقابلة الأب كورين، المقاطعة، ليخبره أنه أحب غريس أكثر بكثير مما أحب يسوع. تم تحديد الاجتماع لأمسية، وأبدت المقاطعة الكثير من الشغف للاستماع إليه.

"آبي، أنا سعيد جدًا لأنك أكملت عملك المجتمعي. قال لي فاداكين إنك قمت بعمل رائع، حيث ساعدت ضحايا الشغب والمعاقين جسديًا وفكريًا تحت الرعاية المؤسسية ".

"أنا ممتن لك لتزويدك لي بفرص متنوعة للعمل مع الناس. أجاب آبي: "لقد اكتسبت الكثير من سنة واحدة من الخبرة".

"العمل هو أهم جزء في حياة اليسوعيين. تساعد سنوات طويلة من التدريب الشخص على تكريس نفسه تمامًا لتحسين الناس، الذين هم محور تركيزنا. منذ تأسيس جمعية يسوع، أعطى المؤسسون الأولوية للعمل والصلاة. أوضح الأب الإقليمي أن إغناطيوس لويولا وفرانسيس كزافييه لديهما أخلاقيات عمل محددة جيدًا ووسط ديني ".

"يؤمن رفاق يسوع بقضاء وقتهم في مساعدة الناس. قال آبي: "لديهم مهمة".

"تغيرت النظرة العالمية للآباء المؤسسين لجمعية يسوع ولنا بشكل جذري. بالنسبة لهم، كان عالمًا مغلقًا، وكانت الأرض مسطحة، مركز الكون المعروف. كانت هناك نجوم صغيرة، وضعها الله في السماء والشمس والقمر. عاش الله في قصر، بأبهة وروعة، ويتمتع بجميع الكماليات، ومديح الملائكة والقديسين، الذين كانوا يرددون له التراتيل باستمرار. كان الله ملكًا طاغية وعاقب كل من أخطأ ضده، وكان ثمن الخطيئة هو الموت. طلب الله من موسى أن يقتل الآلاف، حتى النساء والأطفال. وأوضح كورين أن القتل كان هواية لله حتى عصر النهضة ".

"نعم، تغيرت مفاهيم الله والسماء والخطيئة والحياة بشكل كبير. لقد وصلنا إلى مكان نعطي فيه الأولوية للتفكير والعلم الواضحين من خرافات وأوهام عالم أسطوري. يرفض البشر كل فكرة عن وجود الله، والتي لا يمكن أن تصمد أمام اختبار المراقبة والتحقق. ساعدنا الذكاء الاصطناعي على التخلص من العديد من المعتقدات التي اعتقدنا أنها مقدسة في عالم سابق ".

"أنت على حق، آبي. يتخلص البشر من كل شيء يتعارض مع العقل والمنطق. لهذا السبب لا نطلب إلهًا جالسًا في السماء. لقد ألقينا مفهوم الآب، الابن والروح القدس، في علب الورق المسحوقة إلى الأبد. نفس الشيء مع ولادة العذراء والمعجزات والقيامة ".

"كانت هذه كلها افتراضات ومعتقدات مستعارة من أديان وأساطير أخرى. يجب أن يذهبوا. وقال آبي: "ليس لهم مكان في مجتمع مستنير، لأننا بحاجة إلى إعادة كتابة فكرة الله".

"ما هو الله ؟ يطرح الكثيرون هذا السؤال بين الحين والآخر. هل هو شخص، خالق الكون والإنسان العاقل، كيان منفصل ؟ إذا كان الله مختلفًا عن الكون، فكيف نشأ الكون وجاء البشر إلى الوجود ؟ بالنسبة لكافاليا أوبانيشاد، كل شيء يظهر، في داخلي، كل شيء موجود، وبالنسبة لي، كل شيء يعود. إذن، الكون والله متشابهان. على الرغم من أن الأديان السامية، اليهودية والمسيحية والإسلام، قد استعارت هذا المفهوم، إلا أنها تدعم بعناد عقيدة الخلق. على عكس الخلق، يقول يسوع: أنا الكرمة، وأنتم الأغصان. لكن المسيحية تقولق: أن الله خلق العالم،

ودحض يسوع أن الكرمة وفروعها كيانات مختلفة. لذلك، يدعي الخلقيون أن الله والكون واقعان منفصلان ". وبالنظر إلى آبي، أوضح كوريان.

أجاب آبي: "يشكك العلماء في نظرية الخلق لأنها مجرد خرافة".

"هذا صحيح، آبي. في هذه الألفية، نقبل أن الكون نشأ من الانفجار الكبير الذي اقترحه الكاهن الكاثوليكي، جورج لوميتر، عالم الفلك وأستاذ الفيزياء في جامعة لوفان. معاصر لأينشتاين، لوميتر، اقترح علميًا كونًا متوسعًا من الذرة البدائية أو بيضة كونية. في وقت لاحق، أطلق فريد هويل، أحد مؤيدي نظرية الحالة المستقرة، بسخرية على توسع الذرة البدائية اسم الانفجار الكبير. في عام ألف وتسعمائة وواحد وخمسين، أعلن البابا بيوس، الثاني عشر، رسميًا الانفجار الكبير كدليل على سفر التكوين: لذلك، هناك خالق. لذلك، الله موجود. وهكذا، أصبح الانفجار الكبير نقطة انطلاق للبابا ".

"اقترح روجر بنروز أن الكون يتحمل دورات مستمرة من الانفجار الكبير والأزمة الكبيرة ؛ نشأ الكون الحالي من الكون السابق، وسيكون هناك عدد لا يحصى من الأكوان واحدة تلو الأخرى. الكون، في مجمله، هو أبعد من الزمان والمكان. في مثل هذا السيناريو، لا يوجد خالق لأن الكون أبدي ".

"ما اقترحه بنروز منطقي، كما أثبت ذلك من خلال بحثه. نشأ كوننا من موت الكون السابق. حدثت هذه الظاهرة إلى ما لا نهاية وستحدث إلى ما لا نهاية. لذلك، لم تكن هناك بداية، ولن تكون هناك نهاية. قال كورين: "الزمان والمكان موجودان فقط داخل الكون، وليس للكون".

"في هذا الإعداد، لا مكان لله. الله، لا روح ولا مادة، ليس لديه سبب لخلق. إذا كان الله يفعل الخلق، فهو ليس الله لأنه نتاج الزمان والمكان. وهكذا، يصبح غير مكتمل ؛ فقط إله غير مكتمل ينغمس في الخلق "، أجاب آبي.

"أنت على حق. تُظهر أحدث الأدلة العلمية أن الانفجار الكبير حدث قبل ما يقرب من أربعة عشر مليار سنة. نشأ نظامنا الشمسي قبل حوالي سبعة مليارات سنة، وقبل حوالي أربعة مليارات سنة، على الأرض، نشأت بعض الكائنات الحية بسبب مزيج من جزيئات معينة. وهكذا، تطورت النظم البيولوجية في عالم فيزيائي بسبب التغيرات الكيميائية ؛ وهكذا، بدأت ملحمة التطور. هنا السؤال هو، لماذا يجب على الله، الذي ليس روحًا ولا مادة، أن يخلق عالمًا ماديًا وكائنات بيولوجية ؟" كانت حجة كورين توضيحية.

"يقول علماء الأنثروبولوجيا إن البشر تطوروا من أوسترالوبيثيكوس في شرق إفريقيا بين ثلاثة وأربعة ملايين سنة مضت. كان هناك أنواع بشرية مختلفة. حتى حوالي خمسة عشر ألف سنة مضت، كان هؤلاء البشر يقيمون في أجزاء مختلفة من الأرض. يقول الكتاب المقدس إن الله خلق آدم، وبعد ذلك، من ضلعه، حواء، البشر الأوائل، على صورة الله. خلقهم الله في جنة عدن، التي كانت في بلاد ما بين النهرين. لكننا لسنا متأكدين من الجنس البشري الذي

ينتمون إليه. ربما كانوا من البشر المنتصبين أو مزيج من الإنسان المنتصب والإنسان البدائي لأن الإنسان المنتصب كان السكان الرئيسيين لبلاد ما بين النهرين مع مجموعة صغيرة من الإنسان البدائي. كان لحدود جنة عدن أربعة أنهار، دجلة والفرات والبيشون والجيهون. كان هناك نوعان من الأشجار في عدن، شجرة الحياة وشجرة معرفة الخير والشر. كان هناك أيضًا ثعبان، يمكنه التحدث مثل آدم وحواء. ذات يوم قال الله لآدم: قد تأكل من كل شجرة في الجنة، ولكن ليس من شجرة معرفة الخير والشر تأكل. لأنه في اليوم الذي تأكل فيه، أنت محكوم عليك بالموت "، روى آبي القصة.

"قصة سفر التكوين رائعة. لكنه يفتقر إلى العقل والحس السليم. نظرًا لأن آدم كان الإنسان الوحيد، فقد كان وحيدًا. لذلك، أثناء النوم، خلق الله أنثى، وسماها آدم حواء من أحد أضلاعه. ثم أغرت الثعبان حواء بأكل ثمرة شجرة معرفة الخير والشر. أعطت حواء الفاكهة لآدم، وأكلها كلاهما. فجأة فتحت عيونهم، وأدركوا أنهم كانوا عراة. لذلك، خاطوا أوراق شجرة التين معًا وغطوا أنفسهم. ثم سمعوا صوت الله، يمشون في الحديقة في برودة النهار، واختبأوا من الله، ودعا آدم، قائلا له: أين أنت ؟ قال آدم: لقد سمعتك في الحديقة، وكنت خائفاً لأنني كنت عارياً، لذلك اختبأت. ثم عاقب الله آدم وحواء. إنه الإيمان الأساسي والمركزي للمسيحية. وهكذا، أخطأ آدم وحواء ضد الله وكانا غير قادرين على إنقاذ نفسيهما من الخطيئة الخطيرة المتمثلة في أكل الثمرة. ثم وعد الله آدم وحواء بإرسال منقذ لحمايتهما من الخطيئة. وأصبح الله رجلاً في يسوع المسيح، وشنقه الرومان على صليب. ومات يسوع من أجل خطايا آدم وحواء. أقامه الله من الموت وأخذه إلى السماء وجلس عن يمين الله "، كما روى كورين القصة الكتابية.

"قصة آدم وحواء غير عقلانية. كانت هناك حاجة إلى إله غير موجود ليصبح رجلاً في يسوع وينقذ البشرية من الخطيئة. هل كان أكل ثمار شجرة من قبل البشر الأوائل خطيئة كبيرة ؟ هل سيتم نقل خطيئة الوالدين إلى أطفالهم مثل الحمض النووي ؟ إذا لم يكن هناك خلق من قبل الله، فما هي أهمية موت يسوع على الصليب في تاريخ البشرية ؟ إلى جانب ذلك، مات يسوع، وهو عضو في جنس الإنسان العاقل، من أجل خطايا أو عصيان آدم وحواء، اللذين كانا على الأرجح الإنسان المنتصب أو الإنسان البدائي. ظهر البشر الأوائل منذ حوالي مليون عام، وربما عصوا الله بأكل الفاكهة منذ حوالي مليون عام. لسوء الحظ، ظلوا في الخطيئة حتى جاء يسوع قبل حوالي ألفي عام، بعد حوالي عشرة آلاف سنة من عصيان الله. لماذا انتظر الله طويلاً لإرسال ابنه الوحيد لإنقاذ البشرية من الخطيئة التي ارتكبها آدم وحواء ؟" أثار آبي بعض الأسئلة.

"هذه الاستفسارات ذات صلة، آبي. نحن بحاجة إلى التفكير في هذه الأساطير. كيف نربط قصة آدم وحواء وولادة وموت يسوع في سياق الانفجار الكبير الذي اقترحه لوميتر، والذي أطلق عليه البابا بيوس الثاني عشر اسم الخلق ؟ لنفترض أن قصص الخلق، آدم وحواء ليس

لهما أساس واقعي ؛ كيف يجب على المسيحي أن يستوعب لاهوت الله من خلال أن يصبح رجلاً لإنقاذ البشرية من العقاب الذي أعطاه الله لخطية أكل تفاحة ؟ لمجرد العصيان، عاقب الله آدم وحواء وطردهما من جنة عدن، وقرر الله أن يصبح رجلاً ومات على الصليب لإنقاذ البشرية من الخطيئة الأصلية. لكنه يبدو لا يصدق. نحن نعرف على وجه اليقين أن قصة الخلق في سفر التكوين كانت حكاية شعبية، ووعد المنقذ في يسوع المسيح بناءً على تلك الأسطورة أيضًا كان أسطورة،" بالنظر إلى آبي، أوضح كورين.

"لذلك، فإن اللاهوت المسيحي كله يقوم على المغالطات. في القرن الأول، في سوريا، نسج رجل من أصل يهودي يدعى بولس الطرسوسي، وهو مواطن روماني لم ير يسوع قط، لاهوتًا باسم يسوع وسلمه إلى مجموعة صغيرة من الأتباع. عزز بولس يسوع الناصري كمسيح، المسيا. أصبحت عقيدته العمود الفقري للمسيحية. قتل قسطنطين إخوته من أجل العرش الإمبراطوري في روما في ثلاثمائة وواحد وعشرين. أقنعته زوجته ؛ كان مدينًا بانتصاره لإله المسيحيين. للتعبير عن امتنانه، أعلن أن المسيحية واحدة من الأديان المسموح بها في الإمبراطورية الرومانية. على فراش الموت، تلقى قسطنطين المعمودية وأصبح مسيحيًا. بعد ذلك، ازدهرت المسيحية لقرون عديدة في أوروبا وأفريقيا والأمريكتين وبعض أجزاء آسيا "، دخل كورين لفترة وجيزة في تاريخ المسيحية.

"في القرنين العشرين والحادي والعشرين، فشلت المسيحية فشلاً ذريعاً في الإجابة على العديد من الأسئلة التي طرحها المفكرون والعلماء حول الله، والخلق، والخطيئة الأصلية، والولادة العذراء، والقيامة، ومهمة يسوع الخلاصية. كل هذا لم يكن له معنى بالنسبة لشخص ذكي. ونتيجة لذلك، اختفت المسيحية من العديد من البلدان. تم إغلاق العديد من الكنائس والكاتدرائيات والأديرة والمؤسسات الدينية الأخرى أو تحويلها إلى مراكز تسوق ومجمعات تجارية ".

"نعم، لا يمكن أن يدوم آبي والمسيحية والإسلام واليهودية طويلاً. في غضون مائتين إلى ثلاثمائة عام، ستختفي جميعها. لا يمكنهم الوقوف ضد تدقيق العلم والأسباب "، قال كورين عن مستقبل الأديان السامية.

"يتساءل المفكرون عن وجود الله، في حين أن المتدينين مليئون بالثقة. فالأشخاص الأذكياء لديهم شكوك لا تنتهي، في حين أن الأغبياء منهم ينفجرون باليقين ".

"لهذا السبب، في وقت إغناطيوس لويولا وفرانسيس كزافييه ورفاقهم ولعدة قرون، كان كل يسوعي أصوليًا ومتطرفًا ؛ لكن الآن معظمهم ملحدون"، أدلى كورين ببيان.

قال آبي: "يعرف اليسوعيون أن الوقت غير موجود، وكذلك الله، ولكن البشر موجودون وعلاقاتهم".

"نحن اليسوعيين نغير رأينا عندما تقدم لنا حقائق لا جدال فيها تتعارض مع معتقداتنا. كان لدى يسوع فهم قليل جدًا للكون. لم يكن إغناطيوس لويولا وفرانسيس كزافييه على دراية بنظرية التطور. إذا كانت معتقداتهم تتعارض مع العلم، فإننا نرفض معتقداتهم "، كان كورين قاطعًا.

قال آبي: "هذه صفة نادرة، موقف صادق وشجاع".

"آبي، أخبرني الأب فاداكين عنك وعن جلالتك. لديك كل الحق في الحلم بحياة معها. أنا أحترم أسبابك. تفضل. شكرًا لك على سنواتك الأربع معنا ؛ كانت مساهماتك لليسوعيين هائلة. وأنت مصدر إلهام. ستنجح أينما ذهبت، وسيستفيد الناس منك. قال كورين وهو ينهض ويصافح آبي: "أتمنى لك كل التوفيق".

"شكرًا لك، أيها الأب، على لطفك وتشجيعك ودعمك. أنا أعتز بتلك الأيام التي قضيتها مع اليسوعيين "، قائلاً إن آبي أعرب عن امتنانه.

قال الأب الإقليمي: "اليوم نفسه، سأرسل لك الرسالة، إجازة غيابك عن جمعية يسوع".

بدأ آبي حياة جديدة لأنه لم يعد يسوعيًا. امتلأ قلبه بالنعمة، وسافر بعيدًا، متشوقًا لمقابلتها في مكان ما. كان متأكدًا من أنه سيقابلها يومًا ما، وينظر في عينيها ويسألها: غريس، أين كنت ؟ لماذا رحلت وتركتني وشأني ؟ لكنه لم يعرف أبدًا أين كانت. كان يرغب في إخبارها أنه يحبها، لأن صورتها المضيئة لا تنفصل عن قلبه.

تجول آبي مثل المتشرد، وفتش غريس في المدن والشوارع والبلدات والقرى، وفينديا وجبال الهيمالايا، وصحراء راجستان وهضبة ديكان، وضفاف الأنهار وشواطئ البحر. بحث لسنوات عن نعمته الحبيبة. كان امتنانه لا لبس فيه، لأنه كان يعيد حبها بالكامل، وأراد أن يخبرها أن لديه المزيد من الحب في قلبه.

لم يتعب آبي أبدًا من السفر، ومن وقت لآخر، يتذكر حياته في مجتمع يسوع أثناء رحلاته الطويلة. سنة واحدة كمقدم طلب، وسنتان في المبتدئ، وسنة واحدة في العمل المجتمعي. كانت حياة مثيرة مع اليسوعيين. كان اليسوعيون، المتعلمون تعليماً عالياً ومنفتحون وسليمون فلسفياً، مع معتقدات قوية في المجد الأكبر للبشر، ملحدين متطورين. لقد تغيروا وفقًا لعلامات الزمن، ولم يكن لديهم خوف وعدم يقين في أخذ دائرة كاملة من رؤية مؤسسيهم واستبدلوا التمرين الروحي بوهم الله. كان ذلك أمرًا لا مفر منه، لأنهم أرادوا مواصلة عملهم ورسالتهم على أساس متين. كانت رؤيتهم رائعة، وكان عملهم استثنائيًا. ملتزمون بالجوهر، وخالٍ من الكراهية والرثاء، كان اليسوعيون يسيرون إلى الأمام من أجل المجد الأكبر للبشر، حيث اختفى الله والمسيح في ماضٍ شفاف متشابك مع الأساطير والسحر. على الرغم من أن العديد من اليسوعيين كانوا صامتين ظاهريًا بشأن إيمانهم بحياتهم ورسالتهم اليومية، إلا أنهم أعلنوا داخليًا عن أوراق اعتمادهم غير المؤمنة.

التزم اليسوعيون بالمضي قدمًا. كان لديهم الانفتاح والشجاعة ليحلوا محل نظام المعتقد الذي اتبعوه لعدة قرون. كمراقبين حادين للواقع، تسللت عقيدة أخرى من المجتمع من حولهم بناءً على الاكتشافات العلمية. لقد شككوا في أنفسهم ورؤيتهم ورسالتهم وأهميتهم ومكانتهم في المجتمع. لقد كان إدراكًا بأن التغيير أمر حتمي وثابت ولا مفر منه من شأنه أن يساعدهم على البقاء على صلة وليس ضمن مزبلة التاريخ. بدا الاعتقاد الجديد منطقيًا وقويًا، ليحل محل الأفكار القديمة دون أساس وإجابات مقنعة على الأسئلة التي أثيرت أثناء وساطتها وحوارها. أصبح المسيح الأسطوري غير ذي صلة باليسوعيين، واستبدله بالبشر العاديين، الذين لا صوت لهم، والأميين، والمرضى، والجياع، والعراة.

بالنسبة للعديد من اليسوعيين، لم تكن النعمة خرافة ؛ كان لدى الجميع تقريبًا تجربة النعمة. لهذا السبب ترك آبي جمعية يسوع. كان هناك صراع بين الواقعي وغير الواقعي، تجربة حية مقابل حكاية. بقيت النعمة في وعيه ككيان ملهم، وتجسيد حيوي وجريء للحب للاعتزاز به والاستمتاع به في الحياة اليومية، وتغليف متكامل لا رجعة فيه للأحلام التي لا تنسى. احتضن يسوع مريم المجدلية بعد قيامته، وكذلك فعل آبي بنعمة

زار آبي معابد كونارك وبريهاديشوارا وسومناث وكيدارناث ومادوراي ميناكشي وبادمانابهاسوامي وفايشنافوديفي ورامتيك وخاجوراهو بحثًا عن النعمة. بحث داخل التماثيل والمنحوتات المعقدة ليرى وجه حبيبته. في طريقه إلى معبد بادريناث، التقى آبي بأغوري سادهوس، الرهبان الهندوس العراة في جبال الهيمالايا. عرف آبي أنهم تخلوا عن العالم وبقوا سنوات معًا في الكهوف لإرضاء شيفا، إله الغضب والغيرة والدمار والموت العظيم. رقص شيفا لآلاف السنين بغضب وحزن، عندما سمع بوفاة زوجته ساتي. كان إرضاء شيفا ضرورة قصوى للبشر للعيش في سلام، وظهر أغوري سادهوس للقيام بهذه المهمة.

كان الرهبان العراة من الشيفيين، وهم طائفة من المتسولين الهندوس الذين كانوا يعبدون شيفا. حملوا رمحًا ثلاثيًا مثقوبًا بجمجمة بشرية تم جمعها من محارق الجنازة في فاراناسي أو أي محرقة هندوسية، وسافروا في جميع أنحاء الهند. يعتقد بعض الناس أن آغوري سادهوس كان لديه القوة اليوغا للتنقل الآني. كان لديهم سوكشما ساريرا، الجسم الخفي الذي يمكنه السفر بشكل غير مرئي والوصول إلى الوجهة في غضون ثوانٍ. يمكنهم التحكم في الزمان والمكان والقيام بأي شيء كما يحلو لهم. كان الرهبان العراة يعيشون في الغالب في الكهوف، ويلطخون أجسادهم بالرماد، ولا يرتدون أي ملابس، وكان لديهم شعر غير لامع. كان آبي قد رآهم يدخنون الحشيش عندما ذهب إلى ناشيك أردها كومبه ميلا. تجمع المئات من الأغوريين في أوجين خلال شيفاراتري عندما كان آبي في معبد ماهاكالشوار يبحث عن غريس. كما رأى هؤلاء المتسولين العراة يثملون في ديفغار خلال مهرجان شرافان ميلا، مهرجانات المعبد في شهري يوليو وأغسطس، وهم يركضون في مجموعات كبيرة. لكن آبي لم يستطع العثور على جلالته في أي مكان.

قالت إيما: "أغوري سادهوس عازبون، باستثناء معبد كاماخيا في آسام". "يزور المئات منهم المعبد لعبادة مهبل الإلهة شاكتي، قرينة شيفا، والمعروفة أيضًا باسم تريبورا سونداري أو بارفاتي. قام الأغوريون بالإنجاب مع المصلين الإناث الذين توسلوا من أجل ابن يشبه شيفا. كان هناك اعتقاد باطني بأن ممارسة الجنس مع الرهبان العراة في معبد كاماخيا من شأنه أن يعطي ابنًا لامرأة بلا أطفال ويشفيها من كل مرض. فعل إنجاب الأغوري هو اتحاد روحي مع متوسل. ليالٍ بعد ليالٍ، يؤدون الاتحاد الروحي مع النساء الباحثات عن الأبناء، اللواتي ذهبن إلى كاماخيا من جميع أنحاء الهند ونيبال".

كانت إيما تبحث عن الجنس والروحانية بين آغوري سادهوس: رهبان الهند العراة عندما التقى بها آبي في معبد كاماخيا.

شوهدت إيما من هولندا مع راهب عاري شرس المظهر من حين لآخر. كان لدى المتسول جاتا، ودريدلوكس، وكوبرا مع حدقات مستديرة، وقشور ناعمة، وغطاء رأس كبير حول رقبته. كشفت إيما لآبي أنها أجرت محادثات مطولة مع أغوري سادهو وأقنعته بالتحدث معها عن الحياة الجنسية للأغوريين. قالت إن بعضهم أدى ميدهونام. تم استخدام كلمة سنسكريتية لعلاقة أغوري سادهو السرية مع امرأة في خصوصية قصوى للتعبير عن تقديره العميق والمكثف لتلك المرأة. لقد كان عملاً نادرًا، وعادة ما يتجنب أغوري سادهو القيام بذلك. كانت سبعة أيام من التحضير ضرورية، والصيام، والتكفير عن الذنب، وعبادة الكوبرا من قبل المرأة للنقابة. خلال العذراء، *تحول* السادهو والمرأة إلى شيفا وبارفاتي. قام *السادهو* بأداء رقصة ثاندفا، رقصة شيفا، قبل الاتحاد مباشرة، واستمرت حوالي ست ساعات. بعد ذلك، سيكون السادهو على استعداد لتحقيق رغبة أي امرأة من خلال الانخراط في ميدهونام.

ألهمت كلمات إيما الرائعة آبي لرسم صورة للراهب الأكثر شراسة الذي رآه على الإطلاق، وكان يعتقد أن إيما يمكن أن *تثير* السادهو ليقف أمامه لعدة أيام معًا لرسم صورته.

من أوروبا وربما الأمريكيتين، تقاتل عشرات السياح مع بعضهم البعض للحصول على فرصة ليلاحظهم الرهبان المتأنقون ذوو الشعر المطفي الذين لم يستحموا أبدًا إلا في كومبه ميلا. عاشت العديد من النساء من الغرب مع المتسولين العراة المسكرين بالقنب للحصول على تقدير الرهبان.

قبل الوصول إلى معبد كاماخيا، كان آبي في هاريدوار كومبه ميلا، حيث كان المؤمنون يعاملون آغوري سادهوس على أنهم شيفا حي. أمضى آبي أيامًا عديدة هناك بين ملايين الحجاج، عبدة شيفا. كان آبي يبحث عن غرايس. على الرغم من أنه أصيب بخيبة أمل بسبب غيابها، إلا أنه لم يفقد الأمل أبدًا، حيث كان دائمًا يحمل أيام الهالسيون التي قضاها معها في غوا في قلبه.

لأكثر من ستة أشهر، كان آبي في براياغ، أثناء وبعد كومبه ميلا، ونظر إلى الآلاف من الوجوه بين الصدقيين، الراهبات الهندوسيات، يفكر في سعادة اكتشاف شخصية جريس الأكثر روعة فجأة. ومع ذلك، بالنسبة له، بدت أبعد من تصوره.

سألت إيما آبي عن سبب تجوله لسنوات معًا، وأخبرها آبي أنه يبحث عن غريس، حبيبته. شعرت إيما بسعادة غامرة لسماع قصة آبي وقالت إن مثل هذا الحب لا يُرى إلا في جيتا جوفيندام من جاياديفا. أخبرته إيما كذلك أن غريس كانت في حب عميق مع آبي، وأنها ستبحث عنه منذ اليوم الذي غادرت فيه غوا. ربما عادت غريس إلى غوا في غضون أيام قليلة بحثًا عنه، حيث ربما أدركت غريس أن الحياة بدون آبي كانت تافهة. إلى جانب ذلك، قد تكون حزينة وحزينة وبائسة. كانت هناك مفاجأة في سماع آبي لكلمات إيما لأنه أدرك أن المرأة فقط هي التي يمكنها فهم المشاعر العميقة لامرأة أخرى. كان فهمه لإيماءات المرأة وكلماتها وأفكارها ورغباتها وتعبيراتها غير مكتمل أو طفولي، وفشل في فهم مشاعر أفعال غريس ونواياها.

كانت إيما، الباحثة في اللغة السنسكريتية وبالي وبراكريت، في الهند لمدة أربع سنوات وبحثت عن جيتا جوفيندام لدراسات الدكتوراه. في تحفته، وصف جاياديفا، الذي عاش في القرن الثاني عشر، العلاقة بين كريشنا، راعي البقر، و gopikas، حلابات الحليب في فريندافان، كما راس ليلا، ألعاب الحب من شغف الطبيعة العليا. على الرغم من زواجه من روكميني وساتياباما، أحب كريشنا رادها، إحدى حلابات الحليب، أكثر من قلبه. كانت جيتا جوفيندام أجمل وأعمق شعر عن الحب مكتوب بأي لغة. يصور ألم كريشنا بسبب انفصال رادها والفرح المثالي لمشاركتهم.

في الحب، أصبحت رادها كريشنا، وأصبح كريشنا رادها. كان فصل رادها وكريشنا جزءًا لا يتجزأ من اتحادهما. وهكذا، تبين أن رادها هي الفرح السعيد لكريشنا، وتحول كريشنا إلى مجمل رادها. كلاهما كانا متشابهين. أوضحت إيما أن اتحاد رادها مع كريشنا كان نعمة خالصة، ذروة الحب البشري. لقد عبروا عن ذلك في الرقص والغناء والمشاركة وممارسة الحب.

قالت إيما: "انفصالك عن غريس هو في الواقع اتحاد مع غريس".

أجاب آبي: "عندما أبحث عن غريس، أختبر وجودها، وليس لدي وجود منفصل بخلاف وجود غريس".

علقت إيما: "كل الشوق إلى الحبيب هو الشوق إلى الحب واللقاء مع حبيبي".

"أبحث عن النعمة في قلبي، وأتحمل كرب الانفصال، لكنني في الوقت نفسه أختبر الفرح الذي أنتجته في البحث".

"في جيتا جوفيندام، كريشنا ورادها متشابهان. في كل الحب الحقيقي، الانفصال نفسه هو مرحلة من مراحل الاتحاد. إنهم يوحدون الحبيب والحب ككيان واحد ويصبحون كيانًا واحدًا ". حللت إيما.

نظر آبي إلى إيما.

قال آبي: "تبدو كلماتك مثل كلمات غريس، على الرغم من أنك تبدو مختلفًا".

"أنت على حق. الحب هو نفسه في كل مكان. عندما يحب شخصان بعضهما البعض، ويصبح اتحادهما غير منفصل، ينمو حبهما كما يحبان. وتتطور ككيان. وهكذا، يصبح الحب نفسه شخصًا "، أجابت إيما.

"هل هذا هو السبب في أن كريشنا يصبح رادها ورادها تصبح كريشنا في الحب ؟ وفي النهاية، يصبح الحب أسمى من الأشخاص الذين يحبون بعضهم البعض ".

"أنت على حق. أجابت إيما: "حبك لغرايس نفسها هو غرايس".

"أعرف أن حبي هو النعمة، وأن النعمة هي الحب. وأصبح حبي للنعمة شخصًا ثالثًا. نعمة، حبنا، وأنا نفس الشيء. بعد سنوات طويلة من البحث، أصبح البحث نفسه كيانًا ؛ أصبح شوق الحب تجسيدًا للحب ".

قالت إيما: "الآن أصبحت صوفيًا مثل جاياديفا".

"في بعض الأحيان، أعتقد أنني كريشنا، غريس هي رادها، أو كريشنا هي أنا، ورادها هي غريس. إن الألم في انفصالنا ليس سوى الفرح في اتحادنا ؛ كل ما أفعله ينتج عن مثل هذا الألم، والأمل في أن يؤدي إلى نتائج في لقاء الحبيب. إن سعادة ذلك الاجتماع لتصبح واحدة مع غريس لا يمكن إخمادها، وتبين أن مناجاتي معها حقيقة واقعة، وتعبير حقيقي عن وجودها في داخلي وخارجي. في كل لحظة من حياتي، أختبرها ؛ تلك التجربة نفسها هي النعمة، حبيبتي ".

نظرت إيما إلى آبي.

"أنت تختبرها في داخلك وحولك، وأصبحت نعمة. قالت إيما: "إن بحثك عن غريس هو في الواقع بحثك عن نفسك".

"أشعر بذلك لأنه لا يمكن لأحد أن يفصل غريس عني ؛ حتى أنا لا أستطيع. أنا غير قادر على فصل نفسي عني ".

"تحدث معها بلا توقف في عقلك، على الرغم من أنها بعيدة. المسافة لا تفصل الناس، بل الصمت "، أدلت إيما ببيان.

"أعلم أنها تتواصل معي باستمرار. مثل الآغوريين، يتواصل سادهو مع إلهة معبد كاماخيا ".

"استيقظ كل صباح تفكر فيها. عانقها بشغف. اقترحت إيما أن تجعل حبيبك سعيدًا وتنمو معه ".

ابتسم آبي. وكان يعلم أن إيما لديها كنز من المعرفة عن كريشنا ورادها وحبهما. كان لدى إيما أيضًا خبرة عميقة في آغوري سادهو، حيث انتقلت معهم على مدار العامين الماضيين. أرادت إنتاج بحث علمي مع نتائج صالحة على الرهبان العراة حيث لم يتمكن أحد من الوصول إلى حياة هؤلاء المتسولين كما فعلت إيما.

قالت إيما رداً على استفسار آبي عن أصل الرهبان العراة، إن أغوريس سادهوس موجود منذ زمن سحيق. كان هناك عدة آلاف منهم في كهوف الهيمالايا في الوقت الحاضر. خلال كومب ميلاس في ناشيك وأوجين وهاريدوار وبراياغ، احتفل الجميع تقريبًا بجلالة شيفا العظيمة. استمر كومبه ميلا لعدة أشهر، وسار أغوري سادهو عارياً بين المصلين وأدى السحر وسط الطقوس. أضافت إيما أن معبد كاماخيا كان مكانًا خاصًا لهم، حيث أنجبوا شيفا مثل الأبناء وكان لديهم ميدهونام.

"لماذا أنت مفتون بآغوري سادهو".

"لسنوات عديدة، بعد مجيئي إلى الهند، انغمست في الحب بين كريشنا ورادها من جيتا جوفيندام، كما صورها جاياديفا. عندما أكملت دراستي وقدمتها إلى الجامعة للحصول على الدكتوراه، واجهت فراغًا في معرفة المزيد عن الهند. بدأت أقرأ عن حب شيفا وبارفاتي، الذي وجدته عميقًا ومثيرًا، مثل كريشنا ورادها. كان وعيًا جديدًا بأن الأغوريين كانوا ملتزمين بشيفا ؛ قد يشاركون الحب بين شيفا وبارفاتي. لم أكن مخطئًا، حيث انغمس بعضهم في ميدهونام مع أشخاص يقدرونهم بعمق "، أوضحت إيما.

"لكنهم عازبون"، أدلى آبي ببيان.

"نعم، إنهم عازبون. إن الإنجاب الذي يقومون به مع النساء اللائي ليس لديهن أطفال ليس ضد العزوبة. ليس الاستمتاع بممارسة الحب ولكن واجب ذو أهمية قصوى في حياة المرء. وبنفس الطريقة، فإن ميدهونام ليست عملاً ضد العزوبة ؛ إنها تلبي احتياجات ورغبات المحب المعبر عنها. يأمرهم شيفا بأداء هذا الواجب، ولا يمكن لأغوري سادهوس تجاهل التوق العميق لأتباع شيفا. قالت إيما: "يمكنك رؤية مثل هذه الأحداث في شكل واجب في الملاحم الهندية".

"كيف ومتى يصبح الشخص سادهو ؟"

"يختبر *الأغوريون* الشخص بدقة قبل قبوله في أخارا، مدرسة تدريب الرهبان العراة. يحتاج الطموح إلى أخذ *ديكشا*، تكريس في احتفال ديني، ليصبح راهبًا. إنها مبادرة من قبل المعلم من الشيشة، تلميذ. يترك الشيشة كل شيء وينضم إلى المعلم، الذي يقبله كابن، وشخص مستعبد، لتعلم تعويذة المعلم. إلى جانب ذلك، تم إعطاؤه اسمًا جديدًا من قبل المعلم "، أوضحت إيما.

"ما هو تعويذة المعلم ؟"

"تعويذة المعلم هي الكلمة الرئيسية التي أعطاها المعلم للشيشة. عادة ما يكون اسم الله، ومن المفترض أن ينشد التلميذ هذا الاسم بلا توقف. كما لو أنك تكرر اسم حبيبك باستمرار ؛ أنت دائمًا تغني اسم النعمة "، أوضحت إيما.

نظر آبي إلى إيما. "لقد أعطيتني مثالًا ثمينًا. النعمة هي دائما معلمي، حبيبي ".

"يمكن أن تكون المرأة مصدر إلهام للرجل. النعمة هي مصدر إلهامك. أنا مصدر إلهام لأغوري سادهو الذي أعبده. أناديه بابا، وهو يناديني شاكتي وأحيانًا بارفاتي ديفي أو تريبورا سونداري. يعتقد أنني قرينته. قالت إيما: "سأكتب كتابًا عنه عندما أعود إلى هولندا".

"ماذا يفعل الشيشة لمعلمه ؟"

"بالنسبة للشيشة، إنه تكريس نكران الذات للمعلم. يقوم التلميذ بالتكفير عن الذنب وطقوسه الأخيرة، *بيندا دان* وشرادها، ويعتبر نفسه ميتًا لوالديه وأفراد الأسرة الآخرين. كما أنه يتخلى عن جميع الممتلكات الدنيوية ليصبح تلميذًا ويرفع نفسه أخيرًا إلى أغوري سادهو ".

"ما هي عملية التحول، وكم من الوقت يستغرق التحول إلى أغوري سادهو ؟"

"يخلع أغوري سادهو، المعروف أيضًا باسم *ناغا سادهو*، ملابسه بشكل دائم، ويأكل أي شيء معروض عليه، وينام دون سرير وسرير ووسائد وملاءات سرير على الأرض. عادة ما يستغرق الأمر من عشر إلى خمس عشرة سنة من التدريب الصارم. اختبار سنوات عديدة من العزوبة هو جزء منه. لا يقبل المعلم التلميذ إلا عندما يتفوق في العزوبة والطاعة والتخلي. لذلك، فإن المشاعر المثيرة غريبة على أغوري سادهوس "، قالت إيما.

"لماذا يحتفظون بالشعر المطفي ؟"

"يعتقد الآغوريون الساديون أن المجدل يمنحهم قوى باطنية. تستقر طاقة قوة الحياة في الرأس، ويحميها الشعر المطفي ويجعل الشخص قويًا جسديًا وعقليًا. وجود شعر معقود يمنع هروب طاقة قوة الحياة. السبب الأكثر أهمية هو أن الشعر المطفي يعطي انطباعًا بأن السادهو هو تجسيد لشيفا ويوفر قوى خارقة للطبيعة مثل شيفا. كلهم يعتبرون الخوف طبيعيًا للشعر. وهكذا، قاموا بلف شعرهم الفضفاض لتشكيل شكل يشبه الحبل. عادة ما يستغرق الأمر حوالي عام واحد لرهبة الشعر "، أوضحت إيما.

"ما هو الغرض من حياة *أغوري سادهو* ؟"

"من الصعب تحديد الغرض من حياتهم. يقول الكثيرون إن موكتي أو موكشا هما التحرر من الحياة الدنيوية. إنهم صامتون عن الله. قالت إيما: "الكثير منهم ملحدون".

"لماذا يمشون عراة."

"إن الأغوريين الساديين يتخلون تمامًا عن الأشياء الدنيوية. لذلك، فإن العري هو علامة على التخلي عن الحق في الحيازة. لهذا السبب لا يزينون أجسادهم. إنها علامة على الحرية المطلقة، المكانة الأصلية للبشر. العري يتحدى الله، فالله عاري، ويريد البشر أن يكونوا مثله، وهو ما يكرهه. من خلال العري، ينمو الإنسان إلى الألوهية ويحقق كل القوى الخارقة للطبيعة. إنه ينفي قوة الله ويقلله إلى إنسان. الشخص، عندما يكون عارياً، يخلو من الخجل والرغبات والغيرة والغطرسة والخمول ويتغلب على جميع القوانين البشرية والقوانين التي صنعها الله. يحقق الشخص العاري بُعدًا مختلفًا للحياة يتجاوز الدين والأخلاق والقوانين المدنية أو الجنائية. لا يوجد مرضى نفسيون، ومصابون بالفصام بين الأغوريين، وهي ظاهرة تستحق الدراسة. تشمل العادات غير المنقطعة الحفاظ على الجاتا والمجدل وتلطيخ الجسم بالرماد. ارتداء خيط من مائة وثمانية خرزات رودراكشا هو عمل مقدس. يتم ارتداؤه لتجربة السلام والسعادة والهدوء. قالت إيما: "رودراكشا هي بذرة شجرة تدعى Elaeocarpus Garniture".

"كيف تتم معالجتها عادة، وأين يقيمون ؟"

"يُعرف أغوري سادهوس باسم دونجوالي بابا. فهي باطنية وسحرية وغير تقليدية. إنهم يحملون رماحًا متوجة بجماجم بشرية ولا يقيمون في المدن والبلدات والقرى، إلا عندما يحضرون كومب ميلا أو يزورون المعابد ".

كان آبي حريصًا على معرفة "كيف يسافرون لمسافات طويلة، مثل من جبال الهيمالايا إلى كاماخيا".

"يسافرون عن طريق التنقل عن بعد اليوغي. نظرًا لأن الأغوري سادهو لديه سوشما ساريرا، وهو جسم خفي، فإنهم ينتقلون من مكان إلى آخر في غضون ثوانٍ. وأوضحت إيما أن سادهوس ذو الخبرة العالية وكبير السن يمكنه التحكم في الزمان والمكان ".

"ماذا يأكلون."

"إنهم يأكلون أي شيء متاح، بما في ذلك اللحوم، ولكن مرة واحدة فقط يوميًا. إذا لم يكن الطعام متاحًا، فإن *الأوغوريين* يتضورون جوعًا لعدة أيام معًا ".

تأمل آبي في ما قالته إيما. كانت حياة *أغوري سادهوس* رائعة حيث وفر التخلي عن الملكية الدنيوية والملذات القوة والقوى السحرية. لقد اختبروا الاتزان، وهو شعور لا يصدق أكثر بكثير من السعادة والفرح. كان تعريهم، الحالة السامية للعملية التطورية للشخص، تعبيرًا عن الحرية والتحرر من الرغبات والجنس. أصبح *الساديون* مثال آبي، حيث يمكنهم فهم عدم وجود هدف للحياة أفضل بكثير من أي شخص آخر. تنبت فيه شوق لاحتضان كل ما *فعله أغوري سادهو*، كن مثلهم مع *جاتا*، دريدلوكس، ترايدنت مع جمجمة بشرية، كوبرا حول الرقبة، وجسم مكسو بالرماد. أصبح التأمل في الكون في كهوف جبال الهيمالايا، وزيارة كومبه ميلاس، والغطس المقدس في نهر الغانغا، وجودافاري وبراهمابوترا توقًا شديدًا. أراد أن

يتجاوز جسده القابل للتلف ويبدأ رحلة إلى عالم الوجود الخالد، والمعتقدات والإيمان الخارجي، ووسائل الراحة والسعادة، والجنس والرغبات، والطعام والأطباق الشهية، والقوانين واللوائح، والآلهة والآلهة. رسم ألف صورة لنفسه على *أنه أغوري سادهو* في خياله وكرسها جميعًا لنعمته الحبيبة. تطور الملحد في أفكاره وأفعاله، وسافر آبي مثل أغوري سادهو *في سوشما ساريرا*، حيث لمس عقله الخلود، الوجود بلا جوهر.

إلهة كاماخيا

أصبحت إيما وآبي صديقين حميمين في غضون ثلاثة أشهر. رسم آبي صورة لإيما، والتي استغرقت حوالي شهرين لإكمالها. كان للوجه في الصورة العديد من ملامح جريس، واستطاعت إيما ملاحظة تلك التغييرات المعقدة، وعرفت أنه كان مزيجًا من وجهها ووجه جريس. سمى آبي الصورة "صديق الراهب العاري". وقع آبي على الفن: عازب، وتحت التوقيع، كتب إلى إيما، صديقتي، وهبها لها. شعرت إيما بسعادة غامرة للحصول عليها، ووعدت آبي بأنها ستعرض الصورة على الراهب العاري، الذي أطلقت عليه اسم بابا.

أخبر آبي إيما أن لديه رغبة صادقة في رسم صورة للبابا.

قالت إيما: "لكن *بابا* يكره الدعاية ؛ إنه يكره شخصًا يتدخل في حياته الخاصة".

"أعلم أنه رجل مكرس. ومع ذلك، كانت لدي رغبة عميقة في رسم صورته بمجرد أن قابلته. لديه شخصية فريدة، لأنه يشبه شيفا. قال آبي: "على الرغم من أنه شرس المظهر، فقد يكون لديه قلب طيب".

طمأنت إيما: "سأبذل قصارى جهدي لإقناعه".

بعد أسبوع من المحادثة، رأى آبي بابا يسير نحو المعبد من مسافة بعيدة، وكانت إيما إلى جانبه. توقف بابا عن المشي بمجرد أن رأى بابا آبي، ووقف لثانية، ونظر إلى آبي. لاحظ آبي أن شعر *سادهو* المطفي ذهبي، وجسده مغطى بالرماد. *لمس* خيط رودراكشا مع مائة وثمانية خرزات سرته. كان عري بابا جذابًا، مما أعطاه مظهرًا مهيبًا لأن آبي لم يواجه أبدًا مثل هذه الشخصية المهيبة. فجأة استأنف *البابا* مسيرته ودخل المعبد.

أخبرت إيما آبي أنها عرضت الصورة، صديق الراهب العاري، على *بابا*، ونظر إليها لثانية وأخبرها أن الصورة سريالية ورمزية، وانصهار شخصين. أراد الفنان أن يرى المرأة التي يحبها في وجه صديق الراهب. وقال كذلك إن الفنان كان انطوائياً ذكياً.

فكر آبي في كلمات *بابا*.

"هل أخبرته عن رغبتي في رسم صورة له ؟" سأل آبي.

"نعم. لكن *بابا* قال إن مثل هذه الأشياء لم تحدث من قبل. ومع ذلك، يمكن أن تحدث أشياء جديدة في المستقبل. الحياة دائمًا جديدة، وكان حرًا في التخلص من القديم ".

أصبحت رغبة آبي في مقابلة *بابا* ورسم صورته شديدة. امتلأ عقله بالأغوري سادهو، وتخيل آبي كيف سيرسم الشكل الشرس مع المجدل، والكوبرا حول عنقه، وجسمه الملطخ بالرماد، وعريه. كانت نظراته مثيرة وأنيقة وساحرة.

أخبرته إيما أن جميع الرهبان الآخرين يحترمون *بابا*، وكان دائم الشباب في الأفكار والأفعال. بعد تخرجه في الفيزياء من معهد العلوم في بنغالور، وحصل على درجة الدكتوراه في فيزياء الكم من المعهد الهندي للتكنولوجيا، تخلى عن حياته المهنية كأستاذ وثروة ليكون متسولًا لإيجاد السلام مع الكون.

"بالنسبة له، ليس للوجود البشري غرض خاص، ولا توجد روح، ولا حياة بعد الموت. للتطور هدف محدود: كل شيء يؤدي إلى الشونية، أو الفراغ، أو الفراغ. سيختفي الكون، وسيظهر آخر بقوانين مختلفة تمامًا، وستكون عملية مستمرة. في المظهر التالي، سيكون كل شيء مختلفًا، ولا يمكن للمرء التنبؤ بما سيحدث. لكن التنبؤ ممكن فقط بناءً على تاريخ ما حدث وما يحدث هنا والآن. لا يوجد خير ولا شر في حد ذاته ولا إله ولا شيطان ".

كانت كلمات إيما ملهمة. وجد آبي معنى جديدًا في حياته متجاورًا مع أغوري سادهو. نما احترامه لبابا بشكل متشعب، وأراد التحدث معه ورسم صورته.

بعد ثلاثة أيام، رأى آبي بابا يسير نحو المعبد مع إيما. فتن آبي بشخصيته العارية والمبنية جيدًا والطويلة. أراد أن يأخذه بملئه في الصورة. ستكون المحاولة الأولى من قبل أي شخص، وستكون شيئًا فريدًا.

بعد مرور بعض الوقت، رأى آبي إيما تقترب منه.

"آبي، *بابا*، يريد مقابلتك. قالت: "تعال معي".

سأل آبي وهو يمشي معها: "أين هو ؟".

"إنه يجلس تحت شجرة البانيان، يتأمل. لقد تحدثت عن رغبتك في رسم صورته. قال لي إنه سيناقش الأمر معك "، أوضحت إيما بينما كانت تأخذ منعطفًا نحو الجانب الأيمن من المعبد. انتشرت شجرة بانيان ضخمة على مساحة شاسعة، ورأى آبي بابا يجلس تحت الشجرة وكان يتأمل.

وصلت إيما وآبي إلى مكان جلوس بابا. كان يجلس القرفصاء على مكان مرتفع مبني حول شجرة. كان هناك العديد من المصلين والمصلين ؛ بعضهم كان يتأمل. كان بابا في بادماسانا، وضعية اللوتس في اليوغا، وعيناه مغمضتان.

وقف آبي وإيما أمام بابا. بينما كان يجلس في مكان مرتفع، رفع آبي رأسه قليلاً لرؤية وجهه.

"إذن، أنت عازب"، سمع آبي فجأة بابا يتحدث إليه. كانت عيناه لا تزالان مغمضتين.

قال آبي: "نعم، بابا".

"لكنك لست من السادهو لتكون عازبًا. البقاء عازبًا يتعارض مع هدف حياتك. تحتاج إلى الإنجاب ؛ هذا هو الغرض من حياتك ".

"لماذا لا أستطيع الاستمرار في أن أكون عازبة ؟" سأل آبي.

"هذا السؤال غير ذي صلة. أنت في هذا العالم للإنجاب. عندما أنجبك والداك، تحتاج إلى إنجاب أطفالك ".

نظر آبي إلى بابا ووجد أنه كان انعكاسًا عميقًا لكنه شعر بوعي بابا الداخلي يتحدث إليه.

"الرجل الذي لا يخلق حياة جديدة لن يحصل على التحرر أبدًا. ليس لديه موكتي ولا موكشا. سيولد من جديد مرارًا وتكرارًا حتى يخلق حياة بشرية. أنت إلهك وقم بواجبك. حتى العازب مطلوب لخلق ذريته. إنه واجبه " ، أوضح بابا.

قال آبي: "أفهم يا بابا".

كان هناك صمت طويل. وقف آبي ساكنًا، وكان بإمكانه رؤية بابا يتنفس دون إصدار أي صوت، وكان ساكنًا، جالسًا مثل تمثال بوذا. اعتقد آبي أن بابا قد غلف الكون كله داخله، وأن التوهج الناتج عن هذه العملية غلف آبي.

قال آبي بصوت عالٍ: "بابا، لا أستطيع تحمل ذلك".

"ماذا ؟" سأل *بابا*.

أجاب آبي: "الضوء الذي ينعكس عليك".

"النور هو خلق عقلك ؛ إنه ليس خارجيًا، ولكنه داخلي. أنت النور. كن هادئًا، وانظر إلى نفسك، واختبر وجودك. راقب نفسك، وتخلص من ملابسك، وشاهد أصابع قدميك وساقيك وفخذيك وأعضائك التناسلية والسرة والبطن والصدر والرقبة والكتفين والفكين والفم والأنف والأذنين والخدين والعينين والجبين والشعر. المس أعضائك الداخلية. إنهم يهتزون ؛ أنتم أعضاؤكم. اشعر بهم وأحبهم. أدرك أنك عارٍ مثل المولود الجديد، طبيعتك الحقيقية. أحب جسمك ؛ واستمتع بعريتك ؛ وقدّر وجودك. كن ممتنًا لنفسك لمشاعرك. كن واحدًا معك وتحكم في عقلك ؛ ركز عليك لأنك معلمك ". سمع آبي بابا. كان صوته مثل الرعد.

وقف آبي ساكناً وتوسط بشأن بابا. أزال عملية تفكيره من ذهنه ؛ أصبح التفكير فارغًا. كان الفراغ ممتعًا ومبهجًا واعترف آبي بأنه كان بمفرده، غير مصحوب. كان الكون داخله، داخل الكون، كما لو كان إشراك الوحدة مع الكون كله، تجربة بامتياز، التنوير في العزلة. أحاط به اتساع، وتطور إلى ذرة بدون وزن وكتلة ؛ كانت ضخامة داخلها. كان هو الحد واللامحدودية

والعدم. كان هناك ضوء أبدي، ولا حتى شظية من الظلام، وسافر بأضواء تتجاوز المكان والزمان والتفكير في عالم الوعي والتنوير. كان آبي خفيفًا، موجودًا في الوعي.

ربما قضى آبي وقتًا طويلاً من هذا القبيل. عندما فتح عينيه، لم يكن بابا هناك، وذهبت إيما. كان يقف هناك لأكثر من تسع ساعات دون أي وعي بالعالم. فجأة فهم آبي ما هو التأمل، وحتى في الخطوة الأولى، كان بإمكانه تجربة الغيبوبة. كان يتعلم طبيعة المراحل المختلفة التي تتصدر التعويذة، ونهائية التفكير. خلال أربع سنوات من التدريب المكثف مع اليسوعيين، لم يكن من الممكن أن يحظى بمثل هذه التجربة، وكانت غريس في ذهنه باستمرار. حتى القديسة تريزا من أفيلا أو القديس فرنسيس الأسيزي ربما لم يختبرا مثل هذا الشعور العميق بالذات. كان التأمل رحلة عبر الذات ؛ كان تجربة للشخص. كانت تكتسب السيطرة على الأنا، وتتجاهل كل الأفكار الدنيوية وتحتضن العدم. كان الهدف النهائي هو إفراغ الذات، والتحرير، والموكتي، والموكشا، وعالم شونيا.

بعد يومين، قابلت إيما آبي وسألت: "كيف كانت تجربة الاجتماع مع *بابا*".

"لقد كانت تجربة رائعة، في الواقع، تجربة باطنية. أجاب آبي: "إن أخذي إلى مملكة عدم الوجود كانت رحلتي الأولى إلى ما وراء الزمان والمكان".

قالت إيما: "في ذلك اليوم، انتظرتك لمدة ساعتين، لكنك كنت في غيبوبة ؛ ووقفت هناك دون أي حركة، ودون وعي بما كان يحدث حولك".

أجاب آبي: "نعم، كنت هناك لأكثر من تسع ساعات".

"هذه هي الروحانية البوذية والتأمل. لست بحاجة إلى إله لتكون صوفيًا.يتأثر بابا بشكل كبير بالبوذية، على الرغم من أنه من محبي شيفا. تستند أفعاله إلى اكتشاف الذات، والتعمق في الذات، وفهم الذات، ومعرفة الذات. تمارس في بوذية الهينايانا من قبل معلمين عظماء، والتي تعلمها يسوع في الهند "، قالت إيما.

تساءل آبي: "كيف تربط يسوع بالبوذية".

"هناك اعتقاد قوي بأن يسوع أصبح راهبًا بوذيًا. تعلم مبادئ وفلسفة البوذية أثناء وجوده في الهند لمدة عشرين عامًا تقريبًا. وصل يسوع إلى هنا مع التجار عندما كان يبلغ من العمر اثني عشر عامًا ودرس تحت إشراف معلمين بوذيين وهندوس. كان في الهند، حيث كان هناك العديد من الجاليات اليهودية، خاصة في كشمير وساحل مالابار. تقول إيما إن يسوع كان في جامعة نالاندا لفترة طويلة ".

ثم جلس آبي وإيما تحت شجرة بانيان وجهاً لوجه.

"هل هناك أي دليل تاريخي على زيارة يسوع للهند ؟" سأل آبي.

"لا توجد أدلة. حتى عن حياة يسوع ووقته، لا يوجد دليل تاريخي. لم يكتب الرومان، حكام فلسطين، أي شيء عن يسوع، على الرغم من أنهم كانوا دقيقين في التسجيل الفعلي للأحداث التي وقعت في إمبراطوريتهم. ولكن هناك تقاليد قوية. جاء يسوع إلى الهند لتعلم القيم البوذية والأفكار وتعاليم بوذا. أوضحت إيما أنه أصبح راهبًا رئيسيًا، ثاني أهم شخص في البوذية بعد بوذا ".

علق آبي: "أنت تقول إن البوذية أثرت على المسيحية".

"إنه أكثر بكثير من مجرد تأثير. المسيحية هي نسخة من البوذية. بعد عودته إلى فلسطين من الهند، لم يعظ يسوع بالدين ولكنه مارس طريقة حياة جديدة لليهود. كان الإله الذي أسقطه يسوع في إنجيل متى مختلفًا تمامًا عن إله العهد القديم. كشف يسوع عن إله محب ولطيف، إله متسامح ومشجع. في العهد القديم، كان الله طاغية قاسيًا "، حللت إيما.

"من أين حصل يسوع على مفهوم إله محب ولطيف ؟" استفسر آبي.

"بالنسبة ليسوع، كان الله رمزًا للخير والوحدة واللطف، وليس شخصًا، وليس كيانًا. لنفترض أنك قرأت *لاليتافيستارا*، سيرة ذاتية لبوذا مكتوبة باللغة السنسكريتية مباشرة بعد وفاة بوذا ؛ سوف تعرف أشياء كثيرة في الأناجيل استعارها الكتاب ونسخوها ورفعوها من *لاليتافيستارا*. يمكنني أن أعطيكم بعض الأمثلة. في لاليتافيستارا، ولد بوذا لعذراء ويعرف باسم ابن الإنسان. اختار بوذا تلاميذه من عامة الناس وسافر في جميع أنحاء شمال الهند. يسوع، أيضا، ولد من عذراء. اختار تلاميذه من عامة الناس وسافر في جميع أنحاء تلك الشظية من أرض فلسطين. عاش بوذا قبل يسوع بخمسمائة عام وأجرى العديد من المعجزات، مثل معجزات يسوع. شفى بوذا المرضى، وأعطى البصر للمكفوفين، وساعد الصم على السمع، وشفى الأشخاص الذين عانوا من الجذام، وقام يسوع أيضًا بذلك. شفى بوذا شخصًا معاقًا جسديًا وطلب منه المشي حاملاً سريره، وفعل يسوع الشيء نفسه. مشى بوذا فوق مياه نهر الغانج. اعتقد تلاميذه أن الروح هي التي كانت تمشي. وسار يسوع على بحيرة الجليل، وظن تلاميذه أنه روح "، أوضحت إيما.

علق آبي: "بشكل مثير للدهشة، نسخت الأناجيل العديد من أحداث وأنشطة يسوع من الكتب والأدب البوذي المقدس ؛ على ما يبدو".

"في لاليتافيستارا، هناك قصة أرملة عرضت عملة معدنية صغيرة في المعبد. وفي الإنجيل، وفقًا لمرقس، أثنى يسوع على أرملة، قدمت لها عملة معدنية صغيرة. ضاعف بوذا الطعام وأطعم عدة آلاف من الناس، وفعل يسوع الشيء نفسه أكثر من مرة. هناك العديد من الحوادث المماثلة التي قام بها بوذا وقلدها يسوع. لاهوت المسيحية هو البوذية، التي اكتسبها يسوع عندما كان في الهند. قالت إيما: "إن مفهوم وممارسة التأملات والصلوات والتمارين الروحية والصيام والتوبة للمسيحيين الأوائل قد تم رفعها من البوذية".

"من أين حصلت على كل هذه المعلومات ؟" سأل آبي.

"لقد قرأت العديد من الأدب السنسكريتي والبالي والبراكريت الأصلي. لقد قارنت تعاليم بوذا ومعجزاته بتعاليم يسوع ومعجزاته. لا أحد يستطيع إخفاء تأثير بوذا على يسوع، لأنه لا يمكن إنكاره. عاش الرهبان البوذيون في تنازل مطلق، معتمدين على الصدقات التي تلقوها من الناس، مثل رهبان المسيحية المبكرة. كان الرهبان البوذيون زاهدين وعلماء وفلاسفة عظماء. رفع بعض العلماء تدريجيًا بوذا إلى مكانة الله في بوذية ماهايانا. حدث الشيء نفسه في المسيحية، مثل القديس بولس، الذي حول يسوع إلى المسيح، الله. لكن بوذا ويسوع لم يدعيا أبداً أنهما الله "، أدلت إيما ببيان.

استفسر آبي عن مكان وجود بابا، وأخبرته إيما أن بابا ذهب إلى هاريدوار وزار برايااغ، أوجين وعاد في نفس الصباح. نظر آبي إلى إيما في مفاجأة، وأخبرته إيما أن بابا استخدم التنقل عن بعد، ولم يستغرق الأمر وقتًا للسفر. أبلغت إيما آبي أن بابا أعرب عن استعداده للوقوف أمام آبي لالتقاط صورة في اليوم التالي. سمع آبي بسعادة غامرة. كان هناك هدوء نادر في ذهن آبي ؛ ازدهر الأمل في قلبه، وأعرب عن حماسه للقاء بابا.

في اليوم التالي، بدأ آبي في رسم الصورة. جلس البابا تحت شجرة البانيان في بادماسانا. انعكس السلام والوئام على وجهه على الرغم من أنه أغمض عينيه، وبدا أنه كان في تأمل عميق. لكن بالنسبة لآبي، كانت عيناه مفتوحتين على مصراعيهما مثل شمس الصباح فوق نهر براهمابوترا. أومض *رودراكشا* الخاص به، ووقف الثعبان على رقبته. كانت المجدل رائعة، وكان قمر الربع الأول الذي ظهر فوق رأسه مشرقًا نادرًا كما لو كان جالسًا تحت القميص. كان الشفق أثيري. بدا بابا وكأنه مزيج من شيفا وبوذا.

كان آبي يعمل كل يوم لمدة ثلاث إلى أربع ساعات. أخبرته إيما أن بابا كان يزور معابد شيفا في جميع أنحاء الهند، ويتحدث مع بوذا، ومعلمي البوذية العظماء الآخرين، أو ريشي الهندوسية، أو يسوع الناصري خلال تلك الساعات. رأى آبي *بابا* في صورته الافتراضية، مما يعكس وعيه ووجوده. لم يتمكن أي شخص آخر غير آبي من رؤيته جالسًا بجانب شجرة البانيان. عندما سار حول المعبد، ظل يعشق، غير مرئي، لأن الجميع، باستثناء أولئك الذين يعتقد *بابا* أنهم مؤهلون، يمكنهم رؤيته.

استمرت اللوحة لعدة أسابيع، وفي وقت فراغ آبي، زارته إيما.

أجرت إيما وآبي مناقشات طويلة حول شيفا، والشيفية، وهينايانا، وماهايانا، والإيسينيين، والناصريين، وغيرها من المجتمعات المسيحية الأصلية خارج الفلسفة اليونانية والسياسة الرومانية. وجد آبي أن معرفة إيما بالأدب السنسكريتي والبالي والبراكري وفهمها لشيفا وكريشنا وبوذا ويسوع كانت لا مثيل لها.

"إيما، ما الذي تكرهينه أكثر ؟" فجأة، طرح آبي سؤالًا ابتعد عن الموضوع الرئيسي لمناقشتهم.

نظرت إلى آبي وقالت بصوت منخفض: "أنا أكره الأصوليين الدينيين والمتعصبين. أنا أكره السياسيين الذين ليس لديهم تعاطف وغير أمناء وقاسيين ومستبدين. أنا أكره الأشخاص الذين يتخلون عن زوجاتهم ".

وأشار آبي إلى أن "معظم القادة الدينيين والسياسيين يندرجون تحت هذه الفئات".

أجابت إيما: "في الواقع".

"بماذا تؤمنين يا إيما ؟" سأل آبي مرة أخرى.

قالت إيما: "أنا أؤمن بالرحمة واللطف والمنطق والعقلانية والمساواة والتعاطف وكرامة وحقوق الإنسان والحيوان".

قال آبي: "يبدو أنك تريد أن تقول شيئًا أكثر".

"نعم، آبي. [NEUTRAL]. أحب الجنس ؛ هذا هو الحب الخالص مع شخص أحبه بعمق وأعجب به. قالت إيما: "إنه الفرح المطلق، أجمل عمل في هذا العالم".

"هل ممارسة الحب مثل هذا الفعل الجميل ؟" سأل آبي.

"بالتأكيد. آبي، أنت عازب، ولم تختبر ذلك من قبل. إنه فرح محض إذا كنت تحب شخصًا. مع الحب، يأتي الإعجاب ؛ مع الإعجاب، يحدث الاتحاد. يمكنك ممارسة الجنس مع أكثر من شخص واحد إذا كنت تحبهم بملئهم. حب العديد من الأشخاص ممكن إذا لم تكن أنانيًا. كما ترى، يستمتع كريشنا بالراسليلا، ممارسة الحب الحقيقي مع العديد من الجوبيكا، حلابات الحليب، على الرغم من أنه كان لديه زوجتان وأحبهما بعمق. كان يحب رادها، إحدى حلابات الحليب، بشدة. قالت إيما: "أصبح كريشنا رادها، واعتقد أن ممارسة الحب معها كانت الاتحاد المثالي لجسدهما وروحهما، وكلاهما يعتزان بها بشدة".

سأل آبي: "هل الجنس، ممارسة الحب، تجربة روحية".

"مفهوم الروحانية لا قيمة له ومزيف لأنه لا يمكن أن يوجد خارج البشر، وداخلهم، يخضع للصفات الإنسانية الأخرى. إذا كنت شخصًا جيدًا لا يؤذي الآخرين، فأنت صادق ؛ إنها متفوقة على الروحانية. الجنس هو اتحاد شخصين في الحب، على استعداد لمشاركة جسدهما ومشاعرهما الداخلية. مثل هذا الاتحاد ممتع وذو مغزى ودائم ؛ لا يمكن للروحانية أن توفره. إنه لا يطالبك بالزواج من الشخص، لأن الزواج هو حجر عثرة للحب. تحتاج إلى الحب مثل البشر الأحرار، دون أي ارتباط، وفي الوقت نفسه ملتزمون بعمق ومحبوبون "، كانت إيما قاطعة.

فكر آبي للحظة ثم سأل: "هل تحب وتعجب بالكثيرين ؟".

"أنا أحب وأعجب بشيفا وكريشنا وبوذا ويسوع الناصري. قالت إيما: "لو كنت مع كريشنا، كنت سأطلب من *كريشنا* أن يعتبرني جوبيكا، وبالنسبة ليسوع، أنا المجدلية".

علق آبي: "ومع ذلك، كان بعضهم شخصيات أسطورية".

"نعم، المهابهاراتا والكتاب المقدس ليسا قصصًا حقيقية. وهم في الغالب وهميون ؛ ولا يحتاج المرء إلى اعتبارهم واقعيين. تبدأ المشكلة عندما يؤمن الناس بالخرافات ويقبلونها كحقائق وعلم سحري. لكن الشخصيات الخيالية لها طبيعة حقيقية لأننا خلقناها من خلفياتنا الشخصية والاجتماعية والنفسية والاقتصادية. لقد خرجوا من معتقداتنا ورغباتنا ومخاوفنا وإخفاقاتنا ونقاط ضعفنا. إنهم يمثلوننا ويدافعون عنا ويتحدثون ويقاتلون من أجلنا. نحن نقبلهم كأشخاص حقيقيين، ويتجاوزوننا تدريجياً، ويتغلبون علينا ويتطورون إلى أبطالنا ومثلنا العليا وأسس الإيمان والآلهة. إنهم يجمعون الثروة والألوهية والقوة، وهو أمر يستحيل محوه. يقررون قيمنا وعاداتنا وقواعدنا وقوانيننا ؛ والتحدث ضدهم خطيئة وجريمة. إنهم يعاقبوننا من خلال بشر آخرين، ويمكن أن تكون العقوبة قاتلة في كثير من الأحيان عن طريق قطع الرأس أو إطلاق النار أو الشنق. يبلغ عمر البشر حوالي عشرة آلاف سنة، ولكن لا يوجد إله في الوقت الحاضر لا يزيد عن خمسة آلاف سنة. للإطاحة بالآلهة، يجب أن تظهر حضارة أخرى. ذات مرة كانت أقوى العوامل الحاسمة في حياة الإنسان، اختفت آلهة بلاد ما بين النهرين ومصر واليونان في غياهب النسيان. ستختفي آلهتنا الحالية عندما يظهر البشر الرقميون لأن الآلهة ليس لها دور تلعبه في العالم الجديد. ستصبح العبادة والروحانية قصص الماضي ". أوضحت إيما.

"هل بابا إله ؟"

"*بابا* ملحد ؛ إنه ليس أسطورة ؛ إنه حقيقي ؛ أنا أحبه وأعجب به. لم أسأل أبداً عن خلفيته أو عمره. الآن أنا أحب وأعجب بشخص آخر "، قالت إيما وهي تنظر إلى آبي.

"أنت تحبني، معجب بي ؟" أدلى آبي ببيان مثل سؤال.

أجابت إيما: "بالتأكيد".

"لكنني عازبة وواقعة في حب جريس. أنا متأكد من أنها كانت تنتظرني على مدى السنوات العشر الماضية،"قال آبي

"الجميع عازبون قبل ممارسة الحب لأول مرة. لا يزال بإمكانك أن تحب جريس بعمق حتى بعد وجود علاقة مع شخص يحبك، مثلي،"كانت إيما منفتحة وجريئة.

قال آبي: "دعني أفكر في الأمر".

ابتسمت إيما: "ممارسة الجنس معك هي رغبتي العزيزة".

كانت ابتسامتها أقرب إلى ابتسامة غريس. كانت إيما ذكية وعقلانية وشجاعة وذكية مثل غريس وشاركت العديد من صفاتها. كانت غريس واجهة *أخرى* لإيما، غير مرئية، غير معلنة، غير معبر عنها وغير واعية. لو كانت إيما في سينغويريم، لكانت تصرفت مثل غريس، ولو كانت غريس مع *بابا* في كاماخيا، لكانت تصرفت مثل إيما. لكن مصادفة دعوة إيما غزت الذات الداخلية لآبي وبدأت صراعات داخلية مثل دعوة غريس للبقاء معها ليلة واحدة. لم يكن هناك فرق، حيث كانت النوايا هي نفسها. لم يكن لمس جريس كما لو كان معانقتها ألف مرة في عملية التفكير، وحملها في ذراعيها مثل حجر ثمين. أظهرت إيما عواطفها علنًا، لكن غريس بمهارة.

شخصية غريس الساحرة لا تزال تغلبت على آبي تماما. على مدى السنوات العشر الماضية، كان يبحث عنها. كان يدرك أنه نذر العفة في مجتمع يسوع، وبمجرد مغادرته اليسوعيين، أصبح الوعد غير ملزم وزائد عن الحاجة. لكن حبه لغريس أغراه بالاستمرار في العيش دون علاقات جنسية مع أي شخص، على الرغم من أنه كان يبلغ من العمر بالفعل خمسة وثلاثين عامًا. ناقش آبي إيجابيات وسلبيات الدعوة التي قدمتها إيما لعدة أيام.

كلما التقى إيما، كانوا يراعون بعضهم البعض، ويبتسمون، ويشاركون المجاملات والقصص. لم يؤثر طلبها للارتباط بها على علاقتهما، لأنهما يحترمان بعضهما البعض. إلى جانب ذلك، أعجبت آبي بمعرفتها بالسنسكريتية والبوذية وجيتا جوفيندام. تجنب الحديث عن ممارسة الحب، على الرغم من أنه كان لديه ميل قوي إليها ويعتز بالأفكار. ومع ذلك، أصبح الجنس دخيلًا وعرضيًا لحياته لأنه كان يخشى فقدان عزوبته.

وقف الراهب العاري أمام آبي كل يوم دون أن يفشل. استمر في التأمل بينما كان آبي يرسم اللوحة. في أحد الأيام، قال الراهب فجأة، كانت عيناه مثل الشمس فوق معبد كاماخيا: "العازبة في حالة إنكار". نظر آبي إلى الراهب ؛ كان جالسًا في *بادماسانا*. شك آبي فيما *إذا* كان السادهو يتحدث، حيث كانت الكلمات مثل قعقعة رعد بعيد.

سأل آبي بصوت منخفض، الفرشاة في يده: "بابا، هل قلت شيئًا". كانت إيما تقف بالقرب من آبي.

قال البابا: "كل إنسان لديه بعض القوى الحيوية، والعازبة تنفيها". ذهبت هذه الكلمات مباشرة إلى قلب آبي. هل أنفي قواي الحيوية ؟ سأل آبي نفسه.

نظرت إيما إلى آبي ؛ كانت عيناها تحترقان. لاحظ آيب.

"بابا، هل أضيع نفسي كرجل ؟" سأل آبي.

تابع البابا حديثه: "العازب لا يتمتع أبدًا بامتلاء وجوده". لم يكن يرد على أسئلة آبي لكنه تحدث كما لو كان في غيبوبة، في التأمل.

"لدي رغبة عميقة في الاستمتاع بملء حياتي. قال آبي: "من فضلك أرني الطريق".

"إذا كنت لا تزال عازبًا، فلن تحصل أبدًا على سايوجيا، التحرر من الولادة والولادة الجديدة"، تحدث البابا بأناقة. كانت كلماته مقنعة ولكنها بدت وكأنها تسونامي من خليج البنغال.

تمتم آبي: "إن الاعتزاز بالسايوجيا هو حاجتي الإنسانية، وأنا أكره أن أولد مرارًا وتكرارًا".

لم يستطع آبي القيام بالكثير من العمل في ذلك اليوم، لأنه كان منزعجًا وقلقًا. كان يعلم أنه لا توجد روح ولا ولادة جديدة. لذلك، قد يكون لكلمات بابا دلالة مختلفة. لم يناقش آبي معنى ما قاله *بابا*. أحب آبي إيما لكنه لم يرغب في التخلص من عزوبته.

خلال الاثني عشر يومًا التالية، لم يتحدث *بابا* أي شيء. كان في حالة تأمل. ولكن في يوم من الأيام، فجأة، قال: "دون إنجاب طفل، بعد الموت، سوف تتجول روحك بحثًا عن إلهة. لكنها سترفضك ". عرف آبي أن كلماته لا تحمل أي معنى، لأنها كانت مجرد مشجعين. قد يكون بابا يحاول خلق الارتباك، ولكن كيف يمكن أن يفعل ذلك ؟ لم يكن ينبغي على البابا أن يتحدث عن الروح والولادة الجديدة كملحد.

لعدة أيام فكر آبي في بابا. في بعض الأحيان، حتى الرجال العظماء تحدثوا بأشياء غبية ؛ كان آبي يريح *بابا* عقليًا لأنه ربما يكون قد بالغ في كلماته لنبذ عزوبته. ولكن كان هناك بعض الحقيقة في ما قاله، لأن هدف الحياة هو الإنجاب.

أكمل آبي بالفعل شهرين من رسم صورة بابا، وكان سعيدًا بتقدم العمل. كان على يقين من أنه سيكون قادرًا على إكماله في غضون شهر واحد. جلس *البابا* في التأمل لعدة أيام، ووقفت إيما إلى جانبه بينما رسم آبي الصورة.

كانت إيما تشجع آبي دائمًا وتقدر تقدمه. كانت كلماتها مهدئة ومهتمة، ووجدت آبي، وشكرها على حضورها. كان يعلم أنه بسببها قرر بابا أن يقف للصورة، وكانت إيما وحدها هي السبب في الحصول على مثل هذه الفرصة لرسم صورة لمتسول عاري.

"إيما، أنا ممتن لك دائمًا على لطفك وتشجيعك وإقناعك بابا بالوقوف للصورة."

"كان حبي لك، آبي ؛ كان واجبي، وكان علي أن أفعل ذلك."

قال آبي وهو ينظر إلى إيما: "أنا أقدر ذلك".

ابتسمت إيما. كانت ابتسامتها تشبه ابتسامة غريس إلى حد ما. تحدثت مثل غريس، وخلق صدى صوتها صورة غريس. كانت إيما تتطور تدريجيًا لتصبح جريس.

"إيما، أنت تفهمينني أكثر من أي شخص آخر، وقد عانيت من ذلك أكثر فأكثر على مدى العامين الماضيين. الآن لدي تجربة غريس معك ".

"هذا لأنك تطور تدريجياً الحب والإعجاب تجاهي. كانت النعمة أفضل صورة للخير والحب والأمل ؛ على مدى السنوات العشر الماضية، كنت تبحث عنها. ربما كنت تعتقد أن بحثك كان عبثًا ؛ وبالتالي، تريد أن ترى النعمة في داخلي. لكن لا ترى غرايس في داخلي. أنا شخص مستقل. لنفترض أننا معًا، وإذا فشلت في العثور على غريس بداخلي، فستصاب بخيبة أمل. بالنسبة لك، يجب أن أكون إيما، وليس غريس ".

"أنت على حق، إيما ؛ لديك شخصية فريدة ؛ أنت مختلفة في الحساسية والإدراك والقيم والتقييم. أنت واحدة من الشخصيات النادرة التي قابلتها في حياتي. بصراحة وإخلاص، أنت تقدر العلاقات وتعتز بالصداقة. أنا معجب بك ".

"شكرًا لك، آبي، على تفهمك. أنا، أيضًا، أعتز به ".

خلال الأسبوع، كان بابا صامتًا. لم يتحدث أبدًا، لكن آبي وإيما استطاعا أن يشعرا بمناجاة نفسه والتذمر التأملي وأنماط التفكير فيهما. وفي أحد الأيام، قال البابا: "أنت خجول وضعيف".

فجأة استطاع آبي أن يتذكر غريس وهي تقول إنه انطوائي.

قال آبي: "بابا، هذا صحيح".

سمع آبي مرة أخرى: "أنت ترفض قبول جوهرك".

"أنت على حق، بابا. لقد حدث ذلك لي عدة مرات ".

"أنت تقدم نفسك كشخص عاجز أمام امرأة".

"هل أنا كذلك ؟ ما رأيك يا إيما ؟" سأل آبي.

"نعم، آبي. هناك امرأة تحبك وتعجب بك وتتوق إلى أن تكون معك. أجابت: "لكنك تعتقد أنك شخص غير قادر جنسياً".

"ماذا يجب أن أفعل ؟" سأل آبي.

"تبادل مشاعري تجاهك. سيفيدك ذلك. ستشعر بجوهرك وشخصيتك الفردية ".

قال آبي: "لكنني غير قادر على التخلي عن عزوبيتي".

"أنت تزور عواطفك وتخبر المرأة التي تحبك أنه يمكنك التبرؤ من احتياجاتك الجنسية إلى الأبد"، سمع آبي فجأة *بابا* يتحدث.

كان ذلك أكثر من اللازم بالنسبة لآبي. كان يرتجف من القلق والحزن واليأس.

"آبي، هذا صحيح. لا يمكنك التخلي عن مشاعرك الجنسية إلى الأبد. قالت إيما: "لا تقمع عواطفك، ولا تدمر نفسك".

قال بابا: "أنت منافق، حطام عاطفي".

فجأة وضع آبي فرشاته. "بابا، هذا كثير بالنسبة لي. أنت تقول الحقيقة، لكنني لا أجرؤ على مواجهة الحقيقة. أنا بالفعل أعاني من مشاكل عاطفية عميقة الجذور وأرتدي أقنعة متعددة. هذه العزوبة تقتلني. لا أستطيع تحمل ذلك "، صرخ آبي. كانت هذه هي المرة الأولى في حياته التي يبكي فيها.

"آبي، استيقظ. قالت إيما: "أنت تفكر بصوت عالٍ".

"إيما، لقد كانت محادثة حقيقية. أعلم أنه ليس حلماً ؛ سمعته من عقل بابا. وهو حقيقي ".

"أنت على حق، آبي. تحدث إليك عقل بابا ليجعلك على دراية بوضعك حتى تصبح شجاعًا وتواجه حقائق الحياة بجرأة ولا تعتمد أبدًا على قيم مزيفة ".

"لقد قلت الحقيقة، إيما. لقد أدركت أن العزوبة والعذرية زائفتان. إنها كذبة، وأنا أعلم أنها كذبة. ومع ذلك، أتشبث بالكذبة ".

"العزوبة والعذرية تطوران نظام قيم سلبي. هذه المفاهيم هي نتاج مجتمع غير منظم وقمعي. قامت الكنيسة الرومانية بإخصاء مئات الأولاد لاستمرارهم في مجموعات جوقة حتى وقت قريب، ولوث رجال الدين الكثيرين. كانت هذه العادات سائدة في جميع أنحاء أوروبا. كان هناك الآلاف من الأشخاص المخصيين كحراس أو حماة لحريم الخلفاء والمولويين وأئمة الملالي والأسر العربية في جميع أنحاء الشرق الأوسط وشمال إفريقيا وجنوب شرق آسيا. كان الأباطرة الصينيون واليابانيون وملوك المغول والراجبوت عملاء للأحداث المخصيين. كان إخصاء الشباب سائدًا في الهندوسية والإسلام والبوذية لاستخدامهم كأدوات جنسية للأغنياء والأقوياء والبيكسوس والسادوس والرهبان. العزوبة هي العقم الذاتي، الذي يفرضه المجتمع والأديان، ويدمر البشر ويهينهم. ضاعت حياة بشرية كاملة باسم الأساطير. إن سحق الكرامة الإنسانية وإخضاع الإنسانية هو تزوير للطبيعة البشرية، لأنه يتعارض كلياً مع نفسية الإنسان وحريته. لسنا بحاجة إلى إله أو دين أو ملك يأمر بالإخصاء، ويزيل الفحولة والقدرة على الإنجاب. قالت إيما: "ادفن هذا العمل الجبان، لذلك لا يجب عليك إنعاشه في المستقبل". تردد صدى كلماتها ألف مرة في ذهن آبي. قرر أن يتغير، لكن التغيير كان مؤلمًا.

التفكير في إيما لعدة أيام معًا أعطى العزاء لآبي. تضاعف احترامه لها، وأحب أفكارها وقيمها.

أكمل آبي اللوحة في ثلاثة أشهر. كان القماش عبارة عن قماش، وكتان عالي الكثافة، وكان الوسيط عبارة عن طلاء زيتي. كان النوع بورتريه ؛ كان الحجم اثنين وتسعين سم في أربعة وسبعين سم. أطلق آبي على اللوحة اسم الراهب العاري ووقعها عازبًا. عندما قام آبي بالسكتة

الدماغية الأخيرة بفرشته، نهض الأغوري سادهو ودخل المعبد. لم يحصل آبي على فرصة للتعبير عن امتنانه له، وتساءل كيف يمكن للسادهو أن يعرف أن العمل قد اكتمل. ناقش آبي الأمر مع إيما، وأخبرته أن بابا كان يراقب كل ضربة فرشاة من خلال عينيه الداخليتين.

قالت إيما: "آبي، تجربتك أن *بابا* جلس أمامك كانت وهمًا".

"هل أنت وهم ؟" سأل آبي.

"نعم، إذا بقيت عازبًا. لا، إذا كسرت عزوبتك ".

"أريد هدم هذا الخداع".

"كن إنسانًا. هذا هو العلاج الوحيد. لكنك داخل سجن من اختيارك ؛ جدرانه سميكة وقوية وطويلة. أنت فقط تستطيع هدمها ؛ هناك مطرقة ثقيلة بداخلك وتستخدمها بشجاعة ".

وعد آبي: "سأفعل".

سألته إيما عن سبب استمراره في التوقيع على لوحاته *سيليبات*، وأجاب آبي أنه كان يفعل ذلك منذ أن غادر لويولا هول، وكان تغيير الاسم بلا معنى.

أخبرته إيما أن صورته بعنوان الراهب العاري كانت رائعة وفريدة من نوعها، وستصبح بلا شك معروفة دوليًا. شكر آبي إيما على كلماتها الرقيقة.

لعدة أيام، دعت إيما آبي لرؤية التماثيل داخل المعبد وعلى جدرانه الخارجية ؛ كان وحيًا جديدًا له. وأعرب عن رغبته في تعلم أسلوب المنحوتات وموضوعها وهيكلها في العديد من المواقع المنحوتة من الجرانيت على جدران المعبد. استفسر آبي عن الجوانب المختلفة للتماثيل. وجد أن إيما لديها معرفة شاملة بتاريخ المعبد، والأساطير المرتبطة بشيفا وشاكتي، وأهمية الشخصيات لكل قصة. عندما زار الآلاف من الحجاج المعبد، كان هناك دائمًا جو احتفالي حول تل نيلاشال، الذي يقع عليه المعبد.

أخبرت إيما آبي أن كاماخيا كان معبدًا نادرًا وواحدًا من أشهر المعابد المكرسة للإلهة شاكتي، قرينة شيفا. يرمز المعبد إلى حب شاكتي وشيفا، حيث يتوق شيفا إلى الاتحاد مع قرينته شاكتي. كان حبهم عميقًا، ولم يستطع أحد فصلهم. أحب شيفا نفسه لدرجة أنه يمكن أن يحب شاكتي مثله.

سأل آبي إيما أثناء مشاهدة تمثال شيفا وشاكتي: "هل محبة الذات أمر حتمي لمحبة الآخرين".

"بالتأكيد، إذا كنت لا تحب نفسك، فلا يمكنك أن تحب الآخرين. مصدر حبك هو أنت ؛ يمكنك مشاركته مع الآخرين عندما تكون ممتلئًا به. لا يمكنك مشاركته إذا لم تفيض بالحب أو كنت فارغًا ".

نظر آبي إلى إيما. لاحظ أن إيما كانت مثل غريس ؛ تحدثت بشكل مقنع وكان لديها موهبة لإقناعه مثل غريس. لكن غريس لم تتحدث أبدًا عن الجنس. في المقابل، لم يكن لدى إيما أي موانع في الحديث عن ممارسة الحب، كما لو كانت جزءًا لا يتجزأ من الحياة، لا ينفصل، وبدونها، كانت الحياة غير مكتملة.

"إيما، أنت صريحة للغاية في مناقشاتك معي"، حاول آبي أن يقدرها.

"لأنني أحبك. هذا ممكن لأنني أحب نفسي. إذا لم أحب نفسي، لا أستطيع أن أحبك. أوضحت إيما: "أنا مريم المجدلية الخاصة بك".

علق آبي: "إذن، أنت تخبرني أنني يسوع الخاص بك، وأحتاج إلى أن أحب نفسي قبل أن أبدأ في حب الإنسانية".

"أنت على حق، آبي. عليك أن تحب نفسك ؛ عندها فقط يمكنك أن تحبني أنا وغريس. أنت خائف من أن تحب نفسك ؛ أنت خائف من أن تقدير الذات ضد عزوبتك. تخلص من ملابسك، كن يسوع العاري. احرق صليبك ".

"كيف أحرق هذا الصليب، وكيف يمكنني أن أحب نفسي ؟" سأل آبي.

"لا أحد يستطيع إنقاذ العالم من خلال الصليب، علامة على الفشل والهزيمة. يرمز الصليب إلى الضحية. آبي، تجاوز يسوع، الأساطير من حوله والصليب المخزي. يجب أن تكون يسوع القائم من الموت، عاريًا وخاليًا من جميع الأعباء. أولاً، ابدأ في التفكير في نفسك واحتياجاتك وشخصيتك ورغباتك وبيئتك الشخصية. اعتبر نفسك فردًا منفصلاً مع عواطف ومشاعر تحتاج إلى الرعاية والتشجيع. إنها الخطوة الأولى نحو حب نفسك. أحب كريشنا نفسه دون موانع أو حدود حتى يتمكن من حب كل من زوجاته وآلاف الجوبيكا. كان حبه لرضا مثل تدفق مياه الغانج في جبال الهيمالايا، حيث كان نقيًا وقويًا وواضحًا وممتعًا. غيتا غوفيندام هي ملحمة من راسليلا *كريشنا* مع غوبيكا في فريندافان وعلى ضفة يامونا. إنه أفضل مثال على حب الذات والحب تجاه الآخرين. آبي، أحب نفسك ومد حبك للآخرين مثل كريشنا. فشل العديد من الصوفيين المسيحيين فشلاً ذريعًا في هذا الصدد لأنهم كرهوا جسدهم واعتقدوا أن وجود الذات كان ضد إرادة الله. بالنسبة لهم، كان جسدهم جحيمهم. حتى أثناء الاستحمام، لم ينظروا أبدًا إلى عريهم. تحتاج إلى النظر إلى جسمك، والاستمتاع بأجزائه المختلفة، ولمسها، والشعور بها وتجربة ملذات ومتعة رؤيتها ولمسها. ثم تدريجيا، سوف تبدأ في حب نفسك. أنت معجزة يا آبي، وجسمك هو أجمل فن بالنسبة لك. ترسمها بألوان متنوعة، وتمنحها الحياة، وتجعلها نابضة بالحياة ونشطة. وعندما تدرك أن لديك ما يكفي من الحب لنفسك، ستشاركه مع الآخرين ".

"بصفتي عازبة، كيف يمكنني رؤية جسدي العاري ؟ كيف يمكنني لمس أعضائي التناسلية ؟" أعرب آبي عن مخاوفه.

"آبي، كل جزء من جسمك هو أنت. راقبهم بدقة. استمتعي بعريكِ. فقط اشعر بشكل وحجم أعضائك التناسلية. ثم ستتساءل عن مدى روعة شخصيتك. ستفهم أن جسمك معقد وجميل وثمين للغاية، وبصفة عامة، يشكلونك، وهذا هو آبي".

نظر آبي إلى إيما. "أنا أركز على ما تقولينه يا إيما".

"آبي، عامل نفسك كنعمة وأحب نفسك كما تحب غريس. لكنك تحتاج إلى التخلص من يسوع الملبس فيك. لا يمكن للمرء المكسو بالصليب أن يمنحك سوى الحزن والحزن والعار. كن مثل كريشنا، الأنيق، المتجسد في الحب ".

"إيما، هذه معرفة عظيمة ؛ لم يخبرني أحد بذلك من قبل."

"استمتع بأشياء صغيرة معينة في الحياة وأنصف نفسك".

"سأبدأ في القيام بذلك، إيما".

"آبي، لقد أفسدك تدريبك الكاثوليكي إلى حد مفرط. بالنسبة للكاثوليك، وجودك نفسه خاطئ. لقد ولدت خاطئا، وجسدك شرير، وهي فلسفة سخيفة. إنه هراء محض. الولادة والحياة هما أجمل حدث ".

"إيما، أخشى التحدث إلى أي شخص عن رغباتي الجنسية والصراعات التي أواجهها في داخلي".

"آبي، الرغبات الجنسية هي مشاعر إنسانية طبيعية. القوة الأكثر حيوية في البشر وجميع الكائنات الحية الأخرى. بدون ذلك، لا يمكنك الوجود. لكنك تحاول قمعها ولا تشجعها على النمو ".

"أنت على حق. خلفيتي الكاثوليكية جردتني من إنسانيتي. أخشى من نجاحي لأنني أخشى أن يؤدي نجاحي إلى غضب الله، لأن النجاح ضد إرادته. يريد الكاثوليك حياة بائسة حيث الجنس هو لعنة، والفقر هو هبة الله، والمعاناة هي مصير الروح. بالنسبة لهم، الحياة فقط في السماء، وما نمر به على الأرض هو تجربة مستمرة للتحضير للحياة في السماء مع الله ".

"آبي، تخلص من كل هذه الأساطير والتعاليم المدمرة للذات والقيم والعقائد. أنت إنسان يتمتع بالكرامة بناءً على رغباتك وتوقعاتك ومشاعرك. اصنع أهدافك الخاصة المبنية على رفاهية الإنسان. الأديان التي تتمحور حول الله هي دائمًا قمعية وأبوية. ألغهم من حياتك. في اليوم الذي نفيت فيه المسيحية من حياتي، بدأت أختبر المعنى الحقيقي وفرح الحرية ".

كان آبي وإيما يسيران بالقرب من حرم المعبد، حيث يبجل مهبل الإلهة شاكتي. اعتبر المئات من المصلين أن المرأة، الإلهة، هي القوة المطلقة للكون.

"في الهندوسية، جميع الآلهة والإلهات هم بشر لديهم مشاعر إنسانية. قوتهم وقدراتهم هي قوة البشر وقدراتهم. ولكن في المسيحية، الإنسان هو كائن يخلق الخطيئة. الله في السماء موجود ليدينك ويعاقبك ويعاقبك ويضعك في الجحيم. بالنسبة للقديسين، جسم الإنسان شرير، وللهرب من الجسم، تحتاج إلى تعذيبه والعيش حياة بائسة. لذلك، يرفض اللاهوت المسيحي الجسد والرغبات والمشاعر البشرية. ما لم يقم الشخص بالقضاء على الجسد، فإن دخول الجنة ومقابلة الله أمر مستحيل. ربما يكون شخص غير مستقر عقليًا قد طور اللاهوت المسيحي وعانى من جنون العظمة والاعتلال النفسي. لكن آبي، عليك أن ترفضهم ".

"كيف يكون ذلك ممكنًا ؟"

"عليك أن ترفض السماء المسيحية، التي تتجاهل السعادة والملذات على الأرض. لقد تعمقت قيم السماء التي تركز على الله في عقلك، ويجب أن تحرر نفسك منها. للاستمتاع بالحياة، اختبر جمال وجودك ووجود الآخرين، وتحلى بالتعاطف، وكن لطيفًا مع جميع أشكال الحياة وكن واحدًا مع الكون. اصنع جنة تتمحور حول الأرض حيث يعيش الملايين من الناس في حب ووئام ؛ يعمل الناس من أجل الذات والآخرين، ويبدعون ويطورون ويستمتعون بالموسيقى والفنون والأدب والأفلام ".

"سأحاول أن أختبر وجودي، رافضًا القيم الأبوية، والدين القمعي، والخطيئة التي تخلق الله".

"عن قصد، قدتك إلى الحرم القدسي حتى تتمكن من رؤية مهبل الإلهة. مشاهدتها ليست خطيئة بل احتفال بالحياة. الجنس ثمين في معبد كاماخيا، لذلك في خاجوراهو. آبي، الجنس هو جوهر الحياة "، أكدت إيما على كلمة الجوهر.

"حتى قبل المناولة المقدسة الأولى، تعلمت أن ممارسة الحب كانت أشنع خطيئة. مثل هذا الموقف خلق الكراهية للجنس. ومع ذلك، لم أكن أعرف ما هو الجنس في ذلك العمر ".

"إنه بسبب لاهوت القديس بولس. كان أسوأ كاره للنساء يمكن أن تقابله في أي مكان. كان يكره النساء ويضطهدهن ويطلب منهن أن يكن عبيداً لأزواجهن. وفقًا لبولس، ليس لدى النساء خيارات جنسية وحرية جنسية. حتى إنجاب طفل كان عملاً خاطئًا بالنسبة لبولس. لهذا السبب اعتبرت والدة يسوع عذراء، حتى بعد ولادة يسوع وإخوته. فالكاثوليكية تجعل الناس يتضورون جوعاً جنسياً، وأصبح العديد من الكهنة والأساقفة والباباوات والرهبان منحرفين جنسياً ومفترسين ".

"صنع بولس مسيحية، كان لديها أمل فقط في الخطيئة، وكانت كنيسته ستنهار إذا لم تكن هناك خطيئة. هذا هو السبب في أن الصليب، الذي يرمز إلى الخطيئة والعار، هو أعظم قوة للكنيسة ".

"بول كان شاذًا. قال إن هناك شوكة في جسده تتعلق بسلوكه المثلي. ولكن لا حرج في أن تكون مثلي الجنس إذا كنت لا تسخر وتكره النساء وسلوكياتهن الجنسية. لكن بول كان مهووسًا

بشكل مفرط بجنس المرأة. ومن ثم، أطاح بجميع النساء تقريبًا من العهد الجديد وحاول بقوة ونجاح ارتداء أحزمة العفة لمريم المجدلية ومريم، والدة يسوع، معلنة أنهن عذارى "، كانت إيما قاطعة.

"أنا أتفق معك."

"آبي، لقد رأيت المئات من أغوري سادهوس، الرهبان العراة. ربما تكون قد رأيت رجالًا عراة في مكان ما في وقت ما. ولكن هل سبق لك أن رأيت امرأة عارية ؟" من خلال طرح سؤال، نظرت إيما إلى آبي.

"لا، إيما، لم أر امرأة عارية من قبل. لم أشاهد أبدًا صورة لامرأة عارية "، اعترف آبي.

"أنت بسيط وبريء للغاية إذا كان بإمكاني استخدام هذه الكلمات. ولكن لا حرج في مشاهدة امرأة عارية إذا دعتك تلك المرأة للقيام بذلك. لديك الكثير من الموانع، وحان الوقت للتخلص منها جميعًا. الحياة هي عملية بسيطة ومفتوحة وسعيدة وممتعة وممتعة، دون إيذاء الآخرين ".

قال آبي: "أنا بالفعل في الخامسة والثلاثين من عمري، لكنني لم أختبر أبدًا الحقائق الأساسية للحياة، والتي تعزز الحياة".

"آبي، تعال إلى منزلي. سأريك كيف تبدو المرأة الناضجة وكيف يظهر جسدها بكامل مجده وكرامته. قالت إيما وهي تدعو آبي: "ستبدو مثل يسوع القائم من الموت في عريها".

اعترف آبي: "لقد فات الأوان بالنسبة لي، إيما ؛ إلى جانب ذلك، أخشى مشاهدة امرأة عارية".

"لم يفت الأوان بعد. ولكن إذا لم تتخلص من موانعك، وإذا لم تكسر شرنقتك، وإذا لم تتخلص من مخاوفك، فلن تحقق هدف حياتك أبدًا ".

"سآتي إلى منزلك. دعني أراك كما أنت ".

بعد مغادرة منزل غريس المكون من غرفة واحدة، لم يذهب آبي أبدًا إلى شقة امرأة. كان يعلم أن إيما عزباء وتبقى وحيدة.

بريدج أوفر ذا هوغلي

في صباح اليوم التالي، عندما وصل آبي إلى منزل إيما، انتظرته عند الباب. كان لدى إيما ابتسامة على وجهها أزالت مخاوفه وقلقه الخفي. بدت مثل غريس، تشع الثقة والكرامة، وكان لدى آبي رغبة مفرطة في الوقوف بالقرب منها للشعور بقربها. لكنه لم يكن يريد أن يلمسها لأنه لم يلمس امرأة غير أفراد عائلته. كان قد وقف بالقرب من غريس عدة مرات وتذكر رحلتهم بالقارب على ماندوفي. ربما لمست خديه بذقنها عندما كان القارب يرقص على الأمواج، لكنه لم يكن متأكدًا. كانت تجربة مثيرة، مثل الغمر في المطر الأول بعد الصيف. كانت غريس دائمًا هادئة وجميلة وغير قابلة للتحقيق في مظهرها وشخصها ونواياها. كانت إيما تتطور مثل غريس ؛ كانت غريس.

قالت إيما: "مرحبًا يا آبي".

رد على تحياتها: "شكرًا لك يا إيما".

كانت شقة إيما مرتبة وممتعة، مع الكثير من الضوء والهواء النقي. كان لديها عدد قليل من الرفوف مع كتب عن السنسكريتية والبالية والإنجليزية في دراستها مع جهاز كمبيوتر وتلفزيون. كان كل شيء على ما يرام، وكانت الأرضية متلألئة. من الشرفة، أطلعت إيما آبي على نهر براهمابوترا.

"يا له من منظر جميل. قال آبي: "إن براهمابوترا مهيبة وسحرية".

"إنه نهر عظيم ويعتبر إلهة. قالت إيما: " إنها ساحرة دائمًا".

قال آبي: "تبدو هذه القوارب ساحرة".

"يقوم مئات السياح برحلة على متن قارب في براهمابوترا. أجابت إيما: "إنها تجربة أثيرية، ولن تنساها أبدًا".

نظر آبي إلى إيما وابتسم. بدت جميلة ولديها عيون خضراء قليلاً وشعر ذهبي. كان إطارها النحيل والطويل مثل تمثال برونزي رآه آبي في معبد تانجور في تاميل نادو.

سأل آبي: "إلى متى أنت في الهند".

"حوالي سبع سنوات. بعد التخرج باللغة السنسكريتية من جامعة هايدلبرغ، جمعت في البداية بيانات لدراسات الدكتوراه حول جيتا جوفيندام. كانت جيتا جوفيندام غنية جدًا ورائعة ورائعة وشاملة من الناحية الجمالية. أمضيت أربع سنوات في الهند، حيث زرت العديد من المراكز والمكتبات والجامعات والمعابد السنسكريتية. كانت سنوات جميلة مع لقاءات غنية مع الرجال

والنساء والعلماء والكتاب والشعراء والممثلين. الهند غنية جدًا بالثقافة واللغات والتقاليد. الناس هم أعظم أصول الهند ؛ والكثير منهم مكتبات حية. لا يمكن للمرء أن يواجه في أي مكان مثل هذا التنوع الرائع والملهم والنابض بالحياة والانفتاح والمعتقدات والحماس والتعاطف والاحترام في العالم ".

"كيف تجد جيتا جوفيندام ؟"

"جيتا جوفيندام هي أغنية الحب العليا. إنها أكثر إثراءً بكثير من أغنية سليمان. جمالها وامتلاءها الجمالي، والتعبيرات الشاملة عن المشاعر الإنسانية، والتفاعلات الرمزية لكريشنا مع غوبيكا لا مثيل لها. لقد استمتعت بإحساسها بالمشاعر الشديدة، وممارسة الحب دون عائق، والإحساس بالإنسانية. ستصبح إنسانًا ثريًا عندما تقرأها ".

أدلى آبي ببيان: "إذن، كريشنا ورادها هما الشخصية المركزية في جيتا جوفيندام".

"في الواقع. في الحب، كريشنا يصبح رادها، ورادها يصبح كريشنا. بالمعنى المعرفي، يبدو الأمر كما لو أن الكينونة هي المعرفة، والمعرفة هي الكينونة. في الحب، تصبح أنا، وأنا أصبح أنت. إنها واحدة، الشخصيات المختلفة لكريشنا ". أوضحت إيما.

نظر آبي إلى إيما وابتسم. تحدثت غريس أيضًا بنفس المشاعر، ونفس التعبيرات، ونفس أنماط التفكير، ونفس الانفتاح.

"في جيتا جوفيندام، يسرق راعي البقر كريشنا ملابس جوبيكا، وخادمات الحليب، وتلاحقه جوبيكا مهجورة. كان إخفاء ملابس *الغوبيكا* هو الشكل الأكثر أصالة للتفاعل البشري والحرية والحب. أحبهم كريشان، وعشق *الغوبيكا* كريشنا. في ريجفيدا، يمكن للمرء أن يقرأ النساء كمجموعة يغسلن ملابسهن ويسبحن في النهر، معربين عن الفرح الخالص والتكاتف. تروي جيتا جوفيندام كريشنا والغوبيكا *يلعبون* معًا في يامونا وفريندافان، مما يكرر السعادة التي عبرت عنها النساء في ريجفيدا. بالمعنى الأسمى، كانت الراسليلا تعبيرًا لا مثيل له عن حرية الإنسان والمساواة والتكاتف والحب ".

"لماذا كانت الغوبيكا عارية ؟" تساءل آبي.

"نهر يامونا وفريندافان هما شيفرات الحياة. كريشنا هو أفضل صديق يمكن للمرء أن يحصل عليه، والغوبيكا هي الطبيعة ؛ بساطة طبيعتهم العارية. كريشنا هو البوروشا، وجوبيكا هو البراكريتي. عندما يلتقي بوروشا براكريتي، تكون هناك حياة. لم يكن لدى الغوبيكا أي موانع وشهدوا الحرية الكاملة والتكافؤ مع كريشنا ؛ يمكن أن يكونوا عراة أمامه وليس لديهم ما يخفونه. شعر كريشنا بواحدة مع حلابات الحليب، وكانت ألعاب الحب الخاصة بهن بمثابة مظهر من الصدق والثقة ".

أراد آبي أن يعرف "لماذا يشعر بعض الناس بالخوف من عريهم".

"هذا لأنهم واعون لذاتهم بشأن عدم احترامهم لذاتهم. إنه خوف من أن يصبحوا أشياء قبل الآخرين. يعتقدون أن الملابس يمكن أن تخفي تحفظهم وخجلهم، مما قد ينقذهم من الإحراج وعدم الراحة. يغطي اللباس الضعيف والذكي والمتقي الله. لا يخاف الآغوريون الساديون من الله، لكن الله يخاف من الساديون العراة. في عدن، كان آدم وحواء عاريين، ولا يخافان الله. في اليوم الذي يرفض فيه الناس الملابس، ستنهار جميع الأديان، وسيصبح الجميع متحررين ".

"ألا تحب العري ؟" كان آبي فضوليًا.

"العري هو الوضع الأصلي للبشر، وهو تعبير عن تقرير المصير. إنه يحرر الناس من الاضطهاد وإخضاع قواعد المجتمع وقوانينه. لا شيء يمكن أن يمنع الشخص من أن يكون عارياً. أتخذ جميع قراراتي بناءً على الاستقلال، وهو حقي "، كانت إيما قاطعة.

"هل هذا هو سبب وجودك في الهند ؟

"جئت إلى الهند لإجراء البحوث."

"لماذا أنت في الهند للمرة الثانية ؟" استفسر آبي.

"بعد الانتهاء من الدكتوراه، عملت في الجامعة لمدة ثلاث سنوات. ثم تقدمت بطلب لمشروع بحثي عن الرهبان العراة في الهند. وعلى مدى السنوات الثلاث الماضية، كنت هنا ومحظوظة لمقابلة بابا، الذي ساعدني. وقالت إيما: " أنا سعيدة للغاية بمقابلتك".

"هل ستكمل الدراسة قريبًا ؟" سأل آبي.

"سأقدم الدراسة في غضون ستة أشهر. قالت إيما: "بعد ذلك، سأستأنف عملي في الجامعة".

لم يسأل آبي غريس أي شيء عنها، ولا حتى سؤال شخصي واحد، وهي أيضًا لم تعرب أبدًا عن أي اهتمام بمعرفة أي شيء عنه. لكن إيما كانت مختلفة، ولم يكن لديها أي موانع في الكشف عن نفسها، وشعر أيضًا بالحرية في السؤال عن إيما.

لكنه أحب النعمة التي لا يمكن للكلمات أن تعبر عنها. لكن إيما، كان يثق بها ويحترمها.

"آبي، سألتك في ذلك اليوم عما إذا كنت قد رأيت امرأة عارية من قبل ؛ أجبتني بالنفي. تظل عازبًا، وتختبر الخوف في مراقبة امرأة عارية. خوفك هو بسبب انهياراتك، وترددك في قبول الواقع ". علقت إيما.

أجاب آبي: "أنت على حق".

قالت إيما: "إذا كنت على استعداد، ولا تخاف، ولا تشعر بعدم الارتياح، يمكنني أن أكشف عن نفسي لك".

نظر آبي إلى إيما. بدت جادة وتعني العمل.

أجاب آبي: "ليس لدي أي خوف، ولا خجل، ولا تردد في رؤيتك عارية".

ثم أزالت إيما جميع ملابسها. نظر إليها آبي دون أي حيرة. وقفت إيما ساكنة للحظة وبدأت تتجول دون أن تتحدث. اقتربت من آبي، واستطاع أن يشعر بتنفسها.

"آبي، هذه أنا، إيما، امرأة. أنا عارية ؛ أريد أن أريكم أن هذا هو الجسد العاري للمرأة، والذي لا يختلف كثيرًا عن الجسد العاري للرجل ".

"نعم، إيما، أستطيع أن أرى. ولكن وراء عريكِ، أرى شخصًا مليئًا بالعواطف والمشاعر والحب والحساسية. هذا أنت ".

"أنت على حق، آبي. أنا لست هذا العري وحده ؛ إنه تعبيري الخارجي فقط. الشخص العاري هو إنسان يتمتع بالكرامة والحقوق والحرية والمساواة ويمكنه التفكير واتخاذ القرارات والتصرف وفقًا لإرادته. لا يمكن للمجتمع أن يلفني بالملابس والقوانين التي يصنعها الإنسان والمقاييس القمعية والحجاب الأبوي الذي يجبر النساء ويخضعهن، ويلقي بهن على مستوى حيوان محبوس. عندما تتمكن المرأة من الاستمتاع بعريها، فهي حرة ؛ سواء كان الآخرون يقبلونها أو يقدرونها أو يدينونها، فهذا ليس من شأني. المرأة جزء لا يتجزأ من المجتمع ؛ فهي ليست كائنًا جنسيًا ولكنها شخص مفكر يتمتع بتقدير الذات ويقرر ما يجب عليه فعله. هناك استقلالية في داخلي ؛ لقد دعوتكم لإظهار جسدي في عريته بينما تكبرون على موانعكم وخجلكم. هذه هي ثديي. إنها أكبر بكثير من ثديي الذكر العادي ".

قال آبي: "أراهم".

"انظر إلى شعري ورأسي وأنفي وخدودي وفكي ويدي وساقي. كلهم تقريبا نفس الرجل. قد يكون لدى رجل مثلك عضلات أقوى وجسم أكبر ".

"نعم، عضلاتي أقوى ؛ ساقاي ويداي أقوى ؛ جسدي أكبر من جسمك".

"آبي، لدي مهبل. ربما تكون قد رأيت مهبل الإلهة في حرم الهيكل ".

"نعم، إيما، يمكنني ملاحظته".

"آبي، إذا كنت لا تشعر بأي إزعاج أو تردد، يمكنك الآن خلع ملابسك"، تقدمت إيما بطلب. دون أي تردد، خلع آبي ملابسه. الآن أصبح عارياً مثل إيما.

قال: "ها أنا ذا".

"تهانينا، آبي ؛ أنا معجب بشجاعتك. لقد تغلبت على خجلك. قالت إيما: "يمكنك أن تتعلم بسرعة".

"شكراً لك يا إيما".

"الآن، من فضلك تجول. دعني أرى جسمك من الأعلى إلى الأسفل، من الأمام والخلف ".

بدأ آبي المشي من طرف إلى آخر في الغرفة. شعر بالراحة، دون إحراج، وكان أبعد من أي خجل. تحركت إيما نحوه ووقفت خلفه، وبعد المراقبة لبضع دقائق، قالت: "آبي، لديك جسم جيد البناء. أنت أيضًا تبدو مهيبًا من الخلف. لديك أرداف كبيرة وأيدي جيدة الشكل وأرجل قوية. لديك جسم مثالي ".

"شكراً لك، إيما. تقديرك ثمين بالنسبة لي ".

ناشدت إيما: "الآن، من فضلك انظر إلي".

استدار آبي ونظر إلى إيما.

ناداها آبي: "إيما".

"آبي، أنت وسيم جدا. الآن، انظر إلى أعضائك التناسلية. انظر، يبدون مختلفين عن مظهر المرأة. لديك قضيب وخصيتان، مما يجعلك ذكراً. لكن موقفك وقيمك وسلوكك وردود أفعالك وكلماتك تجعلك رجلاً ".

رد آبي: "أنا أفهم".

"آبي، أنت يسوع العاري. فكر في مريم المجدلية ويسوع قبل أن يقيما حبهما الأول. كلاهما كانا عاريين في خصوصيتهما، يعانقان بعضهما البعض. لقد أحبوا واحترموا بعضهم البعض واتحادهم، وأوفوا بشوقهم وتعاونهم ورفاقهم. الآن أنا لا أجبرك على عناقي ؛ مارس الحب معي. أنا مريم المجدلية الخاصة بك ؛ إذا عانقتني، ومارست الحب معي، سأكون سعيدًا. ولكن حتى لو لم تفعل ذلك، فلن أشعر بالسوء أيضًا "، قالت إيما بابتسامة.

قال آبي: "إيما، دعيني أعانق نعمتي أولاً".

ابتسمت إيما مرة أخرى.

"آبي، أنا معجب بك. أنت جوهرة نادرة، واحدة في المليون. لديك قوة إرادة هائلة، ويمكنك التحكم في نفسك ".

أكد آبي: "أنا كذلك".

قالت إيما: "الآن، من فضلك ارتدي ملابسك".

"شكراً لك، إيما. أجاب آبي: "هذا درس عظيم، تجربة قيمة".

"آبي، أنا أيضًا أعتز بذلك. الآن أصبحت أفضل صديق لي. أنت تقف دائمًا في ذهني، وأنا معجب بك أكثر من أي مقارنة ".

"إيما، أنت امرأة رائعة ذات قلب قوي ومحب ومهتم. أنا أحترمك ".

في ذلك اليوم تناولوا العشاء معًا، مطبوخين من قبل إيما وآبي. أكلوا خار، إعداد اللحوم الأسامية، كاري لحم البط، السمك المقلي والأرز. بعد العشاء، شارك آبي وإيما قصص طفولتهما حتى الساعات الأولى من الليل. عندما نام في الصباح الباكر، غطته إيما ببطانية ناعمة مثل أم شابة تعتني بابنها المراهق.

أعرب آبي عن رغبته في رسم براهمابوترا التي ظهرت من شرفة إيما، وشجعته. بدأ العمل في اليوم التالي، وانخرطت إيما في عملها الكتابي عن الرهبان العراة في الهند. من حين لآخر، وقفت أمام حامله وشاهدت أدق ضربات له، تصور المياه الزرقاء للنهر المهيب وضفاف الزمرد بفضول وإعجاب. كانت تحب رؤية آبي يركز على لوحته ويمكنها أن تتخيل عظمة العمل عندما يكمله.

استغرق آبي ما يقرب من ثلاثة أشهر للمس الذبذبات النهائية، وأطلق عليها اسم إلهة آسام ووقع على سيلييات. بدا النهر هادئًا ؛ كان هناك زوجان من القوارب والعبارات الكبيرة مع وفرة ضفاف النهر في المساحات الخضراء. جسدت الصورة الترقب في مجمله، ليس فقط للطبيعة ولكن للحيوانات والبشر ؛ كان التعايش ديناميكيًا. في زاوية الصورة، كانت شخصيتان نسائيتان تنظران نحو النهر من الشرفة ؛ كان أحدهما أسود الشعر يلمس شحمة أذنها، والآخر شعره ذهبي. كانوا يقفون بالقرب ويمسكون أيديهم، فقط ظهرهم في الصورة. ابتسمت إيما، وهي تنظر إلى الشخصيات النسائية على الصورة الظلية للنهر الأزرق، وأخبرت آبي أنها تحب اللوحة كثيرًا. كانت اللوحة على الكتان، وكان الحجم ثلاثمائة وتسعة وأربعين سم في مائتين وأحد عشر سم.

أصبح المشي معًا في زوايا مدينة جواهاتي وزواياها في ساعات المساء أمرًا عاديًا بالنسبة لهم لأنهم استمتعوا بصحبة كل منهم وقضوا الكثير من الوقت في المطاعم على جانب الطريق، واحتساء الشاي الذهبي في آسام. فتنهم اللباس الملون للفتيات والنساء الجميلات في آسام، وبدأ آبي يصورهن في العديد من لوحاته المغلفة داخل الأماكن الغريبة في المدينة.

كان لديهم قاربان في براهمابوترا في المساء، وكانت إيما مرحة، وأحيانًا وضعت راحة يدها اليمنى في النهر، والتي حرثت الماء مثل ثعبان يسبح مع القارب. أثناء اللعب، بدت إيما كريمة مثل غريس في ماندوفي، ولم يكن من السهل التمييز بين من كان. أحب آبي صحبتها وفكر في البقاء معها والسفر أثناء البحث عن غريس. في كثير من الأحيان، شعر أنه التقى غريس بالفعل، وكان البحث عن غريس غير ضروري. ظهر نفس الشخص بشكل مختلف، على الرغم من أن الاختلاف لم يكن مقنعًا. كانت إيما غريس، بنفس المظهر والمشاعر والاستجابات. كان كل شيء كما هو في البداية ؛ في النهاية، كان الفرق عرضيًا فقط. لم يستطع آبي تمييز النهر عن أمواجه والأمواج من القارب، حتى إيما من جريس وهو من إيما.

اندمجت السهول المليئة بالخضرة على جانبي نهر براهمابوترا مع الأفق، لتصبح واحدة. اندمجت براهمابوترا مع مراعي آسام، التي اندمجت مع الأفق. تذكر آبي رحلاته الساحرة

مع غريس عبر نهر ماندوفي، وفشل في فصل القارب عن النهر وغريس عن السفينة أو هو عن غريس. كان الكون واحدًا ؛ كل ما ظهر كان الكون في تنوع، وتم دمج التنوع في تفرد.

بعد بضعة أيام، بدأ آبي عملًا جديدًا، وكانت إيما موضوعه، حيث كانت على متن قارب بمفردها في النهر، والذي يمكن أن يكون إما ماندوفي أو براهمابوترا، حيث لم تظهر شواطئ النهر. كانت الصورة سريالية ؛ ظلها يشبه النعمة من زاوية معينة ولكن مريم المجدلية من زاوية أخرى. أطلق عليها آبي اسم "فتاة في قارب" وغنى "عازبة".

في ذلك المساء، قدمه آبي إلى إيما. قال: "إيما، هذه هدية مني".

شعرت إيما بالاختناق من العواطف. قالت: "شكرًا لك يا آبي، لقد أصبحت نعمتك أنا، وأنت يسوع العاري، الذي قام من بين الأموات".

وفجأة، قبلت إيما خديه. فوجئ آبي، مما خلق شعورًا فريدًا ومثيرًا فيه. كان الأمر أكثر إرضاءً وجاذبية، حيث كانت هذه هي المرة الأولى التي تقبله فيها امرأة. لم يعرف آبي أبدًا أن قبلة على الخد يمكن أن تكون محفزة وممتعة ومذهلة ومبهجة.

"أوه! إيما "، نادى اسمها بإثارة.

كررت: "آبي، عزيزي آبي".

"إنه شعور جديد. ناعم جدا ورائع. قال آبي: "لم أكن أعرف أبدًا أن القبلة يمكن أن تخلق انفجارًا في داخلي".

"إنها الطريقة الأكثر دقة للتعبير عن حب المرء. فكر في مريم المجدلية، الشخص الأكثر ثقافة في فلسطين، المتعلمة والمتطورة ؛ قبلت عشيقها في تلك الليلة. كان يسوع في مجده الكامل بعد قيامته. كان يسوع ومريم المجدلية وحدهما. اختبأ تلاميذ يسوع الذكور في البرية، خائفين من الظهور في العراء ؛ لم يجرؤ أحد على إعلان أن يسوع كان معلمه. انتظرته مريم المجدلية في الظلام، وحدها ؛ لم يكن لديها خوف وكانت تجسد الشجاعة. كان لديها أمل في مقابلة عشيقها. آبي، أنت يسوع الخاص بي، العاري، الذي قام من بين الأموات من خجلك وخجلك وموانعك وخوفك ووحدتك. ردت إيما: "تبدين دائمًا رائعة ومجيدة وجذابة".

"إيما، مريم المجدلية"، كانت كلمات آبي ناعمة ومليئة بالحب.

"لكن تلاميذ يسوع الذكور أطاحوا بمريم المجدلية وحاصروا قوتها وموقعها في الكنيسة، وأصبحت امرأة مرفوضة. هؤلاء الذكور رسموها كخاطئين ".

نظر آبي إلى إيما. كانت تبتسم بنفس شعاع النعمة الجميل.

سواء كانت غريس قد قبلته على خديه، ربما فعلت ذلك أثناء نومه، أو ربما قبلته بشكل معتدل عندما كانوا على متن العبارة، متجهين إلى محمية الطيور، بينما كان القارب يطفو على

الأمواج ؛ ربما لم يلاحظ ذلك. لكن التقبيل أمر إنساني. رأى إلهة آسام بالقرب منه، اللوحة الملفوفة في يدها ؛ وميضت عيناها الخضراء، وتحرك الشعر الذهبي قليلاً لأعلى ولأسفل في النسيم البارد من براهمابوترا.

قال آبي لإيما: "لنذهب في نزهة على ضفة النهر".

أجابت إيما: "أنا مستعدة دائمًا للسير معك إلى الأبد".

كان هناك المئات من السياح ؛ تجولت إيما وآبي، واستمتعا بالأمسية. كان للغسق سحر فريد من نوعه، والذي قد يكون بسبب شركة إيما.

تناولوا العشاء مع الأطباق الأسامية الشهية.

قالت إيما أثناء وجودهما في المطعم: "آبي، لقد أكملت تقريبًا مشروعي البحثي، وسأغادر إلى هولندا في غضون أسبوع".

لم يتوقع آيب أبدًا أن تتركه إيما بهذه السرعة. فجأة، تذكر أنها أخبرته أنها ستعود إلى بلدها في غضون ستة أشهر. لكنه شعر بعدم الارتياح وشعر بفراغ في قلبه.

أدلى آبي ببيان: "إذن، لقد أكملت مشروعك البحثي".

"نعم، الآن سأستأنف عملي الجامعي".

صمت آبي لبعض الوقت. بعد سنوات عديدة، شعر بالوحدة مرة أخرى. تركته غريس قبل أحد عشر عامًا. ستغادر إيما قريبًا. كانت الحياة هي مجمل العزلة، وشكلت دوائر ضيقة، ولم يكن هناك مخرج منها. في نهاية المطاف، خلق الجميع عزلتهم مثل جدران السجن بدون باب. لا يمكن لأحد أن يعيش حياة شخص آخر وأنت وحدك تقوم برحلتك.

في المساء التالي، قابلت إيما آبي وأخبرته أنها تودع بابا، وباركها وتمنى لها مستقبلًا مجيدًا.

"كان ذلك فقط بسبب بابا ؛ يمكنني إكمال العمل. كان بإمكانه فهم جدية بحثي، لأنه رجل متعلم تعليماً عالياً. شخص يمكنه التفكير والتصرف وفقًا لذلك ".

"كنت محظوظة يا إيما".

"أنا محظوظ أيضًا لأنني قابلتك يا آبي".

عند مغادرتها، ذهب آبي مع إيما إلى المطار. كانت في رحلة إلى دلهي ورحلة مباشرة إلى أمستردام.

"آبي، إنه لطيف ؛ حصلت على فرصة لمقابلتك. أنا أقدر صداقتك. قالت إيما: "إنها أغلى علاقة في حياتي".

"إيما، لقد استمتعت بذلك أيضًا. أحب مواصلة هذه العلاقة ". رد آبي.

ثم فجأة، عانقت إيما آبي. كان بإمكانه أن يشعر بثدييها الناعمين على صدره. كانت قريبة جداً منه، وفركت شفتيها على خديه. بقيت آبي ضمن عناقها لبضع دقائق. بالنسبة له، كانت هذه أول تجربة معانقة من قبل امرأة. ثم وضع يده ببطء خلفها، ودفعها نحوه، وقال: "إيما، أنا أحبك".

بمجرد أن سمعت ذلك، نظرت إليه. كانت عيناها تتلألأن.

تذمرت قائلة: "آبي، أنا أحبك أيضًا ؛ سأبقيك في قلبي".

أجاب آبي: "ستكون في قلبي إلى الأبد".

"ابحث عن جلالتك. قالت إيما: "إذا لم تجدها، أو لم تتمكن من الانضمام إليك، غير راغبة في مشاركة حياتك، فسأكون هناك وسعيدة دائمًا بالعيش معك حتى نهاية العالم".

ناداها آبي مرة أخرى: "إيما".

قبلت خديه مرة أخرى. قبل آبي جبينها، وهي أول قبلة يزرعها على الإطلاق على امرأة. واحترمت إيما ذلك.

كانت الرحلة في الوقت المحدد. شعر آبي بالوحدة، وأصبح معبد جواهاتي وكاماخيا غريباً.

فكر في مغادرة جواهاتي بعد عامين من الإقامة هناك. كان الاجتماع مع أغوري سادهو وإيما مرضيًا للغاية ومثريًا. كانت مساهمتهم في عمله هائلة حيث كان بإمكانه رسم العديد من اللوحات الصغيرة ولوحتين رئيسيتين أثناء وجوده في كاماخيا.

عند الوصول إلى كلكتا، أقام آبي معرضًا لبعض لوحاته ؛ حضره عدد كبير من الناس. أعطت الصحف والقنوات التلفزيونية ووسائل التواصل الاجتماعي مراجعات رائعة، وأصبح العازب مشهورًا. باع دزينة من لوحاته، ومن خلال الإجراءات، افتتح استوديو ومركز معارض، أطلق عليه معرض غريس- إيما للفنون (GEAG). كان الاستوديو الخاص به مقابل جسر هوراه الشهير على الجانب الشرقي لنهر هوغلي. في كلكتا، أطلق الناس على آبي اسم العازب ؛ وباسمه، بدأ في تنظيم الندوات والمؤتمرات والمعارض لصالح الرسامين الشباب والجمهور. زار العديد من الفنانين GEAG لتعلم التقنيات والأساليب المستخدمة في الرسم الحديث من Celibate. في غضون عامين، أصبح *معرض غريس- إيما للفنون* معروفًا في كولكاتا، العاصمة الثقافية للهند.

بمجرد أن استقر آبي في كلكتا، بدأ عملًا مهمًا، الجسر فوق هوغلي، على كتان عالي الكثافة، ثلاثمائة وخمسة سم في مائتين وثلاثة عشر سم، باستخدام الطلاء الزيتي. استغرق آبي أكثر من عام لإكمال العمل. قدمت وسائل الإعلام مراجعات علمية حول اللوحة، وبدأ العديد من البنغاليين يتدفقون إلى GEAG لإلقاء نظرة على The Bridge Over the Hooghly. كان آبي يعلم أن البنغاليين لديهم حس جمالي متطور للغاية، ويمكنهم الاستمتاع بالجمال

الداخلي للفن أكثر بكثير من أي شخص آخر في أي مكان آخر في العالم. في غضون بضعة أشهر، أصبح الجسر فوق هوغلي جزءًا من الفولكلور البنغالي والحياة الثقافية. شعر الرجال والنساء والطلاب والمعلمون والتجار ورجال الأعمال وضباط الشرطة والجنود بالفخر بلوحة العزوبية. شعر آبي بالسعادة لأن شعب البنغال المتطور يمكن أن يستمتع بالرمزية المخبأة وراء عمله.

في GEAG، كانت هناك قاعة مخصصة للوحات آبي فقط. زار عشاق الفن من جميع أنحاء الهند معرض غريس- إيما للفنون لتذوق التنوع والجمال الجوهري والقيمة اللانهائية لعمله. تدريجياً، بدأ خبراء الفن من الصين واليابان وأوروبا الغربية والشرقية والولايات المتحدة في زيارة GEAG. تعجب الكثيرون من اللوحات، وخاصة الراهب العاري، وإلهة آسام، والجسر فوق هوغلي.

بدأ آبي يستمتع بالسلام الداخلي والصفاء. سرعان ما حصل على بيانو وعزف على باخ وموزارت، وهو ما كان يفعله في كلية اليسوعيين لمدة ثلاث سنوات. كان يستمتع بالجلوس على البيانو الخاص به، والذي دعاه عزيزي غريس، لمدة ساعتين يوميًا. قادته الموسيقى إلى توليد مشاعر إنسانية ناعمة ولطيفة ورسم أكثر الصور آسرة، وأغرته كولكاتا بأن يكون فنانًا ذو مشاعر إنسانية خفية.

في غضون خمس سنوات من افتتاح GEAG، أكملت Celibate درجة من اللوحات الثانوية وثلاث لوحات أخرى مهمة. كانت إحداها صورة لإيما، تسمى *فتاة الزهور*، حيث زينت إيما الزهور الملونة على شعرها وفوق أذنيها. كانت عيناها الخضراء بارزة وثاقبة، والشفتان مرتفعتان قليلاً، والخدان كروبيان. كانت الصورة على لوح من الحور مع طلاء زيت بذر الكتان. تم تعديل لزوجة الطلاء بإضافة مذيب، واستخدم آبي الورنيش لموازنة اللمعان. كان حجم الصورة سبعة وسبعين سم إلى ثلاثة وخمسين سم. عند الانتهاء، احتفظ بها آبي في غرفة نومه.

في هذه الأثناء، تلقى آبي دعوة من معرض ويتوورث للفنون لعرض الراهب العاري. في غضون يومين من المعرض، توافد الآلاف من المدركين لرؤية أعماله. أصبح على الفور ضجة كبيرة، وأصبح عازب وفنه موضوع مناقشات علمية على شاشة التلفزيون خلال الندوات والمؤتمرات. كتبت الصحف مقالات ملهمة عن الراهب العاري ومبدعه، عازب.

زارت إيما آبي في كلكتا عدة مرات منذ إنشاء GEAG، وأحبّت شركة آبي، واستمتع أيضًا بكونه مع إيما. كان ألمه الوحيد هو غياب نعمته الحبيبة، التي كان يتوق إليها طوال شبابه. كان سيشعر بالسعادة لو كانت غريس هناك وبقيت معه إلى الأبد.

في السنة السادسة من افتتاح GEAG، قام آبي بعمل جديد يسمى The Chess Player، والذي كان بأسلوب تعبيري، وحصل آبي على فرصة لعرضه في متحف اللوفر في باريس.

تلقى مكالمة من رجل أعمال صيني في مجال تكنولوجيا المعلومات في اليوم الأول وقام بشرائها مقابل مبلغ لم يكشف عنه. عند عودته إلى كلكتا، بدأ آبي عملًا جديدًا يسمى العناق، والذي نشأ موضوعه أثناء وجوده مع اليسوعيين، واستغرق الأمر عدة أشهر لإكمال المهمة. رتبت إيما لعرض اللوحة في متحف ريكس في أمستردام. في وقت لاحق، عرضه آبي في معرض أوفيزي في فلورنسا وبادرو في مدريد. سافرت إيما مع آبي إلى هولندا وإيطاليا وإسبانيا، ووجد آبي وجودها داعمًا. لكنه شعر بالألم لأن غريس لم تكن هناك لرؤية نجاحه ومشاركة شهرته.

فجأة، عندما عاد وحده إلى الاستوديو الخاص به في كلكتا، شعر آبي بعدم الارتياح. كان هناك قلق وفراغ لا يمكن تفسيره في ذهنه، والذي استمر لعدة أيام. تدريجياً أصبح متقلب المزاج وتوقف عن التحدث إلى موظفيه في الاستوديو. حافظ العديد منهم على علاقة دافئة معه لكنهم فوجئوا برؤية تغييره المفاجئ. شعروا بالقلق على صحته. اعتقد الموظفون أن شيئًا غريبًا قد حدث لسيلبياتي عندما زار أوروبا. عرفوه جميعًا كشخص مرح ومشجع ولطيف يفكر دائمًا في رفاهيتهم وتحسينهم.

لكن آبي عانى بصمت ولم يفكر أبدًا في مشاركة معاناته العقلية مع أي شخص. توقف عن رسم أعمال جديدة وبقي في شقته الملحقة بالاستوديو. كان هناك حزن في عينيه، مثابر وكئيب للغاية. توقف آبي عن المراسلة مع إيما، وظلت رسائل البريد الإلكتروني الخاصة بها غير مقروءة، ليس لأنه لم يحبها ولكن لأنه لم يستطع الرد بالمثل على حبها. لم يكن يعرف كيف يتفاعل معها، حيث امتلأ عقله بالخمول والكسل.

فقد آبي الاهتمام بالرسم. توقف طلاب الفن تدريجياً عن القدوم إلى الاستوديو الخاص به، وكان هناك عدد أقل من الندوات والمؤتمرات في معرض غريس- إيما للفنون. على الرغم من أن حساباته المصرفية تحتوي على ما يكفي من النقد، وأن العمال يحصلون بانتظام على رواتبهم، إلا أنهم فشلوا في الحصول على الرضا الوظيفي، وغادر حوالي اثني عشر منهم الاستوديو واحدًا تلو الآخر في غضون ستة أشهر. أولئك الذين لم يفروا هم مدير معرض الفنون والقيّم الفني وسكرتيرته. توقف آبي تدريجيًا عن التواصل معهم، وتغلغل الصمت في الاستوديو ؛ أصبحت GEAG مقبرة للصمت. استشار المدير العديد من الأطباء والمتخصصين، ولم يستطع أي منهم مساعدة آبي. بالنسبة لهم جميعًا، كان آبي "حالة اختفاء".

شهد المنسق أن آبي أصبح سريع الانفعال والقلق ويعبر عن الشعور بالذنب بشكل مستمر. لم يستطع آبي التواصل مع سكرتيرته، وأدركت أن رئيسها كان يشعر باستمرار بالإرهاق، والتعب الشديد تغلب عليه. توقف عن المشاركة مع العالم الخارجي وعزف على البيانو لساعات معًا. لكن في غضون ثلاثة أشهر، توقف فجأة عن لعبها. لم يستطع آبي التركيز ولم يستطع تذكر حتى التفاصيل الأساسية المحددة للاستوديو الخاص به. ظلت العديد من الرسائل من أوروبا وأمريكا التي تدعو آبي لعرض أعماله دون رد.

كانت هناك اضطرابات في النوم في آبي. لقد غير أنماط نومه. لأسابيع معًا، استمر مستيقظًا خلال الليل ونام في الصباح حتى الظهر. كان من الصعب عليه الاسترخاء في أيام محددة ؛ في بعض الأيام، كان ينام باستمرار لمدة عشرين إلى أربع وعشرين ساعة. كان الاستيقاظ مبكرًا جدًا مشكلة أخرى واجهها. في كثير من الأحيان، كانت هناك كوابيس مرعبة، وفي العديد منها، تعرض لحوادث أثناء السفر مع غريس. شعر بحزن عميق لرؤية جثتها أثناء تلك الهلوسة وبكى بصوت عالٍ. فقد آبي رغباته الجنسية وشعر أنه تحول إلى شخص لاجنسي. الصداع وآلام الجسم وآلام المعدة وآلام المفاصل والتشنجات جعلته طريح الفراش.

استشار سكرتيره أخصائيًا في الصحة العقلية. رأى الطبيب أن آبي كان يعاني من اكتئاب عميق، كان يحمله لسنوات عديدة. اقترح خبير الصحة العقلية أن ما نحتاجه هو الحب والرعاية من شخص قريب جدًا من المريض، والمعانقة، والحضن، والمشاركة. قال الطبيب كذلك إن آبي كان يعاني من فقدان الحب، ومصادرة الحبيب، وغياب شخص يمكنه نقل شغفه إليه. نظرًا لأنه عانى من ضرر لا يمكن علاجه، فقد احتاج إلى تعبيرات غير مقيدة عن المودة من شخص ثمين للغاية، شخص يمكن أن يعطيه الدفء لجسمه وقلبه وعقله. كان من الضروري إعادة آبي إلى عالم من الأمل والفرح والسعادة والتكاتف.

احتاج آبي إلى المساعدة، لأنه كان يمر بتجربة جهنمية فور عودته من جولته الأوروبية، كما حلل الطبيب النفسي. إلى جانب ذلك، حذر المعالج من أنه في مرحلة متقدمة من الاكتئاب.

أرسل الوزير بريدًا إلكترونيًا إلى إيما يشرح كل شيء، ووصلت إيما إلى كلكتا في غضون ثلاثة أيام. عندما رأت آبي، بكت بصوت عالٍ وعانقته مرارًا وتكرارًا، وأخبرته أنه سيتعافى من مرضه في أقرب وقت ممكن. استشارت أفضل الأطباء في كولكاتا. قاموا بتشخيص حالة التعليم الأساسي البديل ووضعوا خطة علاج مفصلة وعملية التعافي وخطة إعادة التأهيل. بدأت إيما تقضي كل ساعات استيقاظها معه. عزفت البيانو لجذب انتباه آبي، واستغرق الأمر منها حوالي أسبوعين للحصول على تركيزه على الموسيقى.

بدأت إيما في طهي طعام آبي وإطعامه أجزاء صغيرة من أطباقه المفضلة من خمس إلى ست مرات يوميًا. كان القرار الأكثر أهمية الذي اتخذته إيما هو النوم مع آبي على نفس السرير. وضعت يدها اليمنى حوله طوال الليل وضغطت عليه نحوها حتى يحصل آبي على نوم جيد. في العديد من الليالي، سمحت له إيما بإبقاء رأسه على حجرها بينما كانت تجلس على السرير حتى يتمكن من الاستمتاع براحة جيدة دون كابوس. قامت بتدليك جبهته وحواجبه وخدوده وشفتيه وفكه وأنفه لجعله مرتاحًا ويشعر بأنه يتم الاعتناء به وحمايته عندما يكون عقله في حالة قلق واضطراب. أصبحت إيما والدة آبي وأخته وابنته ومحبوبة لانتشاله من هاوية الخسارة والرفض.

كل صباح، أعدت إيما قهوة السرير له وساعدته على ارتشافها للاستمتاع برائحتها وطعمها. بدأت تلعب الشطرنج معه، ولاحظت وجود رقعة شطرنج في خزانته.

لم يستطع آبي التركيز لأكثر من خمس دقائق، لذلك ساعدته في التجول، ممسكًا بيده وحمايته من السقوط المحتمل. أعطته دشًا بالماء الدافئ كل صباح وجففت شعره وجسمه بمنشفة قطنية. من خلال مساعدته في تنظيف أسنانه وحلق لحيته وتمشيط شعره ومساعدته في ارتداء ملابسه، أصبحت إيما مشغولة. استمتعت بقص شعره كل خمسة عشر يومًا، والتحدث معه إلى ما لا نهاية أثناء قص شعره، وتشجيعه على التحدث إليها.

غنت إيما الأغاني باللغة الهولندية. غالبًا ما كانت تتلو مقطوعات موسيقية من جيتا جوفيندام وتشرح الحب الخفي في كل كلمة. أخبرت آبي أنه كان كريشنا الخاص بها، وأنها كانت رادها الخاص به، وكانوا يغنون ويرقصون على ضفة نهر يامونا.

في غضون ستة أشهر من وصول إيما، تمكن آبي من اتخاذ خطوات صغيرة بينما كانت إيما تحتجزه، وأدركت أن تعافي آبي كان ممكنًا. كانت إيما تتحدث إليه دائمًا، وتروي له القصص، وتتحدث عن لوحاته، ومعارضه في أوروبا وأمريكا، والحكايات التي تلقاها في كل مكان. ساعدته في العزف على البيانو ؛ استمتعت آبي بذلك وأحبّت صحبتها. بثبات، كان بإمكان آبي العزف على البيانو دون مساعدتها. مع العلم أن آبي يجب أن ينفس عن عواطفه، لأنه لا ينبغي أن يخزنها في ذهنه دون أي منافذ، ساعدت إيما آبي على التحدث والضحك بصوت عالٍ. جعل آبي يشعر بالحرية وتخلص من أحزانه ومخاوفه وقلقه. عرفت إيما أن آبي يحتاج إلى ممارسة التمارين الرياضية بانتظام في الهواء الطلق للتنفس بشكل صحيح وتمديد العضلات دون آلام وتشنجات. أخذته إلى حديقة منزله على كرسيه المتحرك ودفعته لساعات معًا أثناء التحدث معه والغناء له أو تلاوة قصائد مثيرة من جيتا جوفيندام.

كانت إيما مع آبي لمدة ثمانية أشهر تقريبًا، وبدأت في اصطحابه في رحلات طويلة داخل كولكاتا، حيث كانت تزور كل يوم نصبًا تذكاريًا مشهورًا أو مكانًا مهمًا. ذهبوا لرؤية نصب فيكتوريا التذكاري، ومعبد كاليغات، وحصن ويليام، وقبة بيرلا السماوية، والمتحف الهندي، والبيت الأم، ومدينة العلوم، وكاتدرائية القديس بولس، وقصر قصر الرخام، وحديقة عدن، وحديقة حيوان أليبور، وكلية سانت كزافييه. ساروا جنبًا إلى جنب وتحدثوا عن الفن والموسيقى وألعاب الشطرنج *وأغوري سادهوس* وكومبه ميلا والمعارض الفنية والمستعمرات الهولندية في الهند وإندونيسيا والعديد من الموضوعات الأخرى. استمتعا بالجلوس معًا والتحدث والقيادة.

زار آبي وإيما عشرات المطاعم للاستمتاع بالمأكولات البنغالية الشهية.

تعافى آبي من مرضه في غضون تسعة أشهر، لكنه كان لا يزال غير قادر على التركيز على القراءة والكتابة والرسم. بدأت إيما في توظيف موظفين جدد في *الاستوديو ومعرض غريس إيما للفنون* وأعطتهم توجيهًا شاملاً لمدة شهر حول طبيعة الواجبات في وجود آبي. مرة أخرى، بدأ آبي الأعمال التمهيدية لتنظيم الندوات والمؤتمرات والمعارض. في غضون شهرين، أصبح GEAG على قيد الحياة ؛ بدأ مئات السياح الأجانب والمحليين في زيارة المعارض الفنية.

راهب الصلاة العاري

أرادت إيما التأكد من تعافي صديقها ويمكنه القيام بعمله بشكل مستقل. واصل آبي النوم في راحة يد إيما اليمنى أثناء وجوده في السرير. عندما استيقظت، احتفظت برأسه في حضنها وأخبرته بعشرات القصص من الفولكلور الهولندي، وجاتاكاس البوذي للأدب البالي مع طبقات معقدة من الرمزية، وبورانا الساحرة المكتوبة باللغة السنسكريتية. في غضون عام واحد من وصولها، بدأت آبي الرسم مرة أخرى. أعطته إيما فكرة وموضوعًا لرسم لوحة جديدة. عمل لمدة ستة أشهر لإكمال العمل وطلب من إيما تسميته. اقترحت العنوان: القبلة. وقد أعجبها آيب.

استمرت إيما وآبي في لعب الشطرنج، وسرعان ما اكتشف آبي أنه يستطيع هزيمتها بسهولة في غضون خمسة عشر حركة. إيما لا يمكن أبدا أن تفوز في مباراة ضد آبي.

بقيت إيما مع آبي لمدة عام ونصف تقريبًا، وخلال الشهر الماضي، تعافى آبي تمامًا من اكتئابه. حان الوقت لكي تعود إيما إلى أمستردام وتستأنف واجبها الجامعي.

"آبي، أنا سعيد جدًا لأنك تعافت تمامًا ويمكنك التركيز على عملك في الاستوديو الخاص بك."

"إيما، هذا بسببك. لقد أنقذني حبك من موت محقق ".

"لو لم أفعل أي شيء من أجلك، كنت سأموت من الاكتئاب. قالت إيما: "أنت أنا، ولا يمكن لأي قوة أن تفصلني عنك".

"أنت على حق. الحب أعمق بكثير من الوقوع في الحب. عندما نحب، نصبح الآخر ؛ لا يوجد انفصال ".

"أنا أتفق معك، آبي. الحب ليس نشاطًا خارجيًا ؛ إنه عمل داخلي. إنه تضافر قلبين، اتحاد كائنين بشريين مستقلين ".

"إيما، يجب أن يكون هناك شخصان على الأقل لتحبيهما. قد لا أتفق مع سلوكيات الشخص الآخر ومواقفه وآرائه وأيديولوجياته. في بعض الأحيان، قد أعبر عن عدم موافقتي بالأقوال والأفعال. ولكن في الحب، يتجاوز الشخص الآخر سلوكه وأفعاله. ما أحبه هو مجمل الشخص ".

"صحيح جدا. قد يقع الشخص في الحب لأسباب أنانية، ويخرج من الحب عندما يتم استيفاء الأسباب، ويفشل في الاجتماع، وأحيانًا ليس لديه ما يكسبه. هنا ما ينقص هو وجود الشخص كشخص ".

"أتفهم وجهة نظرك. قد يؤدي الوقوع في الحب إلى الوقوع في الحب عندما تتعارض رغبتك مع الواقع. يمكن أن يكون الوقوع في الحب هامشيًا وغير دائم إذا فشل في البحث عن الشخص. إلى جانب ذلك، لا تحتاج إلى الوقوع في حب شخص ما لتحب هذا الشخص. حتى من دون الوقوع في الحب، يمكن أن ينمو حبك للشخص ويزدهر ".

"أنت على حق، آبي. تؤدي حججك أيضًا إلى احتمال آخر، وهو صحيح وممكن بنفس القدر. يمكن أن يكون الرجل أو المرأة في وقت واحد في حالة حب عميق مع أكثر من شخص واحد ".

"هذا صحيح، إيما. دون أي انفصال، أحب غرايس. أحبك محرومة من الحدود، بلا شروط ".

نظرت إيما إلى آبي. اعترف آبي لأول مرة بأنه أحبها وأحبها تمامًا ودون قيد أو شرط. كان الفرح الذي منحته لإيما هائلاً، وشعرت أن قلبها ينفجر بسعادة.

"أنا أحبك كثيرا. ليس لدي كلمات للتعبير عن سعادتي. عندما أفكر فيك، أشعر أنك موجود في داخلي. أنت إحساس لا يتوقف في داخلي. وهكذا، أصبحت مجمل وجودي، عزيزي آبي ".

"إيما، أنا سعيدة للغاية لسماع ذلك. لكنني أحب غرايس أيضًا ؛ إنها لا تنفصل، مثلك، ولا يمكنني أن أحظى بحياة بدون غرايس، ومستقبل بدون غرايس. لا أستطيع العيش بدونك أيضًا. لنفترض أنك إذا رفضتني، فسوف أموت من الاكتئاب، ولن أتمكن من الاستمرار في العيش ".

"آبي، هذا شعور حقيقي، عاطفة حقيقية، وأنت تقول ذلك. لك هو الحب الحقيقي. أنت تحبني أنا و (غرايس). كلانا لا ينفصل عنك، ولا يمكنك التفكير في موقف لا يكون فيه أحدنا موجودًا من أجلك، أو يرفض أحدنا حبك ".

"أنت على حق. لقد أصبحتما وجودي. كلاكما أنا". رد آبي.

أجابت إيما: "يمكنني الشعور به، والشعور به وتجربته".

"حتى اليوم، لم يكن لدي أي علاقات جنسية معك، ولم أفكر في ذلك أبدًا. لكن كانت لدي رغبة شديدة في ممارسة الجنس مع غريس لكنني لم أرغب في الإساءة إليها. لم أكن أريد أن أحط من كرامتها ؛ لقد كرهت التشكيك في مساواتها. حاولت في كثير من الأحيان أن أخبرها أنني أحب ممارسة الجنس معها، لكنني لم أفعل ذلك لأنني شعرت أنها ربما عارضت ذلك، لأنه كان انتهاكًا لحريتها. أنا أحترم النساء وخصوصيتهن وقدرتهن على اتخاذ القرارات بشكل مستقل، وأنا أقدر وأكرم خصوصيتك أنت وغرايس. مثل هذا السلوك الذي تعلمته من والدي، الذين اعترفوا بحريتي. بقيت عازبة، ليس بسبب غرايس أو بسببك. كان خياري، قرار.

"لكن آبي، ماذا سيكون رد فعلك إذا أخبرتك أنني أحب شخصًا آخر بنفس الطريقة التي أحبك بها، ولدي علاقة حميمة جنسية مع هذا الشخص ؟"

"إيما، لن أتدخل في حياتك الخاصة. لم أسألك أبدًا عما إذا كنت متزوجًا أو تحب شخصًا ما أو ما إذا كنت عذراء. إنها حياتك الخاصة، وليس لي الحق في طرح مثل هذه الأسئلة. لقد قبلتك كفرد يسعى لتحقيق الذات وشخص لديه قدرات وحريات صنع القرار. أحبك لأنني معجب بك، لأنك شخص مستقل، وأختبر وجودك في داخلي. وبنفس الطريقة، لا أعرف أي شيء عن غريس. بقينا معًا لمدة تسعة أشهر، ونمنا على نفس السرير، وعملنا معًا، وتقاسمنا الطعام، وزرنا العديد من المطاعم، وذهبنا للنزهات والسباحة. لم ألمسها أبدًا، لكنني أحبها لدرجة لا يمكن للكلمات تفسيرها. أعلم أنها أحبتني أيضًا. ابتعدت عني لأن لديها أسباب وجيهة. حتى من دون أن تخبرني عن سببها، كانت حرة في الذهاب، وهو استقلاليتها. لقد أخبرتني أنها ربما كانت تبحث عني على مدى السنوات التسع عشرة الماضية. وبنفس الطريقة، أبحث عنها. إذا تزوجت أو لديها أطفال، فهذا لا يؤثر علي. حبي لها يفوق حريتها. أنا أحب غريس، هذا كل شيء. وأنا أحب إيما، هذا كل شيء. أنا أحب كلاكما دون أي شرط ".

"لا توجد قاعدة مفادها أنه لا يمكن لأي شخص أن يقيم علاقات جنسية إلا مع شخص واحد. الزواج الأحادي ضد علم النفس البشري وعلم الأحياء. بطبيعتها، يستمتع الإنسان العاقل بالعلاقة الحميمة الجنسية مع الكثيرين وكريشنا، و gopikas هي أفضل الأمثلة. في ماهابهاراتا، كان لأطفال كونتي أسلاف مختلفة. معابد خاجوراهو وكاماخيا هي أمثلة عليا على الرجال والنساء الذين لديهم أكثر من شريك جنسي واحد. لكن الحب أيضًا يتجاوز الجنس ؛ إنه اتحاد القلوب، وليس دائمًا اتحاد الأعضاء التناسلية. جميع القواعد من صنع الإنسان، ويمكنك كسرها متى شئت. ويترتب على ذلك أن قواعد العلاقات الأحادية يقصد بها الانتهاك، لأنها لا تتوافق مع الطبيعة البشرية. تُثبت الدراسات أن معظم البشر الأحياء، المتزوجين وغير المتزوجين، لديهم شركاء جنسيين متعددين ".

"مفهوم الخيانة الزوجية هو كذب على النفس. قال آبي: "لكنني لا أهتم حتى بذلك".

"يمكن أن يكون الرجل أو المرأة في علاقة حميمة مع أكثر من شخص واحد. الحميمية لا تعني دائمًا الجنس. يمكن أن تكون هناك علاقة غير جنسية وحميمة لا تنفصل، مثل علاقتنا، لأننا لم نمارس الجنس أبدًا ".

"إيما، أنت تلهمينى دائمًا للتفكير. نعم، من الممكن وجود علاقة حميمة مع أكثر من شخص واحد. وقد أثبت كلانا ذلك. بالنسبة لي، فإن الحب بين الأشخاص المشاركين في مثل هذه العلاقات حقيقي وعميق. على مدى السنوات القليلة الماضية، لا يسعني إلا أن أفكر في حياة بدونك. تعتمد العلاقات على كيفية فهم الناس لطبيعة ومعنى تضافرهم ".

"يمكن للمرأة أن تحب أكثر من رجل في نفس الوقت. تأتي المشكلة عندما نفكر في مؤسسة الزواج. لكن الزواج ليس ضروريًا للإنجاب أو استمرار الجنس البشري أو رعاية الأطفال وحمايتهم. قد نتجاوز الزواج، لأن ربط شخصين في الزواج قد يؤدي إلى فقدان الحرية الشخصية المطلقة والمساواة وتكافؤ الفرص. في بعض الأحيان، يكون الزواج رخصة للعنف

والقمع والإخضاع. يمكن أن يكون عقوبة السجن للكثيرين أو نذيرًا بالمعاناة والأحزان والرفض والاكتئاب. الغش والانتحار جزء من الزيجات الفاشلة. كمؤسسة، فقد الزواج معناه وهدفه وضرورته. لقد كان مع الجنس البشري على مدى الخمسة آلاف سنة الماضية. ومع ذلك، لعدة قرون، كان الزواج الأحادي ركيزة الزواج، على الرغم من أن الشركاء ينغمسون في الجنس دون الآخرين دون علم الشريك. الزواج، مثل الدين، يموت، ولا يمكن أن يدوم طويلاً. لا يمكنك حبس العواطف والاحتياجات والتطلعات الإنسانية لفترة طويلة. لملايين السنين، عاش البشر دون زواج، وفي المستقبل، سيكون البشر قادرين على العيش لفترة أطول من الزواج ".

"وجود زوجة واحدة، زوج واحد هو ظاهرة جديدة. قال آبي: "العلاقة بين الزوج والزوجة غير طبيعية وهي لعنة للحضارة الإنسانية والتقدم".

نظرت إيما إلى آبي، وكانت عيناها مشرقتين مثل مصابيح الزيت في معبد كاليغات. "أحبك يا آبي"، قائلة إن إيما اقتربت من آبي وقبلت خديه.

"أحبك يا عزيزتي إيما. الحياة مرة واحدة فقط، وأحتاج إلى حياتي كلها للتعبير عن حبي وإخبارك أنني ممتن لك. أنت نعمتي، والنعمة هي أنت ".

"أنت آبي، يسوع العاري، الذي قابلته مريم المجدلية عند القبر في منتصف الليل. أنا المجدلية ؛ هي وحدها تجرأت على الوقوف معه حتى في منتصف الليل في المقبرة. التلاميذ، بطرس ويعقوب، ماثيو وفيليب، أندرو ويوحنا وجميع الآخرين، كانوا جبناء. أخبرتهم مريم المجدلية أن يسوع قام من بين الأموات. لكنهم لم يصدقوها، لكنها أصرت على أن يذهبوا معها. بعد مقابلة يسوع شخصيًا، أطاحوا بمريم المجدلية من الكنيسة ووصفوها بأنها خارجة عن القانون وخاطئة وزانية. لقد وضعوا قوانين للكنيسة، وتلاعبوا بكل شيء، ورعوا في نظام أبوي قوي مثل الإسلام. أشاركك مع غريس، التي لم أرها من قبل، لكنني متأكد من أنني أحبها لأنني رأيتها فيك. أنا وهي لا نستطيع التنافس مع بعضنا البعض، وأنا وغريس نشكل وحدة واحدة فيكم. إلى جانب ذلك، نحن ناس بالغون. من عندك، عرفت أن غريس كانت شريفة ورائعة. كانت مليئة بالحب. كان حبها مثل حب رادها، لأنها لم تكن تغار أبدًا من زوجات كريشنا، ولم تكن تغار أبدًا من الجوبيكا الأخرى. يا لها من علاقة رائعة. كان كريشنا شخصًا لديه رؤية كبيرة وقلب مليء بالعاطفة، ورد رادها والغوبيكا بالمثل. في تلك العملية، تحول كريشنا إلى رادها وغيرها من أمهات الحليب، وتطوروا إلى كريشنا. إنه المعنى النهائي للحب. هذا هو السبب في أن جيتا جوفيندام أصبحت التحليل النموذجي والأعلى للحب، ولا يمكن لأي عالم نفس أن يفسر معنى الحب وعمقه وجماله بمثل هذه الكلمات الواضحة والمؤثرة على القلب ".

استمع آبي إلى إيما باهتمام بالغ. شعر أن كل كلمة كانت قاطعة ومليئة بالمعنى، وجاءت من قلب صادق وصادق. فجأة، نهض آبي من الأريكة، واقترب من إيما، وعانقها. لأول مرة في حياته، كان يحتضن امرأة. ضغطها على صدره، وشعر بقلبها النابض.

"إيما، أنا أحبك كثيراً"، قائلاً إنه قبّلها على خديها. لأول مرة، قبّل امرأة. شعر آبي بالجمال، شعور رائع، أكثر كثافة بكثير من الاستماع إلى باخ أو لعب لعبة الشطرنج مع غريس.

"شكراً لك يا آبي".

"إيما، حبيبي، لقد أصبحت حبيبي، مثل نعمتي. أنا أحبها، وأنا أحبك. ليس هناك شك في من يجب اختياره، لأنني اخترت كلاكما ".

"أنا أحبك يا آبي".

أحبّت إيما أن تكون مع آبي، ولم ترده أن يزيل يده. اعتقدت أنه دعه يعانقها حتى الخلود. لم تستطع إيما تذكر مثل هذه التجربة الجميلة في حياتها. اعتقدت أن الأمر يشبه ممارسة الجنس بين كريشنا ورادها على ضفة نهر يامونا.

نادى آبي اسمها "إيما"

صرخت بهدوء: "كريشنا، حبيبي كريشنا".

أجاب: "رادهي، حبيبتي رادهي".

وقفوا هناك لفترة طويلة، مستمتعين بالتكاتف.

ذهب آبي إلى المطار مع إيما، ومرة أخرى، عانق وقبل خديها.

تلقى آبي دعوة من متحف المتروبوليتان للفنون، نيويورك، في غضون ثلاثة أشهر لعرض القبلة. زار العديد من الناس المتحف لمشاهدة القبلة، وقدر النقاد الفنيون ذلك، وأصبح آبي من المشاهير الدوليين في عالم الفن. قابلت إيما آبي في نيويورك، وسافروا معًا في جميع أنحاء أمريكا وزاروا بعض مدارس الفنون وصالات العرض ؛ ألقى آبي محاضرتين حول تأثير الذكاء الاصطناعي على الفن الحديث.

دعا آبي إيما لزيارته في المعرض التالي للقبلة في مومباي. لكنها أعربت عن عدم قدرتها على حضورها لأنها كانت تنظم سلسلة من الندوات حول آغوري سادهوس في الجامعة. بدلاً من ذلك، وعدت بزيارته في كولكاتا في غضون ثلاثة أشهر، مباشرة بعد معرض مومباي في يناير. عاد آبي إلى كلكتا من الولايات المتحدة، حيث تم تنظيم عرضين، بشكل رئيسي للفنانين الشباب

كان معرض مومباي في الأسبوع الأول من يناير عام ألفين وعشرين وسافر آبي إلى مومباي في اليوم السابق. كان يحب معرض الفنون، الذي كان على مستوى دولي، مع مرافق حديثة ممتازة. كان هناك طابور مستمر من الفن المعرفي والخبراء والهاويون لمشاهدة القبلة. تعجب الجميع من البساطة والرمزية والتأثير العميق والجمال المذهل والجاذبية الأبدية والإحساس الجمالي الفريد للوحة. شعر آبي بالسعادة واتصل بإيما عدة مرات لإبلاغها بالترحيب غير

المكبوح بالعمل الذي تلقاه من الجمهور. نشر بضع لقطات لتعبيرات وجه المشاهدين على واتساب لإيما وأخبرها أن الموضوع الذي اقترحته يولد جاذبية لا يمكن إخمادها.

لكن زيارة أنسويا جاين حطمت سلام آبي. شعر بالحزن ؛ لم يستطع مقابلة وجهها وجهًا لوجه عندما جاءت ولكن لم يكن لديه سوى لمحة عنها أثناء دخولها الليموزين للمغادرة. من دليل صناعات جاين والمعلومات الأخرى ذات الصلة التي يمكن أن يجمعها على الإنترنت، خلص آبي إلى أن أناسويا جاين كانت غريس. لكن إقناع عقله كان مرهقًا إلى حد ما، حيث كانت غريس، التي أقام معها في حي سينغويريم الفقير بالقرب من حصن أغوادا في غوا، يتيمة، عاملة يدوية، على الرغم من أنها كانت رائعة.

ذهب آبي من خلال اتصالاتها مرة أخرى. كانت دقيقة، وقد أعربت عن رغبتها في شراء اللوحة لمجموعتها الخاصة، وكانت مستعدة لدفع أي مبلغ مقابلها. كان آبي يعرف بالفعل أن أنسويا جاين كانت صناعية ثرية في مومباي ورثت الكثير من ثروة والدها الراحل. كما أنشأت كمية هائلة من الأصول بعد توليها منصب رئيس صناعتها. تحظى أناسويا جاين باحترام كبير لصدقها وصدقها وموقفها الصديق للعمال ومبادرتها، وتعتبر جوهرة في الألفية الجديدة في الهند.

أخذت أنسويا جاين موعدًا مع آبي، وكان الوقت الممنوح لها هو الرابعة مساءً. حاول آبي تهدئة عقله لأنه اعتقد أن أنسويا جاين يمكن أن تكون غريس. تذكر آبي الوقت الذي قضاه مع غريس في غوا، أكثر الأيام إثارة في حياته. على مدى السنوات العشرين الماضية، كان يفكر فيها في كثير من الأحيان كل يوم. ملأت عيناها الجميلتان، ووجهها الساحر، والإيماءات الكريمة، والكلمات المحبة، وأفعال الرعاية والدعم عقله، وأصبحت جزءًا لا يتجزأ من وجوده. بالنسبة لآبي، كانت النعمة صوته ونبضات قلبه وضميره. عاش من أجلها، وكان لديه أمل دائم في مقابلتها ذات يوم وقيادة حياة معها. كانت النعمة كل شيء لآبي ؛ بكى قلبه عليها، وكان بحثه لا ينتهي.

تذكر أغاني الأفلام الهندية اللطيفة التي غنتها يومًا بعد يوم على شرفه ؛ تذكرها وتلاها بلا توقف من قلبه عندما شعر بالوحدة والحزن. ذكريات حية من لعبة الشطرنج مع غريس مداعبة واحتضان أفكاره. كان بإمكانه تذكر كل حركة قام بها كلاهما على رقعة الشطرنج. كان الوقوف بجانب المخزن وتناول الطعام من المقلاة أمرًا رائعًا بالنسبة لآبي. إن الشعور البهيج بالحب والرغبة في الحصول على هذه المشاعر بالمثل أغراه بالانتظار لفجر جديد. كان وجودها في كل مكان هو مجمل حياة آبي، وقد استمتع تمامًا بكل ثانية قضاها معها. كانت النعمة حياته وأنفاسه. وعلى مدار العشرين عامًا الماضية، عاش من أجل غريس، على أمل أن تظهر أمامه يومًا ما. وقد وصل ذلك اليوم، لكن كان هناك قلق غير مفهوم في ذهنه، وحيرته علاماته.

كانت غريس محيرة، محيرة، لا يمكن فهمها، وفي الوقت نفسه ساحرة. لقد انتظرها لفترة طويلة. إذا كانت أناسويا جاين نعمة، فسيعانقها ويقبلها ؛ سيضغطها على صدره لأنه يريد تجربة خفقان قلبها. أراد أن يسألها: "غريس، أين ذهبت ؟" وكان يحب أن ينظر إلى عينيها ويقول لها: "غريس، أنا أحبك ؛ كوني معي إلى الأبد". أراد أن يرفعها بين ذراعيه، ويحملها لساعات معًا، ويشعر بوجودها، ووحدتها معه. حاول لعب لعبة الشطرنج معها، وكانت ستقتله مع فارسها أو أسقفها. كان يعلم أنها لاعبة شطرنج أفضل ؛ لقد حسبت كل حركة لها ولعبتها بأناقة. كانت هزيمة غريس مهمة صعبة. لكنها سمحت له بالفوز حتى يشعر بالسعادة. ربما فعلت إيما الشيء نفسه. لم تستطع أبدا الفوز بمباراة ضده. ربما تكون إيما قد خسرت عمداً من أجله، وهو ما قد يكون سيكولوجية امرأة واقعة في الحب، لأنها تفرغ نفسها للشخص الذي تحبه. لكنه أحب جريس، وأحب إيما أيضًا.

كان من الرائع تطوير صداقة مع إيما ؛ كانت مثل غريس، وكانت غريس مثل إيما. لكن كلاهما كان فريدًا ومهتمًا وذكيًا ومعقدًا. تركته غرايس، وبقيت إيما معه.

فجأة رن هاتفه الخلوي. "مساء الخير يا سيدي. أنا مدير الفندق. السيدة أناسويا جاين هنا. هل يمكننا المجيء ؟"

أجاب آبي: "نعم، من فضلك". اجتاح آبي شعور بالتوقع. ثم، كان هناك أناسويا. كانت ترتدي ساريًا طويلًا ونحيلًا وساحرًا وأنيقًا. نظر كلاهما إلى بعضهما البعض لبضع ثوان.

"آبي، هذا أنت ؟" كلماتها مليئة بالعواطف العميقة.

"غريس، عزيزتي غريس"، تحدث بلطف ولطف.

"آبي، عزيزي آبي"، نادت مثل نقيق الطيور.

جلسا على الأريكة في مواجهة بعضهما البعض.

"أين اختفيتِ يا غرايس ؟" سأل.

أجابت: "أريد أن أسألك نفس السؤال يا آبي".

قال: "لقد بحثت عنك في جميع أنحاء العالم".

"أنا أيضاً. عدت إلى سينغويريم بعد يومين من مومباي، واعتقدت أنك ستكون هناك. لم يعرف أي من جيراننا إلى أين ذهبت. بحثت في حصن أغوادا، على شاطئ سينغويريم، في كالانغوت، في باناجي، وفي جميع أنحاء غوا، مرارًا وتكرارًا. غالبًا ما سافرت في طول وعرض الهند لسنوات معًا. وقالت غريس: "لقد أغضبتني"، مثل قراءة قصيدة.

"غريس، لقد بحثت عنك في ذلك المساء على الشاطئ. اعتقدت أنك تمزح معي. قضيت الليل كله هناك ".

نظرت غريس إلى آبي بألم لم يكشف عنه، ولاحظ آبي أن غريس تبدو هي نفسها. كانت عيناها تتلألأان، وصوتها يتردد صداه بصدق وصدق.

"آبي، لقد أخبرتك عدة مرات، بكلمات مختلفة، بمهارة أنك بحاجة إلى الانتظار لبعض الوقت، وسأعود إذا تركتك، وسنصنع معًا مستقبلًا ."

"نعم، غريس، كان عقلي حريصًا على مقابلتك، وبدأت في البحث عنك في مكان آخر. بدلاً من التجول في جميع أنحاء الهند، كان يجب أن أبقى في منزلنا ".

"أخبرتك أنني حلمت بأفضل صديق في حياتي، وكنت أنت ذلك الشريك. واعتقدت أنك فهمت معنى كلماتي ".

"النعمة، حبي، إعجابي بك جعلني أغضب. لم يسمح لي بالتفكير بشكل مقنع وتقييم الأحداث في حياتنا. فشلت في فهم المعاني الأعمق لكلماتك وإيماءاتك وأفعالك،"كانت كلمات آبي صريحة لكنها مليئة بالحزن.

"آبي، اضطررت للذهاب إلى مومباي، كما وعدت والدي، سأعود إلى المنزل بعد عام واحد من تجربتي. في وارتون، ألهمني أستاذي للخضوع لسنة واحدة من التدريب الميداني في وضع غير ملائم للغاية لأصبح قاسيًا، وأتعلم السلوك البشري في اللحم والدم، وأعد نفسي لاكتساب مهارات جديدة، وأتحمل مسؤوليات أعلى. وقبلت تحديه. عندما عدت من الولايات المتحدة، أخبرت والدي أنني سأذهب إلى مكان ما، وأبقى مع أفقر شرائح المجتمع، وأقوم بالعمل اليدوي كل يوم لمدة عام واحد، وأكسب رزقي من عملي الشاق. عدم وجود حساب مصرفي، وعدم وجود ضمان اجتماعي وحماية كان قراري، والبقاء في مكان بدون أي مرافق أساسية، كان فكرة جديدة. لم يعرف والداي أبدًا مكاني، حيث أخبرتهم ألا يبحثوا عني ويحاولوا الاتصال بي ".

"لم أدرك ذلك أبداً. اعتقدت أنك فتاة من الأحياء الفقيرة، ويتيمة، وغير متعلمة. ومع ذلك، فقد أعجبت بحدة عقلك وتطورك وقدرتك على الترشيد والتحليل والانفتاح والنضج. لقد أحببت حبك ورعايتك وحضورك واهتمامك وإخلاصك. لم أكن أريد أي ثروة ؛ أردت فقط أنت، ووقعت في حبك، نعمة حي سينغويريم الفقير ".

أجابت غريس: "كانت هذه نيتي ؛ يجب ألا تعرف أبدًا من أنا عندما كنت معك".

"غريس، كنت أكثر شخص ناضج قابلته في حياتي، فرد يتمتع بالكرامة العليا، وأعلى الشجاعة، والأناقة المطلقة، والسحر غير المرئي، والحب اللانهائي، والثقة التي لا يمكن تصورها."

بكيت غريس كما لو أن قلبها تحطم إلى قطع صغيرة. نظر إليها آبي، وبذل قصارى جهده للسيطرة على عواطفه.

"لم أكن أريد أن أخبرك علانية أنني أحبك. لطالما وثقت بك وأعجبت بك. كنت فخورة بمقابلتك، ويمكنك أن تكون شريك حياتي "، وهي تمسح دموعها. قالت غريس.

"غريس، كان نفس الشعور في قلبي. كنت أعتز بكل شيء صغير فعلناه معًا في سينغويريم من اليوم الأول فصاعدًا ".

"مقابلتك في محطة حافلات كالانجوت كانت فرصة. ولكن حتى للوهلة الأولى، طورت تقاربًا معك وأردت مساعدتك. لهذا السبب دعوتك إلى منزلي لقضاء ليلة. لكنك فوجئت عندما وصلت إلى مسكني وشعرت بالرعب عندما علمت أنني كنت أبقى وحدي. عندما طلبت منك النوم على سريري، صدمتك. لكن ثقتي بك كانت كالصخرة. توقعت أنك ستغادر في صباح اليوم التالي. بعد ذلك، أردت البقاء معي لمدة ثلاثة أيام أخرى وكسب المال لتغطية نفقاتك وأجرة الحافلة. صدمني قرارك عندما أخبرتني أنك تريد البقاء معي بعد أربعة أيام ؛ شعرت بالرعب، على الرغم من أنني معجب بك. حاولت إقناعك بأن بقائك معي لم يكن الخيار الأفضل. افترضت أن هناك وظيفة في انتظارك في مومباي، وكنت سأكون سعيدًا لو انضممت إلى وظيفتك ؛ وعندما عدت إلى مومباي، كان بإمكاني الاتصال بك واستئناف صداقتنا. لكنك أردت الاستمرار في البقاء معي. آيب، تلك الأيام كانت الأفضل في حياتي. [NEUTRAL]: أعتز دائمًا بالذاكرة التي ساعدت حبي على النمو وازدهرت ثقتي بك. وقررت أنك ستكون شريك حياتي. أردت إزالة الخواتم من أصابع قدمي في اليوم الذي قبلتني فيه ".

"غريس، أردت أن أخبرك عدة مرات أنني أحبك، وأردت أن أعيش معك كشريك حياتي".

"لكن لماذا لم تخبرني ؟ كل يوم، انتظرت أن أسمع منك ؛ أردت أن تقضي حياتك كلها معي. كنت أعرف أن قلبك يتوق إلي، لكنك كنت صامتًا. في بعض الأحيان، يمكن للكلمات المنطوقة أن تنسج السحر، أجمل أقمشة الحياة. يمكن أن يزيل الشكوك والمخاوف والحزن والقلق والشكوك ويجلب الفرح والسعادة والتكاتف. آيب، أردت أن أعانقك عدة مرات، وأقبلك على شفتيك، وأمارس الجنس معك. أردت أن أخبرك أنني أحبك، وكنت موضع ترحيب للبقاء معي إلى الأبد. لكنني كنت أحمق في إعطائك الاختبار النهائي. بكلمات واضحة، كان يجب أن أخبرك أنني سأعود من مومباي، ثم سنبقى معًا إلى الأبد ". تصدعت كلمات جريس. بكيت بألم عميق.

"غريس، كنت غبية. كان يجب أن أخبرك أنني أحبك أكثر من قلبي ؛ كنت كل شيء بالنسبة لي ".

"آبي، مقابلتك كانت غير مقصودة، لكن اختيارك لم يكن كذلك ؛ لقد كان اختيارًا. حتى في ظهورك الأول، أعجبت بك، وبرزت أمامي كإله يوناني. لقد كنت ساحرًا لقلبي وخلقت مشاعر محيرة وتموجات ساحرة في داخلي. عندما بدأت العيش معي، أدركت أنك الشخص الذي بحثت عنه منذ المراهقة. أحببت قربك وغالبًا ما أحببت الوقوف بالقرب منك وتجربة الرائحة

الجميلة لجسمك ودفء ذراعيك. لقد مزقت غشاء البكارة مرارًا وتكرارًا في أحلامي، وكنت أعتز بهذا الألم الجميل والإحساس الحارق. لقد أحببتك بعمق، وحلمت أن أكون معك إلى الأبد. لقد أعجبت بنضجك العاطفي وسلوكك الكريم واحترامك الثابت للآخرين وحبك وثقتك بي. لكنني أردت أن أعرفك بعمق، لقد اخترتك كشريك حياتي في قلبي، لكن رأسي أخبرني أن أعيد تقييمك، ما إذا كان بإمكانك انتظاري، والبقاء وحدي، والمعاناة من أجلي. ترغب بعض النساء دون وعي في الابتعاد عن الرجل الذي يحبونه لتجربة آلام الانفصال ومقابلته في المستقبل. أردت أن أبقيك في ذاكرتي وأفكاري ورغباتي وأن أرفعك كشريك حياتي في غيابك. لكن في النهاية، فشلت، ليس أنت يا عزيزي آبي، وبالتالي اختفى خياري ".

شعرت آبي أن قلبها ينفطر، وكانت تبكي في عقلها الباطن. كان عذابها أبعد من الكلمات. أخبر آبي غريس عن سفره بالشاحنة إلى بوني، وحياته مع اليسوعيين، ونذره بالفقر والعفة والطاعة. شارك تجربته في العمل المجتمعي في جمعية يسوع، حول اللاجئين المسلمين، وهؤلاء النساء والأطفال من أحمد آباد، وضحايا المذابح التي نظمها المتعصبون. قام بتفصيل رحلته إلى جبال الهيمالايا، وزار العديد من المعابد، وشارك في *كومبه ميلاس* في ناشيك وأوجين وهاريدوار وبراياغ.

شارك مع غريس تجاربه مع إيما، والاجتماعات مع أغوري سادهوس، والمساعدة التي تلقاها من إيما لرسم صورة راهب عاري. أخبرها عن لوحاته العديدة، الراهب العاري، والجسر فوق هوغلي، وإلهة آسام، ولاعبة الشطرنج النسائية، وفتاة الزهور، وامرأة في قارب، والعناق والقبلة، وافتتاح الاستوديو الخاص به في كلكتا، ومعرض غريس إيما للفنون. أظهرت غريس حماساً هائلاً لمعرفة كل تلك القصص.

روى آبي كيف رسم مريم العذراء لليسوعيين، وغطى رأس غريس بقطعة من الوشاح الأزرق. شرح بوضوح معارضه في أمستردام ومدريد ومانشستر وفلورنسا وباريس وواشنطن العاصمة ونيويورك. أخبرها آبي عن الاكتئاب الذي عانى منه لمدة عامين بسبب غياب غريس في حياته والرعاية والحب والحماية التي تلقاها من إيما. استمعت إليه غريس كما لو كانت تستمع إلى قصة الحب الأكثر سحراً على الإطلاق.

قال آبي إنه في جميع أعماله تقريبًا، كان يرسمها. أصبح البحث عن وجهها الجميل في جميع الزوايا والزوايا في جميع أنحاء الهند جزءًا من روتينه، وأثناء الرسم، حمل صورتها الجميلة في قلبه. عند الاستماع إليه، ابتسمت غريس وضحكت بشكل متقطع ؛ في بعض الأحيان، كانت الدموع في عينيها.

أخبرت غريس آبي أنها فتشته كل يوم على مدار العشرين عامًا الماضية، على الرغم من أنها كانت مشغولة بصناعات جاين. تخلى شقيقها، الشقيق الوحيد، عن العالم وأصبح ديغامبار سانياسي، راهب جاين عاري. قبلت الرئيس التنفيذي لشركة جاين للصناعات، التي أخلاها شقيقها. بعد وفاة والدها، أصبحت رئيسة مجلس الإدارة في عام 2000 وعشرة أعوام ؛

استحوذت على فندقين آخرين، ومستشفى متخصص للغاية، وسلسلة من محلات السوبر ماركت، وشركتين لتكنولوجيا المعلومات.

"ما تعلمته في وارتون وغوا، تدربت على التعامل مع الناس أثناء العمل. كان تأثيرك عليّ نابضًا بالحياة بشكل مذهل في جميع الأوقات ؛ قادني صدقك ونزاهتك مثل الشعلة في الأزمات. ساعدتني الذاكرة على المضي قدمًا بقوة ؛ أضاءت الذكريات مساراتي وأغرتني بالمضي قدمًا. تذكر، كنا نسير في الضوء الخافت من محطة حافلات Singuerim إلى منزلنا. كانت رحلتي في السنوات العشرين الماضية من هذا القبيل، ونورك ساعدني، على الرغم من أنه لم يكن مشرقًا في بعض الأحيان. كان تذكرك مصدر دفء. لكنه مزقني لأنك لم تكن معي كشخص حقيقي. لقد بنيت جدارًا حولي من ذكرياتك، ولم يكن لدي مخرج. وهكذا، جلبوا لي الألم والأحزان والألم والحزن عندما احترق الوقود تمامًا ".

"غرايس، نبقى على قيد الحياة بسبب الذكريات ؛ إذا لم تكن هناك ذكريات، فلا يوجد شيء لنحرقه للحصول على الطاقة".

"يحتوي جهاز الكمبيوتر الخاص بي على عدة آلاف من رسائل البريد الإلكتروني المرسلة إليك. كل يوم على مدى السنوات التسع عشرة والنصف الماضية، كنت أكتب إليك، ولم أتعب أبدًا لأنها كانت لك. كان هناك عطش لا يهدأ للتواصل والالتقاء والعناق والتقبيل وقيادة الحياة معك. لقد سمعت عن العازب عدة مرات لكنني لم أعرف أبدًا أنه حبيبي آبي. لقد أرسلت إليك رسائل مرتجعة لأنني لم أكن أعرف معرف بريدك الإلكتروني حيث كانت جميعها على abe@mybeloved.com. ومع ذلك، أنا سعيد ؛ حاولت التواصل معك ".

"غريس، عزيزتي، أحني رأسي أمامك ؛ قلبي ينفجر، وكائني كله مليء بك. لا أحتاج إلى أي شيء آخر لأنني مسرور ".

تحدثوا لساعات طويلة دون أن يعرفوا أن الوقت كان يطير، وكانت الساعة الرابعة صباحًا.

"أحبك يا عزيزي آبي".

"غريس، لديك قلب مليء بالحب، وآذان مفتوحة للاستماع، وأيدي مستعدة للإمساك. لقد حملتني بمودة لا حصر لها، وهو ما يكفي بالنسبة لي ".

"أنا أنت يا آبي، وأنت أنا"

فجأة لاحظت آبي الحلقات على أصابع قدميها السبابة. "غرايس، لا تزالين تحتفظين بالخواتم".

"نعم، آبي، سيكون هناك حتى نهاية حياتي."

"لماذا يا غرايس ؟" على الرغم من اندلاع الألم في ذهنه، تساءل آبي.

"آبي، لقد بلغت الخامسة والأربعين للتو. كنت أنتظر وصولك كما ظهرت في محطة حافلات كالانجوت، محبوب حياتي، صديقي الأبدي، أمير أحلامي، كش ملكي، وبطل أغاني فيلمي الهندي. ولكن في مجتمعنا الصغير، لا يمكن للمرأة أن تظل غير متزوجة بعد سن الخامسة والأربعين. لديها خياران: الزواج من أرمل أو أن تصبح راهبة. لم أستطع أن أتخيل الزواج من أي شخص إلا أنت يا آبي. قبل ستة أشهر من إكمال الخامسة والأربعين، قررت أن أصبح راهبة، حيث لم تكن هناك خيارات أخرى، وأعلنت نذر العذرية، والذي سيكون حارسي حتى وفاتي. لقد كنت أبحث عن يد قوية لإدارة صناعات جاين كرئيس لها، وفي الأسبوع الماضي، تمكنت من تحديد موقع واحد. ستكون صناعات جاين صناعة عامة، حيث تخليت عن كل شيء. أرتدي ملابس بيضاء، وأغطي فمي وأنفي، وأتوسل للحصول على الطعام والصدقات، وسأمشي حافي القدمين في جميع أنحاء الهند مع مجموعة من الراهبات. سنزور المعابد والأديرة لأنني قبلت طريقتي الجديدة في الحياة. لا يوجد كرب أو حزن، لا حزن أو سعادة، لا ارتباط أو رفض. لقد أصبحت واحدا مع الكون. على الرغم من أنني ملحد، إلا أنني ملزم بنماذج معينة، ولا يمكنني كسرها. قبل الانضمام إلى الراهبات الأخريات، أريد تشكيل مؤسستين، واحدة لتعليم الأطفال الفقراء من الأحياء الفقيرة والثانية، مؤسسة فنية باسمك. لقد قررت تطوير هذا المعرض الفني من خلال شراء بعض من أفضل اللوحات في جميع أنحاء العالم. سأستخدم ثروتي لتحقيق هذه الأهداف. قالت غريس: "إذا كنت تبيع القبلة، فأنا أحب شرائها".

كانت هناك صدمات وقلق وحزن على وجه آبي. لقد كانت ضربة مدمرة، وقد عانى من اضطراب عاطفي لا يمكن تفسيره. لم يشعر أبدًا في حياته بمثل هذه الانفجارات من المشاعر الداخلية لأنها كانت أقوى بألف مرة مما مر به عندما تركته غريس في ذلك الصباح المشؤوم في سينغويريم أو الاكتئاب الذي خضع له في الاستوديو الخاص به في كولكاتا. فجأة أصبحت غريس غريبة عنه، بعيدة المنال ولا يمكن الاقتراب منها. لقد فقدها تمامًا، ولم تكن هناك إمكانية لاستعادتها.

وعدك آبي: "غريس، أنا أهدي القبلة لك". لكن كلماته كانت تصرخ.

"آبي، أنا مستعد لدفع ثمنها لأن لدي ما يكفي من المال، وأريد أن أنفق ثروتي الخاصة لغرض جيد قبل ارتداء الفستان الأبيض، وطني رأسي وإزالة صندلي."

لم يكن آبي يعرف ماذا يقول غير ذلك. لم يكن لديه أي مشاعر. "غريس، إنها هدية. ستكون الأوراق جاهزة في غضون ست ساعات ".

"شكرًا لك، يا صديقي العزيز والأعز، يا حبيبي آبي."

"غريس، لقد كنت قادرة على الحب إلى الأبد، لكنك الآن جعلت نفسك تعاني من حزن لا يسبر غوره، حيث أن الفراغ قد غلف حبك".

"آبي، لقد عانيت كثيرًا على مدار العشرين عامًا الماضية بسببي. أنا آسف. أرجوك سامحني. قالت غريس: "وداعاً يا عزيزي آبي".

"مع السّلامة، غرايس."

كانت الساعة السابعة صباحًا بالفعل. على مدار اليوم، عمل آبي على تسجيل الوصية. أهدى آبي القبلة إلى أنسويا جاين. جميع اللوحات الأخرى، والاستوديو، ومعرض غريس إيما للفنون، وجميع ممتلكاته المنقولة وغير المنقولة والحسابات المصرفية التي نقلها آبي باسم إيما. وضع آبي الوصية في مظروف، وأغلقها، وأرسلها باسم إيما إلى عنوانها في أمستردام.

بعد استلام الوثائق، وصلت إيما على الفور إلى مومباي وبحثت عن آبي في جميع أنحاء الهند على مدى السنوات العشرين المقبلة. في عام ألفين وأربعين، رأت شخصًا يشبه آبي يقود مجموعة من أغوري سادهوس في براياغ كومبه ميلا. كان عاريًا، ولديه مجدول طويل، وبدا ملطخًا بالرماد ويرتدي خيط رودراكشا. اخترق رمح ثلاثي جمجمة بشرية في يده اليسرى، وكانت الكوبرا حول عنقه.

صرخت إيما "آبي" وركضت خلفه ؛ تجاوزته ووقفت أمامه، ممددة يديها. كان قلبها يدق بينما كان الكون يقف ساكنًا، ونظرت إلى وجهه لثانية واحدة. فجأة، سمعته ينادي "إيما".

انفجرت في البكاء واحتضنته بكل قوتها لمنعه من الانزلاق مرة أخرى. سحبت نفسها بالقرب من قلبه لأن رغبتها في الحصول عليه كانت شديدة لدرجة أنها نسيت كل شيء والمناطق المحيطة بها. كانت تعرف رائحته، مألوفة ومتغلغلة، ولسانها يلعق الرماد والعرق الذي يغطي جسده. كانت عضلاته قوية، وكان إطاره ينبعث منه ضوء نادر ويومض مثل نجم في سيزيغي مظلم، رأته مئات المرات أثناء الاستحمام اليومي لعدة أشهر أثناء اكتئابه. كانت تعرف كل جزء من جسده وكانت متأكدة من أن الراهب العاري الذي عانقته لم يكن سوى يسوع العاري.

نبذة عن المؤلف

فارغيز في ديفاسيا

حصل *فارغيز الخامس ديفاسيا* على جائزة مؤلف عام 2022 عن روايته الأولى، نساء بلد الله، التي قدمتها دار أوكيتو للنشر. وهو أستاذ وعميد سابق في معهد تاتا للعلوم الاجتماعية في مومباي ورئيس معهد تاتا للعلوم الاجتماعية في حرم تولجابور الجامعي. كان أستاذاً ومديراً في معهد MSS للخدمة الاجتماعية، جامعة ناجبور، ناجبور.

حصل على شهادة الإنجاز في العدالة من جامعة هارفارد، ودبلوم في قانون حقوق الإنسان من كلية الحقوق الوطنية في جامعة الهند بنغالور، وتخرج في الفلسفة من كلية القلب المقدس شينباغانور، وماجستير في العمل الاجتماعي من معهد تاتا للعلوم الاجتماعية، مومباي، وماجستير في علم الاجتماع من جامعة شيفاجي كولهابور، وبكالوريوس في القانون، وماجستير في الفلسفة، ودكتوراه من جامعة ناجبور.

وقد نشر أكثر من عشرة كتب مرجعية أكاديمية في علم الجريمة والإدارة الإصلاحية والضحايا وحقوق الإنسان والعدالة الاجتماعية والبحوث التشاركية والعديد من المقالات في المجلات الوطنية والدولية التي يراجعها الأقران. وهو مؤلف مختارات من القصص القصيرة، امرأة ذات عيون كبيرة، نشرتها دار أولمبيا للنشر، لندن، ورواية، أمايا بوذا، نشرتها دار أوكيووتو للنشر، حيدر أباد. وقد كتب رواية المالايالامية، Daivathinte Manasum Kurishu Thakarthavante Koodavum، التي نشرتها Mulberry Publishers، كاليكوت. يعيش في كوزيكود، كيرالا.

البريد الإلكتروني: *vvdevasia@gmail.com*